等我长大了

刘秀杰◎著

上海文艺出版社
Shanghai Literature & Art Publishing House

图书在版编目（ＣＩＰ）数据

等我长大了 / 刘秀杰著 . —— 上海：上海文艺出版
社 , 2023
ISBN 978-7-5321-8828-4

Ⅰ . ①等… Ⅱ . ①刘… Ⅲ . ①长篇小说—中国—当代
Ⅳ . ① I247.5

中国国家版本馆 CIP 数据核字 (2023) 第 178566 号

发 行 人：毕　胜
策 划 人：杨　婷
责任编辑：李　平　程方洁　汤思怡
封面设计：悟阅文化
图文制作：悟阅文化

书　　　名：等我长大了
作　　　者：刘秀杰
出　　　版：上海世纪出版集团　上海文艺出版社
地　　　址：上海市闵行区号景路 159 弄 A 座 2 楼
发　　　行：上海文艺出版社发行中心发行
　　　　　　上海市闵行区号景路 159 弄 A 座 2 楼 206 室　201101　www.ewen.co
印　　　刷：三河市华东印刷有限公司
开　　　本：880×1230　1/32
印　　　张：9.5
字　　　数：198 千
印　　　次：2024 年 1 月第 1 版　2024 年 1 月第 1 次印刷
Ｉ Ｓ Ｂ Ｎ：978-7-5321-8828-4/I.6961
定　　　价：78.00 元

告读者：如发现本书有质量问题请与印刷厂质量科联系　T：0316-3312202

前言

　　盘古开天，浩瀚广袤无际的原野上，本来就是古树参天、枯木横野、藤蔓交错，杂草乱生无章；天然的原始蜡像。

　　天地有节，土地厚重、凸凹不平；高高在上、冲出云天的是山、是峰，是群山叠峦、绵延不尽的悬崖峭壁。

　　凸起的是丘陵，是山岗，是高坡高原；是蜿蜒起伏、一望无际的原野、平原而川。

　　凹下的是沟、是河、是谷、是泊、是湖滩，是一望无际的沼泽而水泊连天……

　　由于水的泛滥任性、无束无度、狂妄无忌的冲动；原来的沟河堰湾成为江河主流；原来的湖泊滩湾，经久囤聚而成了汪洋大海。

　　自从原野上有了生灵物种，这儿从此也就失去了往日的寂静，它们以类而别、而群、而繁衍；它们为之生存，倚强凌弱、弱肉强食；特别是人类的出现，他们扮作各种角色粉墨登场，成了这儿的主宰。

虽说他们都是昙花一现，来去匆匆的过客，且人的生命只有那么一次，而又是那么简短脆弱。在这仅有一次来去匆匆的瞬间，总会给世间留下那么一点点，或多或少、或好或坏，让人看上去不起眼、稀松大平常，自然朴实的蛛丝马迹。

他们、她们的纯朴厚重、泽润执着对梦想的追求，恩怨情结；他们、她们的所言、所为、所事，虽已东流逝去了这么多年，已为过去，但也不会轻易让人遗忘的。

如能让人记得住他们和她们的真实，或有可借鉴感悟、启迪之处；只有通过我们的描绘留下点缀，让后世无数的我们去追念、去借鉴，对于他们的粗狂——纤巧，是非——优劣，有待于我们大家去品飨、去论说……

马克思曾经说过："只要人类存在，历史就不会终结。"因为我们大家都是历史的延续者。

刘秀杰

2020 年 6 月

目 录

第一章

春夏时节，遍地绿茵滴翠、姹紫嫣红；堤畔上垂柳依依摇青，湖水碧波涟漪；荷花朵朵，华盖如云、清新美丽、恬静优雅。

随着二十四节气中"夏至"的到来，天气也就进入我们民间常说的"三伏天"。这就意味着一年一度的高温酷暑、狂风暴雨、雷电冰雹、梅雨潮湿等恶劣的天气会如期而至，向我们袭来。

明嘉靖年间的一天，天刚至午后，突然间来了一场狂风暴雨，刚刚结束一期工匠活的常继七师傅，带着他的四个徒弟，师徒五人各自挑着一副木匠筐（用木板、木条制成的木箱子，被木匠称作木匠筐）远道向家归来，天刚才起风雷电下暴雨时，他们紧赶慢赶刚好早一步进入曹州城。

常继七是曹州人，但他不是曹州城里人，而是住在离曹州城四十里开外的上堌铺大常营子，这次他们又是出外干了大半年，刚完成了一期工匠活，就急忙慌着往家赶。

本打算天黑时就能赶到家，然而没想到，天不作美，老天爷在午后下了场大暴雨，回家的路都是土路，路上有积水，雨后的土路很快就会变成稀泥巴路，不能及时行走。

另外，师徒们这些天从几百里以外的工地上，挑着木匠挑子，顶着烈日酷暑往家赶，每天都是起早贪黑地忙于赶路，一路上也没怎么安稳地歇息过，感觉累得够呛。今天他们到了曹州城，正好赶上天下大雨，路湿不能行走，师徒们商定：在曹州城里的"上乘悦来客栈"住上一宿，借此机会歇歇脚，大家也可以放松一下，等天晴晾晾路，再往家赶。

常继七今年二十有八，身高体宽、威武壮实，饱满宽厚高高鼓起的额头，两道浓黑的眉毛下长着一双黑黝黝、炯炯有神的大眼睛，黑黑厚实的脸堂上常含着微笑，同时也在向外溢露出他的精明睿智、诚实善良。

常继七，他是常家祖传的专门给宫殿廷堂、府邸楼阁、古刹庙宇、道观尼庵、寺院塔台、牌坊亭岗、门楼门面上的飞檐翘角，雕梁画栋，修缮漆绘和安装神兽灵物、飞禽走兽、瓦当仙人、脊兽小跑之类的工匠大师。

到他这一代已是第七代，所以他继承和延传了常家的这门独家绝活，成了常家的第七代掌门传人。他不仅传承了祖传的飞檐翘首、神灵脊兽的修缮，雕刻制作的绝活，而且武功身手也不凡，平时练就了一身的好功夫。用他的话说"经常出门在外，用于强身健体、预防不测，在家也能看家护院，起着非常重要的作用"。

曹州"上乘悦来客栈"在曹州城方圆百八十里，是数一数二有名气、响当当的大客栈。

客栈位于曹州城北门里一大片比较繁华的商业地段，客栈设施很上乘；价格实惠、高低档次分明，适合各类穷富不等的客商、行人来往居住。

客栈很近人情，也很会做生意，内设有上等、价格较贵的阁楼、套间、单间，适合有身份地位和富裕的人居住。

中等的是给成帮结队往来的生意人，为让他们居住便利、安全清静，有专设的独门独户整套的四合大院和四合小院供他们选住，有专门的骡马大车店。还有下等的价格低廉，专供做小生意、小买卖，能住得起的大地铺、大通铺的人，被褥可自备，可临时租赁，如想省钱，可和衣而睡，只收点滴店钱，所以商客盈门、享荣在外。

客栈的迎街大门楼装饰得非常华丽别致，壮观醒目，是客栈的一大亮点，打出招牌，即可招揽生意，又能吸引过往行人驻足仰视观望欣赏，让他们赞叹不已。

门楼前的两侧空地上，特意设置建造了两个比较大气别致、独自站立、四棱形塔式大灯塔。

平时，客栈都是在大傍晚，天快黑鸡上架的时候，就有人踏着木梯上去，一边给塔灯里添加灯油，一边随手点亮了塔灯。

两盏高高在上明亮的塔灯，照亮了客栈门楼前大半条街道，灯光透过门楼窗栏的空隙落进客栈的院子里，照得满院彻夜雪亮。

客栈的大门楼出口的地方站着几个人，他们既是招揽生意住店的，又是看家护院的门客。三更天后，客栈大门关闭，院内住店的客人也不再允许随意走动，此时只有门楼前的两盏灯塔一直在静静地、且执着地亮着。

这天夜晚，没有星星的夜空，显得既黑又暗。初始，没有一丝风动，空气稀薄、酷暑燥热，憋闷得让人透不过气来，店客们被热得难以入睡。他们光着膀子，手中不停地摇晃着蒲扇，身上还在淌汗，嘴里骂骂咧咧的，来到屋外院子里干坐着山南海北地侃大山、纳凉熬困。

熬到半夜时，天上慢慢地起了风，虽说是热风暑气逼人，但有了风动，店客们相应地也就感觉好受得多了。

一阵阵热风，由刚才的小打小敲，随着黑夜的加深，风力也在渐长，远处的天边还在不时地闪烁着闪电，老天爷像是在拉肚子——不停地哼着隆隆的雷声；转眼间风力渐大，粗野地使起了性子，任性地来几阵过瘾的，就好像是有意在恶作剧似的，攒起劲来刮断刮折刮落街道两侧门面上招揽生意的招牌，它们顺着街道被刮得"哗哗啦啦"地满街跑。

以往多年，客栈门前的两盏塔灯是久经验证不怕风吹雨打，一直是稳如泰山、独自岿然不动的，平时遇到风雨，连眼皮眨都不眨一下，一直瞪着它那圆圆的大眼。今晚不知是怎么了，随着风起，两颗鸡蛋大小的灯芯就如吃错了疯药似的，被药劲拿得摇摇晃晃、疯疯癫癫的，随时都有被熄灭的可能。

守门的门客也觉得今晚的塔灯有些怪异，平时经常遇到这么大的风，从没像今天这样。然而，这里面的端倪，只有明眼人才能看出。

这明眼人就是常继七，因为这"上乘悦来客栈"的门楼门面招牌和这两盏亭亭玉立的塔灯，都是经他手亲自设计、精雕细刻制作的。特别这两盏塔灯，用料比较讲究，都是使用上等的檀香木、金丝细纱、透明的蜡板纸，一块一块巧妙地搭配组装，精工制作得严丝合缝、百无一疏，经年使用见证，不会有半点漏风和差错的地方，"这塔灯肯定有人做了手脚……"常继七就这样断言。

原来常继七一行师徒五人是午后住进客栈的，因为他们这次外出挣了不少的工钱，都随身带在自己身边的木匠筐底层特制的夹层里。以前他们出门做工匠活时，使用的雕刀、斧锯等家什，都是堆放在马车上的木匠筐里与人同行，这次他们出门回来时改变了方式。因为路上不太平，常出现劫匪；怕坐马车招人耳目，带来诸多不便，换成了每人用小扁担挑着两只木匠筐赶路，这样让人看上去像是卖苦力的穷酸苦行僧模样。但他们肩上挑的小扁担轻便随手，如遇歹人，小扁担一抽，即可成为他们反抗打斗、护卫的武器。

常继七他们师徒住进客栈上等阁楼的大套间，认为这里更为清静、安逸，相对也比较安全，是有备而住的，生怕下边的客铺鱼龙混杂，会出什么意外。

住下后，常继七有些不放心，让徒弟们看护好他们的东西，他没有声张，也没有打扰惊动任何人，虽说他对这里熟知一二，但为了安全起见，想查看一下与自己同住阁楼左右靠近的客房和整个客栈现在的情况。

他看到自己客房的左边住着一位说是进京参加京城明年秋后大考的举子，正在埋头专心致志地苦读圣贤书，书童出外买东西去了。

发现住在自己右边的也是一位进京赶考，路过此处住店的举子，正在练字书写着什么，旁边还站着一个磨墨的书童。

顺着大客栈的院落溜达了一圈,把整个客栈的院落通道、客房铺位、骡马驼队、商贩客铺等都看了个仔细,心里踏实得多了。

天黑后,常继七顺便来到客栈的大门外,借着明亮的灯光,先是仔细观看和欣赏门楼上自己亲手精雕细作的招牌。然后又顺着塔灯的台柱转了一圈,猛然间竟发现两盏塔灯在微风的吹袭下,灯芯燃着的火苗有了摇摆不定的晃动,心想:如果马上起大风,塔灯就会被吹灭!

这不可能!他知道塔灯修换一次,可足使用二至三年,因为这次他出门前刚刚给客栈换修的还不到一年,是不可能自身毁坏的,一定有人别有用意,或图谋不轨,对塔灯做了手脚。常继七这样想着。不由自主地皱起了眉头。

随即他又联想到走在路上和进了曹州城里时,曾听人在议论叙说,去年灾荒,地里庄稼歉收,世道有些混乱,盗匪抢劫时有发生,难道有人在打客栈的主意?

猜疑归猜疑,出门在外多些疑惑、多长个心眼不是什么坏事,因为人常说:"人心隔肚皮,虎心隔毛尾;害人之心不可有,防人之心不可无。"让徒弟们精神点,守护好身边的财物,早早地安息。

昏闷燥热、干燥的夜晚,随着夜幕的加深和大风的肆意,店客们也都熬累熬困了,及时地回屋进入了梦乡。到了后半夜不知是谁突然间撕心裂肺、杀猪般地尖叫了一声:

"不好了!客栈里进了强盗在抢劫!……"

一声连着一声尖叫后,紧接着又连连响起一阵"咚咚咚……"敲打铜盆的声音。

这让人魂飞魄散、毛骨悚然的尖叫声和揪魂刺耳的破铜盆声，瞬间划破了刚才还比较寂静的夜空，客栈里立时炸了窝……

门外的塔灯不知是什么时候熄灭的，客栈里黑窟窿洞地漆黑一团，人声的惊呼尖叫和哀号，骡马的暴跳骚动与嘶鸣，乱糟糟地混为一团……

这时客栈里亮起了一把火把，紧接着又连续亮起了十几把，冒着黑烟贼亮贼亮的，随即火把又很快散开，就听着有人驴声驴气地可着破嗓门尖叫道：

"各位客官不要惊慌骚动，都给我听好了，我们只是绿林豪客，今晚我们来了，只为钱财，不为仇和他怨，就是你发财我沾光，你吃肉我喝汤；大家识相点，否则，我们手中的大刀会翻脸不认人，让你既丢了钱财，又小命不保，你们掂量着！"

客栈当家的大掌柜，也是混世的老江湖，主动出面上前与匪首交涉，并愿意担当本客栈以往做得不周、有得罪各位大爷或同行的地方，冤有头、债有主，全由客栈承担，愿赔不是，千万不要伤及客商。

交涉无果，客栈老板心里清楚，俗语说：贼来如梳、兵来如篦、匪来如剃，看来他们来者不善，是要大动干戈的，既要吃光我店家，又要剥光商家……

但他也不是吃素的，知是同行眼红嫉妒使坏，为了客栈今后的生存和声望，他一方面指使家人从暗道里出去，向官府衙门报案求救。

另一方面，他抄起家什豁出去了，亲自带头领着看家护院的门客及家丁，与他们进行拼杀打斗，并积极鼓动住店的客官立即团结起来，共同战败这些不齿人伦的畜生。

其他住店做生意、长跑路道的大户、骒马驼队的帮队，他们随行的也有保镖、护驾的高手，很快就与这些响马们接上了火，厮杀起来。

常继七和他的四个徒弟一直在阁楼的暗处，在静心地观望楼下客栈院内的动静，发现响马这次来的有四十人左右，但客栈大，入住的客人又多，已有多处多起店客们与响马接上了火，正在打斗、殊死拼杀，贼人的力量已经分散。

这时，见有一响马举着火把在前，后边紧跟着三个响马，他们手中握着大刀，正向这边的阁楼逼近。

在阁楼的走道里，常继七与贼人相遇，他手握小扁担，在徒弟们的联手下，没费多大的工夫，很快就撂倒制服了三个，剩下的一个眼皮活，跳下阁楼，瘸着腿脚下麻溜，屁流尿淌地逃去了。

趁着贼人刚刚逃离，他们的人力分散，场面比较混乱，常继七当即吩咐四个徒弟，自己在前开道，两个徒弟合起来挑担走在中间，两个徒弟断后，抓紧时机，向他们昨晚已瞄好的路线而去，逃离客栈。

一切很快就绪，正要起身离开阁楼时，猛然间隐隐约约地听到住在自己阁楼左边的客房里有淅淅沥沥的抽泣声。随着门开的响声，一举子倒在常继七的脚跟前，正泪眼汪汪、眼巴巴地在渴求着他。常继七心里明白，没容他多想，让他快起来，收拾东西与他们一块儿走。但常继七很快又意识到这右边的客房里还住着一位与他一样进京赶考的举子。

仁心所使，让徒儿叫开了这边的房门，发现这位举子瘫卧在床上，浑身还在不停地瑟瑟发抖，看样子是客栈里发生的尖叫声和杂乱的打斗声把他吓成了这样。

带上他们，把他们夹在中间，常继七手握五尺长短的桑树小扁担在前开路。你看他二十浪荡大几岁、三十没上头，风华正茂、身强体健、血气方刚，平时练就的一身好功夫今天派上了大用场。

愤怒时，立马由原来的慈眉善目变成了虎目熊睛，脸上布满了杀气，所遇迎上来的贼人，都不是他的敌手，很快都倒在了他的扁担之下。有句路道上俗语说得好：

"软的怕硬的、硬的怕横的、横的怕不要命的；一人拼命、十人难挡。"这些强盗，他们平时常常夜闯民宅，仗着人多势众、狐假虎威，面对弱小、孤单无助、手无寸铁被他们吓瘫、吓傻的难民，他们浑身都是胆量，牛气冲天；如果是遇到了真正的对手，眼看不是善茬，难以取胜，他们也知道自己的小命不是拿盐可换的，没有多余的在哪存放着，心里明白，只有一条，眼皮一耷拉，比较乖觉地躲过、避过、放过……

经过一路长扁担的真功夫与贼人殊死地拼杀，常继七师徒他们很快打出了一条血路，从客栈的偏门逃离了虎口。天明时，他们来到一处远离曹州城，比较安稳平静的地方，也是一处交叉的十字路口，让大家停下来喘口气，放松歇息一会儿。

看着两个赶考的举子和他们的书童，个个脸色苍白，如同一张张黄表纸，没有了一丁点血丝，一脸的失魂落魄、惊恐万状模样。常继七来到他们跟前，好言安慰他们说：

"好啦，别再惧怕恐慌了。"常继七笑容可掬地跟他们开心地说，"我们大家虚惊一场，危险已经过去，正好眼前这是个交叉路口，向前走不远，有一条直向北的直道，是通往京城的官路。"

"你们四位经历了这场劫难后，自然而然地也成了相遇相知的生死兄弟，以后你们就可以结伴而行，路上也好有个照应。我们也不往前再送了，送君千里，终有一别，我们就此分手，望各位兄弟保重。"常继七双手抱拳，给他们打了一拱。

"扑通"一声，又"扑通"一声连着两声，两个赶考的举子瞬间的工夫都直挺挺地跪在常继七的面前：

"恩人啊，我们的救命恩人，在下多谢常师傅和各位小师傅的舍命相救……"

"请起，请起，都快快请起，两位贵公子的大礼，常某承受不起。"常继七慌忙弯腰扶起他们，一再好言相劝：

"不要这样，也不必这样，这算不了什么，只是天赶地催、阴差阳错，让我们有缘赶上了，遇在了一起，谁能见死不救？承蒙大家的齐心协力、合作一致，共同渡过了这场劫难。"看着两位公子一直跪着，怎么拉也拉不起来，常继七脸上立时有了难色，不知何故，只好缓口气与他们商量着，接着又说：

"两位贵公子，万万不必这样，也不要把这事看得太重，都赶快起来吧，你们的路程还比较遥远，别误了你们的行程，需要抓紧时间赶路，祝愿你们一路平安、金榜题名、官运亨通。"

不论常继七怎么拉怎么拽，费了很大的劲，拉起了这个，那个又跪下，拽起了那个，这个又重新跪在了原处，弄得常继七丈二和尚——一时摸不着头脑。他有些晕了，不知他们这样固执是何意，正当他迷惑不解、一时无措的时候，其中的一位举子先开口说了话：

"常师傅，您别嫌弃我们冒冒失失地跪您不起，其意不只是为了感恩谢恩，更为深层的是想高攀，想拜尊您为我们的大哥。"

"虽说我俩在这事之前，都是刚刚路过此地，住进客栈时互不相识、形同陌路，通过这件事，就如您刚才所言，我俩也成了难兄难弟，可我俩刚才走在路上就琢磨着，已有了想高攀之意。"另一个举子也开了口。

"您刚才所言极是：阴差阳错、天赶地催，让我们有缘赶上了，遇在了一起，说直了按圣人所言：这是天地的撮合，神人佑助、上天的美意，命中注定我们有缘，让我兄弟俩遇上了如同再生父母的大哥，我们愿意与大哥八拜为交、玉结金兰。"

"使不得，使不得，在下常某承蒙二位贵公子的厚爱，真的是百感荣幸，但咱们的身份、身价悬殊，本不是一个层面的人。你们都是富家有名望有身份、有学问的贵人，金榜题名后，你们就是达官贵族、前程无量的显赫之人。"常继七显得很紧张，有些语无伦次地说：

"我只是个会点手艺、出力流汗挣口饭吃的乡下打牛腿的粗人，与你们结拜，怕损了你们的名声，将来也会误了你们的前程，咱们真的不可以，望二位见谅。"

"大哥您多虑了，古语说得好，'英雄不问出处'，在我们心目中，没有另类贵贱之说，我们尊敬崇拜的是大哥的豪侠仗义、浑然慷慨的气魄；仁和善良的心胸；待人厚重、宽宏大度、执着的品德；我等也绝不是那种趋炎附势、忘恩负义的势利小人。"

"大哥如果不下架接纳两个小弟的请求，我们会一直跪着不起，直到您同意为止。"

两位赶考举子言辞恳切、句句执着，态度明朗、意志坚定；常继七看得真切，但他心里却犯起了难为……

"要么我们进京赶考就不去了，跟您回家学功夫、学工匠活，做您的徒弟。"一位举子气不过，连忙下起了拦头状。

"此话差矣，也万万使不得，古之不变的常理'赶考为官、经商为富、手艺养家、讨饭糊口'，玩笑了，你们不分寒暑，经年日夜苦读，鸡鸣先早起，黄昏到五更。一二十年莘莘学子的寒窗之苦，带着家人的重托与厚望，怀揣着自己的梦想和憧憬着美好未来的大好前程，去京城赢取功名。如果这样半途而废，即误了你们的前程，大材小用岂不成了天底下让人笑掉大牙的笑话，那我也就成了世人共怒、众矢之的、遭人辱骂唾弃的罪人呐……"

常继七心中有许多要说的话被卡在了嗓子眼里，没能继续说下去，眼看着他们一脸的认真执着，心悦诚服地跪在那里，一直不起来。他有些执拗不过他们的一片诚意，心里不由自主地打起了小边鼓：这样一直僵持着，终究也不是个办法。

这时，他的徒弟看不下去了，就慌着过来给师父解围，相劝师父只好如此，答应他们才是……

按结拜的礼仪程序，两个举子经年苦读诗书、礼记、经典论著什么的，是比较精通的，但常继七常出门在外在江湖道上混，他对这也是轻车熟路的，三人很快一拍即合，就有了一个简易的仪式。

先是自报姓名、年庚籍贯、自家门户，做甚专长及简历。

常继七自报姓名，年庚二十八，家住曹州（今菏泽市）上堌铺大常营子，是个木匠，也是个专门给飞檐翘首雕梁画栋、修缮制作和安装神兽灵物、瓦当仙人、脊兽小跑之类的工匠。也是常家这门工匠手艺的第七代掌门传人。

一举子自报姓名：田骞，年庚二十四，家住归德州（今商丘市），大兴巷田家牌坊，十四岁中秀才，十九岁中举人，今前往京城，参加明年秋后三年一度的会试大考。

另一举子自报姓名：宋亦木，年庚二十三，家住亳州回望塔大坝渡口，十五岁中秀才，十七岁中举人，现今也是前往京都参加明年秋后三年一度的会试大考。

自报家门后，常继七年长为大哥，田骞年次之为二哥，宋亦木年龄最小为三弟，他们就地撮土为香，面南而跪，跪拜了天地和诸神，并山盟海誓，玉结了金兰。随手取出他们随身所带的笔墨纸张，记录和复制了兄弟三人的姓名住址及概况，每人各持一份，便于今后联络寻找。

由于事发突然，他们刚刚从噩梦般的魔掌中逃出，一肚子惊气还没有散去，感觉被吓飞的魂魄还没有完全附体，刚才的感恩之情，很快又转化为生死兄弟的亲情，使他们惊喜万分、心里乐滋滋的；相拥相抱泪水涟涟，缠绵在一起，难分难舍，折腾了大半天，常继七已多次催促他们上路，但大家还是没人愿意先挪开第一步。

出于无奈，最后还是大哥做主，安排徒弟们先回，自己再往前送二弟、三弟一程。

这样兄弟三人走在路上又多了交流的时间，他们边走边叙，也倍加其乐融融……

送君千里，终有一别，大哥一直站在那里，向他们挥手。目送两兄弟渐渐远去，此时他心里感到五味杂陈，想起了屈原《离骚》中所云：

"路漫漫其修远兮，吾将上下而求索……"

也在心里预祝他的二弟三弟：殿试逞英豪，大魁天下，建功立业，千古留名。

第二章

　　世上没有不散的宴席，送君千里，终有一别，与大哥分手后，老二老三兄弟俩顺着通往京城的官路，一路向北结伴而行。

　　他们未晚先投宿，鸡鸣早看天，吃一堑长一智，有了上次的教训，每到住店时，精心专挑人多的闹市区居住，经过个把多月的奔波劳顿，终于来到了京城。

　　兄弟俩并没有投亲靠友，而是选择住在离考场比较近的老字号"康记茶庄"的客房，为了方便学习和早晚相互有个照应。兄弟俩商定，租住了两套并排挨着的客房。

　　稍作休整后，就慌着择日斋戒、洗浴干净，换上新装，来到京城的夫子庙，烧上高香，很虔诚地拜谒了孔圣人。

　　两人五体投地地拜服在孔圣人的神灵前，心神脉动、闭目静思，遐想联翩，祈求圣人显灵点化佑护，金科题名，并暗发毒誓：

　　一定要刻苦历练、百倍努力，不失众望，赢取功名，才能光宗耀祖，也不枉费自己所付出的心血，对得起祖上的厚德和家人寄予的厚望。

兄弟俩不仅成了亲兄弟，而在学业上也成了相互学习促进、取长补短、竞比追赶的对手。

为了开阔自己的心胸和视野、扩大和增长知识的范围，经打听方知，他们得知京城里有所"睿智书院"，是由许多满腹经纶、饱学多才的文人墨客和前科榜上有名的学士、知名的老夫子学者与一些不漏名姓的官员，联合在一起开设的一所私塾式的高级学府学馆书院。

"睿智书院"是专门面向全国各地进京赶考的举子开设的，主要辅导学习"八股文""四书五经""道德时政文章"等主科的书面知识；还要学习提炼策问，对前朝的评定和对当朝时事政治的优劣给出治理策略谏言；以及他们这些有经验的夫子、学者，把从官方得来的消息，和对这次大考的主题范围进行了分析与猜测，压缩和提炼了复读的范围与精华。

就等于在大考前，把这些举子们以前在私塾学馆里所学、自学那些杂乱无章的文章，捋顺出重点要点，给他们洗脑点化、指点迷津，让他们适应考场，做到不惊不惧、不怯场；为他们培训指导，赚取他们丰厚的黄金白银。

然而，此书院收取的费用格外昂贵，家境不济的穷困潦倒的书生听起来不被吓个半死，也得被吓得愣怔半天，让他们几天透不过气来。

就是一般人家的子弟，也只能远离书院眼巴巴地看上半天，嘴里咽着口水过过瘾，只能望而却步，留下太多太多的遗憾。

　　经询问打探后方知，此书院有一定的来头，有一种神秘兮兮的光环在笼罩着它，城府极深，消息灵通、知识面广；很现实实用，让人渴望，企求神往。

　　虽然收费昂贵，门槛极高，然而愿者上钩，河里没鱼市上看，参学的举子们很多，学馆应接不暇。由于学馆的容量有限，他们不能保证每人每天都能按时到院听课受教，只有先报名排队编号等着，举子们每三天才能轮流参加一天的学习。

　　但田骞与宋亦木兄弟俩商定后没寒脸（犹豫），就决定节衣缩食，把两个灶房合为一个灶房，他们只求有饭吃、能吃饱就行。一改往日富家少爷奢侈阔爵的生活，花钱寻求关系，参加了"睿智书院"的考前"大洗脑"。

　　依照学馆的授课时间编排，每次上午半天都是参加考试，按时辰要求，当场把做好的考卷交上去，然后才能领回上次所交、经夫子校正批阅、写上评语的答卷；晚上讲评授课洗脑。

　　他们每次都会把试卷整整齐齐地叠放起来，以便以后查对复习。经过半年多轮番来回点化洗脑后，他们顿觉就像神人指路，心里猛一亮堂，仿佛醍醐灌顶、脑洞大开，感觉以前多少年都像在坐晕车，懵懵懂懂地，现在心里才感悟有了知觉。

　　有了方向，兄弟俩不仅相互鼓劲加油，夜以继日地刻苦钻研，切磋学问，还对自己未来前程的优劣、成功与否有了新的认知，认为：

　　自己的一切，都将取决于自己对学业的态度和自己坚持不懈的刻苦努力，才会有可能赢取好的结果。

　　天道酬勤，皇天不负刻苦努力、持之以恒、肯付出的人，隔年秋后大考，兄弟俩同殿同时参加。发榜后，田骞、宋亦木又都荣耀辉煌地同时同榜，金榜题名。

　　"二哥，三弟恭喜你高中了！"

　　"三弟，二哥我也同样恭喜你金榜魁首！"

　　皆大欢喜、同喜同贺，兄弟俩一下子又都像回到了从前，像个小毛娃似的那样天真烂漫、任性活泼、欢天喜地地嬉戏取闹了一番，殊不知他们都喜极生悲泪眼婆娑了。

　　一二十年从未间断、夜以继日的寒窗苦读，多年来总是把满心的忧愁、苦涩的泪水深深地埋藏在自己的心底。身上不堪重负的压力常把自己折磨得想哭不得撒嘴，生怕劳而无功，一切化为乌有，自己承受委屈虽小，最惧怕的是让家人失望，只好自己默默地承受着，今天终于梦想成真可以解脱了。

　　为了庆贺，他们解除了来京城一年多滴酒不沾、不可大睡的君子约定，今天开戒，兄弟俩来个开诚布公、一醉方休，安安稳稳地睡上一觉。

　　他们住在客栈里，徜徉在幸福的喜悦中，也在焦躁不安地等待着皇上的圣旨，钦定自己的官职官位、去留定向命运。

　　年后三月，才算是盼星星盼月亮盼来了通政司、布政使司的皇榜发文，昭告这科金榜题名的各位官员，昭示留京官员名单和去往各地所任官职人员名单。

　　又一皆大欢喜，兄弟俩又一次被同时留在京城，同殿称臣、同朝为官。

　　公事稍作安顿后，虽说京城皇榜题名中榜的进士，喜报已报送到各自所在地的州府衙门及家人，但兄弟俩议定各派一名公差，让两个随来的书童带路，回家报喜报平安，并嘱咐再三，第一站必去曹州，向大哥报喜，然后顺道回家，向家人报喜。

至于什么时候能回家省亲、拜望家人及亲朋、上坟祭祖、光耀门庭，只能等皇上的御旨钦准后，才能知晓。

初入仕途，在朝为官，两眼迷茫、不知所措，就如擀面杖吹火——一窍不通。深知古人所云：

"伴君如伴虎，官场如战场，凶险多讹、尔虞我诈；眼望高处看，一片势利眼；他们就如六月里天、小孩的脸——瞬息万变。"

"如你聪明睿智、做事干练、政绩显赫、威望口碑极佳；或某个方面超越了其他人，略胜某人一筹；就会有人忌妒你、黑你诽谤你，打击你的兴头。轻则，让你伤筋动骨，苦不堪言；重则，拿你小命试问。"

"然而如若你庸庸无为、塌才无能，只知道塌着眼皮做事，不会趋炎附势，别人也会挤压你，拿你的瞎。"

涉入官场后，兄弟俩只有慎于言而敏于行，谨小慎微，常常赔着笑脸，夹着尾巴做人做事。也正如他们老家有句俗语说的那样：

"有马不能骑，因为马跑得快，怕别人赶不上；招人嫉妒，牛也不能骑，因为它太慢，受人贬低瞧不起；只有骑头毛驴中间走，前后看着，前边的马快了，拍拍驴屁股赶赶，后边的牛慢了，拉拉驴撇绳等等……"

过了一段不知所指、提心吊胆、焦心虑魄的时日，兄

弟俩也在细心地观察和揣摩各位大人的心态动向、嗜好所为:

"他们那阴晴雨止、以不变应万变的嘴脸,特别是那些权倾朝野、位尊职要、显赫的大员,除了面见皇上脸上的面容有松动以外,平时他们的言行举止和他们那张威严肃穆、如风冻或蜡封的嘴脸,总不待见人,他们的为官之道和内心的奥妙,让人实难捉摸。"

兄弟俩自感道业浅薄,树小不胜风寒易折,不能自我,只能入乡随俗、随行就市,也学着他们随风使舵、看眼行事,在其他人的点化与引荐下,领悟到了以拜师为名,投靠权势找靠山地真谛,傍上朝里人品高尚、德高望重、有影响力的重臣,成为他们门下的弟子门生,攀登上他们的高枝,便于今后得混。

二哥田骞,投在了礼部给事中沈束的门下,做了他的门生,有事无事常往他家跑,真诚拜师、虚心求教,实为遮风挡雨。

三弟宋亦木,通过好友举荐,选择投在了吏部给事中闻渊的门下,成了他得意的弟子门生。

一天退朝后,田骞回到自己的府邸,先双手端掉自己头上压了一整天的官帽,卸去身上笨重、别扭的朝服,立马感觉浑身上下轻松自在、身轻如燕,顿感民间流传的一句俗语"无官一身轻"的含义。

紧张而又拘谨,一直悬着的一颗心也随之松弛下来,让他深深地出了一口长气,自我感叹这一天又算是过去了,有道是:

"当官不自由,自由不当官。"看来这二十几年的莘莘寒苦，换来的却是提心吊胆、谨小慎微，夹着尾巴做人。

看来做事如有一点不慎，或一言差错，就会招来祸灾，真的是生不逢时，遇到了这样的昏君败政，自己的远大志向和读书时的初衷，一腔热血，都化为了乌有；让人不无感伤，常怀有无限的凄楚。

晚上，兄弟俩又聚在了一起，在自己的小王国里，喝着小酒，他俩认为，兄弟俩在一起，有个可以说话、解脱郁闷、透口气的地方。因为朝内比较混乱，恶人当道，好人受害。

明嘉靖世宗皇帝，初登大宝时，还是一位胸怀远志、信誓旦旦，想干一番大事业、留名青史的开明皇帝。

他殚精竭虑、重整朝纲、勤政简朴、恢宏开远；很快使朝野上下、朝纲国策日臻完善、相映成彩，处处勃勃生机。

然而，好景不长，世宗皇上从刚开始的勤政、开明向上，逐步变质为懒政、不朝不政不作为；开始喜欢上鬼神求仙、长生不老之事，自己闭宫不出，把整个朝政大权交由大学士奸臣严嵩掌控。

看到他们结党营私，曲直颠倒、胡作乱为，排挤异己、残害忠良，兄弟俩感到既恨，又怕又憋屈，更感到无奈、无为，只好唯唯诺诺，闻而未闻、视而不见；憋气不吭、少说为佳，可他们心里透明着呐：

"我的娘来，这朝殿里的人，如此地奸诈阴毒、心狠手辣，个个都有来头，他们都是王母娘娘头上的虮子——仙种；谁个也惹不了、也更得罪不起……"

弟兄俩早已打手结掌，约定在前，如心中不顺、憋气、受委屈时，场面上人多，不便言语，只能用眼神传递说话行事；等到只有兄弟俩单独在一起的时候，可以一吐为快，发泄心中的不满，悄悄地说些私房话，如有三人在场，莫谈国事、更不谈他非。

虽说兄弟俩在朝为官，但他们的家小还都在老家，不在他们的身边，一天退朝后，趁着闲暇之余，兄弟俩在一起又端起了酒杯，老三宋亦木问起二哥家中的情况。田骞说：

"父母健在，我与你二嫂十八岁那年成亲，她的娘家，也是我们那地方远近闻名的员外大户家族，家父和岳父大人，两人在一起要好，定下的亲事。"

"你二嫂是一位知书达理、心胸敞荡、秀外慧中、为人善良，能上得厅堂、下得厨房的贤妻良母。"田骞手中端着酒杯，脸上堆满了傻笑，咧吧着嘴，很知足地继续炫耀说：

"家有贤妻，宽心省事，我是家中的长子老大，你二嫂她早晚既要孝顺侍奉公婆、相夫教子，前厅后堂、操持家务，又要替父母操心、善待督学自己的小叔子、小姑子他们。像我们这号人，在家平日里什么心什么事，都不操都不过问，整天就知道捧着书本'之乎者也……然也、悠哉乐乎、子谓《韶》尽美矣、义尽善矣……'饭来张口，衣来伸手的大老爷们，现回想起来，实在是对她有太多的感激和亏欠……"

二哥眼角有些潮湿了，一扬脖子喝干了手中一直傻愣着端了半天的一杯酒，眨巴了几下眼皮，望着坐在自己对面，一直盯着自己，眼皮一眨也不眨的老三，发现他的脸色从来就没有像今天这样难看过，由刚才的飘红，一会儿的工夫就变成现在的蜡黄、苍白，神情有些萎靡腼腆，弟兄俩矜持了很大一会儿时辰，才听宋亦木吞吞吐吐，显得有些不好意思地说：

"真的很羡慕二哥，娶了一位贤惠善良、让人可亲可敬的二嫂，唉！……"宋亦木打了个迟登，心不由己地唉了一声，有些话看样子他是一时语塞很难说出口的。但在二哥面前，二哥一直在紧紧地看着自己，等着自己一直说下去，所以他不好意思，只好很无奈地又接着说：

"相比之下，三弟我自感逊色，羞愧难当，差也。"宋亦木长吁短叹了一阵，自觉嗓子眼里有些卡梗，实不想吐露家中的丑陋。但面对自己的兄长，二哥他已把家中之事，向自己掏了心窝子，和盘托出，自己还有什么可瞒可掖可藏难以启齿的地方。他迟黏（犹豫）了一会，愁眉不展不好意思地说：

"我与你弟妹成亲，是父母之命、媒妁之言，老早就已定好的娃娃媒，十七岁那年与她成的亲；岳丈大人做过知县、后又升迁为知州，所以她是一位地道的官府之家的千金小姐。"宋亦木心中怀有积怨情绪很低落地接着继续说：

"可她各方面都好，知书赋辞、谈古论今、琴棋书画，样样精通；待人接物、迎来送往，事无巨细、样样周到没说的；就是满身官府小姐的公主气味太重，使我们头疼，也都看不惯。"说到这，宋亦木不由自主地心里又添了气：

"她心高气盛、眼眶太高，认为掉价下嫁了我家，因那时她爹的官职没想到会有今天这么大，他们不好毁约。却处处都想高人一等，目无尊长，常有娇气、傲慢霸横；也太任性偏执，不能亲近和善待家人和下人，时不时地常有对长辈、兄弟言辞不恭之词。"

"树无九丫、龙无六足、人无完人；弟妹生在官宦之家，从小就已过惯了官府衙门里千金小姐的生活，习性一时难改；现初为人媳、人妻人母，刚离开爹娘不久，有些习惯也得慢慢地来，随着环境的适应和年龄的增长，以后会好的。"老二看着老三一脸的不快，耐心地开导劝说他。

为了改变眼前这个不愉快的场面和消除三弟心中的烦恼，活跃一下眼前的气氛，还是二哥眼皮活主动，想说些高兴的事，并想起这一段时间里，他们投门拜师很理想，傍上了大树，找到了依靠，跟他们学了不少的为官之道，差事办得很顺利，现在的心情比刚开始那会儿安稳轻松，得劲得多了。

兄弟俩的酒已喝到二八盅上，二哥端起了酒杯，想起了一件在腹中琢磨已久的心事，就慌着与他打起了招呼，有话没话找话说：

"我俩从开始的陌路生人，同住一店、同脱虎口、结为兄弟；后又同殿大考、同时金榜题名，现又同殿称臣为官，细想起来，真的是神仙相助，上天有意在撮合我们成为兄弟。但我琢磨着，我们已经有了十全九美了，还差一美就能达到十全十美啦……"

"停，二哥暂停，三弟我也早有了此意。"宋亦木听出了二哥的心声，很机灵地抢着打断了二哥的话，接着说：

"但我们现在谁都不用先说破，把哥俩心中的这一'美'，用笔写在纸上，然后再见分晓，看我们兄弟俩是否心心相印，想到一块儿去了。"

很快笔墨落在了纸上，兄弟俩面对面同时当场打开两张纸条，上面都赫然规整地写着"亲家"。

"哈哈哈……"两兄弟同时伸出双臂，相拥相抱，然后又都从各自的心底开怀大笑。

二哥又重新从桌面上端起酒杯，给亲家和自己杯里斟满酒，同时干了一杯，然后斟满酒又说：

"以前我俩叙过，我的头一个孩子是个丫头，属小龙（蛇）的。"

"我的头生是个男孩，属马的，我们以前也叙过。"

"好，来！二哥敬亲家公三弟一杯。"随着话音，田骞一仰脖子，酒杯来了个底朝天。

"三弟我也敬亲家公二哥一杯。"宋亦木也学着二哥的架势腔调，端起酒壶，给二哥和自己杯里斟满酒，昂起脖子，一饮而尽。

接下来，兄弟俩来到院子里，指天为证，并打手结掌，田骞的小拇指勾住宋亦木的小拇指，并约定：

等皇上的御批钦准回家省亲的圣旨到时，他们就按照当地的风俗礼仪规矩举行仪式，登门送上定亲的花红、聘礼和定亲的信物，兄弟俩这次又醉了一回……

第三章

　　常家祖传的雕刻，飞檐翘角、脊兽瓦当等制作的工匠绝活和木匠手艺，在当地享有至高的盛誉，被外人尊称为——常家一雕。

　　大哥常继七，由于他带领一大帮徒弟，常年在外包揽活路，家中的木匠铺生意和偌大的田府庭院，里里外外这一大摊子，都是由他内当家的常夫人操持打点。

　　常继七有个闺女名叫常枣花，人长得水灵、聪明、心灵手巧、秀外慧中，配着一张百灵鸟般的小嘴巴，说起话来就如百灵鸟的歌声一样清脆、细润动听；走起路来，随着她的身影，像一只花蝴蝶似的，在人前身后飘来飞去的，招人喜爱。

　　七八岁时，晨起见她爹在家练功，或教导徒弟们习武，她就偷偷地跟在他们的身后，照着爹的架势模样，也学着他的一招一式练习拳脚，健体强身。她练得很用功，也很专心，活像个破小子，不怕吃苦，经得住摔打、滚爬磨炼。

常继七见她能吃苦肯学，也在意教她，每天给她定下基本功练习套路，自己在家，并严厉地要求她一直这样做，容不得半点偷懒或折扣；一旦外出回来，逐项检查兑现，发现某项不足即刻补上。两三年下来，身体明显壮实，功夫渐长。

然而，让人没想到的是，除了她的小嘴、脸蛋和动听的声音没变，其性格脾气从原来的一位端庄俊俏、娇艳婉丽的富家千金小姐，竟活脱脱地变成了一个泼皮胆大、招惹是非的破小子。

爹在家时，一切如常照旧，她还比较安稳守规，按时辰学文习武，半点不打折扣；爹不在家时，娘的话她总是爱理不理地打着折扣。

自从她跟爹学了几年的功夫，感觉自己身手不凡，身上也有了一把劲，喜欢偷偷地跑出去，与人家的小孩打架比斗。

小女孩比她小的不用说，比她大的就是三五个一起上，也奈何不了她；结果都是成堆地睡在地上不起来，在那哭鼻子。

小男孩与她大小差不多的，就是比她大上三两岁的，别说是一个，就是三两个也不在话下，个个都得趴下哭着找爹娘喊冤叫屈。

惹得邻村、五里八庄，或本家族大常营子人家的孩子吃了她的苦头受了委屈，常来她家向她娘喊冤告状，每次都能把她娘气个半死。

本来她娘的脾气就不好，是个脾气暴躁、性情倔强，动不动就喜欢发脾气训斥人的角，所以她们娘儿俩的关系，就如人家常说的那样：

"锯一锯、砍一斧头——越来越不对茬口。"

十岁以后，枣花总喜欢逃离学馆，到自家的木匠铺里去玩，拉拉锯、砍砍斧头。有时三里五里、十里八村的人家盖房子，需请木匠师傅砍房料，她也会跟着师叔和师兄们一同前往，认为好玩，想凑个热闹。

按当地的风俗，盖新房时，泥瓦匠的主墙起来后，就需要木匠把砍锯修整做成的木头房料架上；等吊起大梁上梁时（大梁即主梁，贴上喜对子，缀上红绸缎），梁头下的双方对面墙上会摆放上两盘龙（用白面蒸做的面龙），上面燃放着鞭炮。梁头上站着的木匠师傅手里拎着个大笆斗，里面装着房主搭配好的喜糖、果品、糕点、龙蛋（小馒头）、干红枣、染红的花生、麸皮、小面值的硬钱币等。

木匠师傅口中念念有词，一边嘴里拿着劲捏着腔调唱着贺喜的顺口溜，一边一把一把抓着笆斗里的东西，向下、向人多的地方抛撒……

枣花跟着前来，不仅仅是来看稀奇好玩凑个热闹，更为的是躲开避过她娘，不想听她那整天没完没了的唠叨声。让人烦死了。

常夫人拿枣花没辙，她爹不在家，没人能管得住她，出于无奈，只好让她随这些师叔、师兄们而去，省得她眼不见心不烦。

每次出门时，常夫人都会唠里唠叨地交代小徒弟马草坡一番，让他注意管着她，别又偷着溜掉，乱跑跟人家打架惹事。

平时大家出门给人家干活，因为离家都不是太远，基本上都是早出晚归，按常夫人的吩咐，只好带上枣花，干活时大家总爱跟她开玩笑逗她玩，不停地喊她"少东家、小师傅，快过来帮我们拉大锯"。

一会儿有人又喊"小掌柜的""大东家，快来帮我拉墨斗线……"慌得她东一跟头西一榔头，不停地跑来跑去的，累得她满头都是汗，总见她小嘴咧着，笑眯眯地乐此不疲。

枣花既泼皮又贪玩，但她很精明，大家戏称她"鬼精灵、小人精"，有时趁大家正忙得睁不开眼时，对她放松了注意力，她就悄悄地开溜了，唬得她的小师哥马草坡连忙放下手中的活路连跑带喊，到处寻找，生怕一时找不到，回去怎么向师娘交代……

每次找到她时，发现她都是正与一堆疯孩子疯在一起打斗取闹。地上有睡着赖着、哭着不起的，还有哭着哄不好的，见她师哥来了，都慌着围上来申冤诉苦，师哥只有专拣好听的说，多赔不是哄着他们，并信誓旦旦地说：

"我一定告诉师父和师娘，给你们出气。"最后只有一把拉住小枣花，不论她情愿不情愿，嘴噘得有多高，把她往家拉。

一天，她又偷着跑出去，被小师哥找回来后，一路上，由于她玩劲未了，气劲未消，心里憋着气，总是炮着蹶子，走不上几步，磨磨蹭蹭地坐在地上说累了，歇会儿才走。

她的事很多，一会儿不是无屎推尿地蹲在草棵棵里露个头，装着解手不出来，要么就是极不情愿地铆足劲，拿出吃奶的劲头，向前拼命地猛跑一阵子，把小师哥远远地甩在后头。

要不就是大喊大叫，说走累了实在走不动了，要小师哥背着她走，要不，干脆赖在地上不走。

枣花心里清楚，不论自己怎么折腾取闹，都将逃不脱师哥的手掌心，因为小师哥是个男孩，比自己大五六岁，已快长成一个大小伙了，平时跟爹学的功夫比较利索到位，看来跟他耍横绝对不行，只有跟他耍点无赖的小聪明还可以。

马草坡感到头疼，拿她没辙，平时大多都是只好由着她、顺着她、哄着她、依着她，或者哀求着她；确实到了真的拿她没办法的时候，只有使出绝招，强行一把抓住她，让她挣扎犟脱不掉，只得乖乖地跟他回家；要不就是拿出师父师娘的招牌吓唬她。

枣花并不在乎师哥向她娘告她的状，心想随你的便吧，也不知你向她告了多少回，我是不怕的；但她所怕所在乎的就是师哥向她爹告她的状，那就坏了大事啦。

她很精明，头脑好使，心里在琢磨着怎么才能堵住师哥的嘴，让他不再向爹告发她的恶状。思索了半天，心想，只有用鬼主意、歪点子才能把他吓唬住，堵住他的嘴，把他套住套牢。

枣花一改刚才疯丫头破小子的疯劲，顺顺当当地跟着师哥往家回，走了一段路，然后对他说：

"师哥，今天我跑出去玩，我娘是不会知道的，她让你看着我，管着我，回去后，你不要再向我娘说三道四，说我的坏话，给我上烂药，让她知道了，又要骂我半天不成。"枣花看着小师哥耷拉着脑袋，一脸的不高兴，吭也没吭一声，只顾走他的路，她接着又说：

"听上次回来的人说，说我爹也快回来了，师哥你千万千万不要向我爹告我的恶状，我娘向他告我的状，我爹不咋信，因为我爹知道我娘的坏毛病多，平时懒得听她的。"

"你就不一样了，我爹他最认可的是你。"枣花加重了语气，无可无不可地说：

"如果他要是知道了我整天乱跑逃学，与人家打斗取闹、惹是生非，就没有我的好果子吃了。"

枣花说到这，显得很紧张，一脸的沮丧，有意识地把话停下来，想看看师哥有啥反应。看着师哥还是一直冷着脸噘着嘴，不待见人似的只管走他的路，不咋搭理她，心里立时着了毛，伸手一把拉住师哥的衣裳襟，不走了，一本正经地对他说：

"如果你向我爹我娘告我的状，我也向我爹我娘告你的状。"

"唉！我怎么了，告我什么状？"马草坡感到很惊讶地反问了她一句。

"告你对我不规矩，使坏。"

"我怎么不规矩、对你使坏啦?！"马草坡被她气得差点没背过气去，嘴唇立时发颤青紫，脸色像涂了一层红颜色似的暗紫通红，一直红到耳头根脖子下。

"你刚才在偷看我尿尿。"枣花的话说得很轻巧，虎着脸，似带委屈，一脸的正儿八经的样子。

"死……死妮子！你……你疯了是不是？你光知道这样瞎说，就不知道这话里有多轻多重，是要害死人的，弄不好我会屈死在你的玩笑中。"马草坡被她这句话惊吓得魂都飞了，他有些晕了，语无伦次地瞪着他的大眼睛，指着她说：

"刚刚我们走路时，你个疯妮子一会儿跑前、一会儿蹲后，一会儿又不见了踪影，我回头四下里在找你，找了半天，结果才发现你蹲在那草棵里露个头，说你是在那里尿尿。"

"看看！这就对了，我说你看我尿尿，你刚才还嘴硬，现贼不打自招，承认了吧。"

"没，没有……就是没有！我要看了我是条死狗，我只是看不见你，到处在寻找，无意中看你蹲在那……"

"对呀，这就更对啦，你终于承认说了实话。"枣花咬着牙，进一步威胁他，并恶狠狠地指着他说：

"你刚才承认说看我蹲在那，我蹲在那是在尿尿，你看我尿尿的地方，我爹我娘要是知道了，不是我吓唬你，他们不扒了你的皮才怪呢。"

"不是那个意思，话说连边了，是那一片草棵棵，嘿……真的是让你给气糊涂了，越说越不上路、越描越黑……"

"这直来直去的大整话，有什么糊涂越描越黑的地方。"枣花在步步紧逼，心里乐滋滋的，看着师哥平时不怎爱说话，今天这紧张、惶恐不安、脸憋得通红憨态的小样；心里想笑，却又不敢笑，只有强忍着，想继续看师哥的笑话。心想：

天天像个凶神似的，没想到你师哥也有害怕的时候，平时谁叫你狗仗人势，帮我娘欺负我，把我管得死死的，活该！

双方僵持了很长一段时间，刚才还像个雄公鸡似的高昂着头、不可一世的师哥，瞬间的工夫，头就耷拉了下来——蔫啦。

马草坡心里清楚，他了解师妹的鬼主意，也敢肯定师妹是不会真心害他的，可他心里自觉害怕了。

虽说她还是个孩子，可她是个鬼精灵，人常说"童言无忌"，不能与她当真，也更不能与她较劲赌气，就慌着主动上前，像平时哄她回家那样，讨好似的对她说：

"师妹、师妹，我的好师妹，以上虽说是师母之命，但师哥多有得罪，我今天对天发誓，决不会向师父师母说你半个字的坏话，如有半点谎言，天地共诛，罚我变成三条腿的瘸腿狗。"马草坡为了稳住枣花，又进一步与她商量着说：

"不过我的好师妹，你今天的玩笑开得太大，有些过了头，整整能把一个大活人吓死三五个来回趟，都不在话下。"马草坡一直在不眨眼皮地讨好着枣花，见她的脸色有了松动，想笑又不敢笑，心里好受得多了，稍微放松了一下自己一直紧绷的情绪，寒着脸，眼角淌着泪，不无伤心痛楚地说：

"师妹呀，师哥求你了，像今天这样过分的玩笑，你只知口无遮拦、信口雌黄、随口拈来，却不知其中的要害；虽说我们还都是孩子，因为你小我大，如果传出去人家都会认为我是'驴毛畜生、不做人事欺负你'；如果这样，我就是跳到黄河里也洗不清，不仅会要了我的小命，也会被贻害终生的……"师哥说着，眼泪一直流淌不住。

看着师哥那一直紧张恐慌、担惊受怕的小脸，一会儿青红暗紫，一会儿又苍白蜡黄，满脸伤感、颓丧、狼狈的模样，枣花觉得他可怜，但又有些好笑甚至好玩，心里开心透了。但她转而一想，略有所思地又怜惜起师哥来。

师哥初来她家学徒时，就是一个下人，什么活都让他干，时常被她娘呼来唤去的，稍有不是，随时就会招来她娘无休止的唠叨和谩骂；让他经常看护着她和带好弟弟妹妹们，由于自己贪玩、泼皮任性、招惹是非，可没少给他带来伤害，每次看到他被她娘，耳提面命地训斥；虽看他痛苦不堪，但从未见他有什么异样、反常表现，总是无怨无恨、不争不辩、海涵、逆来顺受，她认为师哥是个难得的好人，真的是难为他了……

枣花很快抹去了刚才她那义愤填膺、装腔作势的假脸，露出了自己本来眉目清秀、常带微笑、见人亲和的笑脸，笑盈盈地来到马草坡跟前，低着头有些不好意思羞答答地说：

"师哥，你别害怕，本想跟你开个玩笑，逗你玩，吓吓你，堵住你的嘴，没想到会把你吓成这样，现看来这玩笑是真的开大了，实在对不起。我不当真，你也更别当真，谁要是当真记恨，谁就是三条腿的蛤蟆、四条腿的小狗。"

"不当真，不当真……"马草坡即刻来了精神，像吃了定心丸似的，抹了一把脸，止住了眼角的泪水，也随着笑了起来。

"师哥，你是个好人，从我记事起，你来到我家就知道你心眼善良，为人厚道诚实、精明能干，说话做事都比较持重可靠。我爹非常看好你，我娘也很放心地让你天天看着管着我和弟弟妹妹们。"

他们嘴上说着，脚下不停地走着。突然间，枣花停住脚步不走了，一把拉住马草坡的衣裳襟，不知何故，脸色"唰"地立刻嫣红起来，有些羞于开口、不好意思羞答答地说：

"师哥，我打心眼里非常喜欢你，你等着，等我长大了，我一定嫁给你。"

"傻丫头、疯妮子，你今天是怎么了，是中了邪，还是错吃了疯药？你刚才把我吓得到现在还没转过来，魂都不知哪去了，刚想喘口气心里好受些，你又这样说疯话，是想把我吓死不成？"马草坡立时就像着了魔似的蹦跳起来，脸上刚刚消退的愁云，立马又青一块、白一块、紫一块地聚集起来……

"师哥，你别害怕，也不要发怒，这么大的事，这回绝不是与你开玩笑，是真的，确实是发自我内心的心里话。"枣花为了打消师哥他那惧怕的心理和不相信的想法，又进一步地表白坦言，向他解释说：

"我很早就开始喜欢上你了，看你哪里都觉得顺眼、顺心，看着舒服，说瞎话是小狗。"

"别再逗我、吓我啦，我的师妹、我的亲妹子、我的小姑奶奶，我给你下跪了，你行行好，放过我吧。"马草坡正要下跪，被常枣花一把拦住。

"你是常家的千金小姐，金枝玉叶，我是来你们常家做学徒的小徒弟下人，绝不可能。"

"怎不可能？"

"就是你同意，你爹你娘也决不会让你同意的，另外，家族声望、地位、穷富悬浮、世俗尘垢、势力偏见不仅不允许；这话传出去，是人都会说我自不量力、心高妄想、痴人说梦；你们常家人就是不把我打死，也会乱棍即刻把我赶出常家的。"

马草坡看着枣花一脸的天真和自信的认真样，他知道枣花心里很早就喜欢他，现一时又不好驳她的一片好意让她哭鼻子，只好哄着她等以后慢慢地劝说她，于是说：

"再者你小，人家也会说我哄你骗你，不知是怎么欺负了你，另外，小孩家说的话不为数。"

"什么小孩家，我还小？我都十岁多了。"枣花有点委屈地撇着嘴，嘤嘤地哭了起来，看与师哥说了半天，也未能说服师哥，她有些急了，用手抹了一把眼泪，气不顺地一再说：

"那好，咱们从现在说起为准，咬个牙印，先把话搁在这里，你一定要跟我爹好好地学手艺，学他做人做事的本事，等着我，我会长大的，我也向你保证。"

"从今以后，我会让你和其他人都省省心，另眼看我，立即改掉一个只知贪玩、乱跑惹事的疯丫头破小子的坏名声，我准备先向夫子赔罪认错，然后去私塾学馆里熟读诗书，好好学习，将来我也要成为一个'知书达礼、贤惠善达、琴棋书画、样样精通的人'。"枣花越说越来劲，最后她来到师哥身旁，拉住他的手，让他打起精神，振作起来，与他打手结掌说：

"我说话算数，良心在前，天地可鉴，你也不要急着说亲成家，我非你不嫁，你也非我不娶，等我长大了，我一定嫁给你……"

第四章

又是一年的春天，这年的春天来得很早，不知不觉中，就已悄悄地来到人们的身边，而且来到后，看样子就没有立即想走的意思。

最先知晓和迎接春天到来的是河边、堤坝、路边林荫道上的柳树，纤纤修长、细腰长腿、风情卓著的柳枝，它们刚刚穿越了严寒冷酷的冬日，伴随着悄悄涌动的春风，垂下了颀长的裙摆，在不时地轻佻清逸、翩翩起舞、逐波荡漾着。

它们的舞姿缠绵、娇柔百回，千姿万艳、轻歌曼舞；慢慢地在不知不觉的风情中，由初始的素面绯纱、清逸萧萧，很快转换成了柳绿枝青，枝条上挂满了成串成串的柳咕嘟，已绽放出嫩嫩翠绿、毛茸茸的柳花……

明媚的春光带着久违的笑容，满面春意地挨门逐户地与大家打着招呼，并殷勤地透过窗格的缝隙，悄无声息地爬进窗户里，给室内的墙面上，影影绰绰地绘画出一幅幅美奂绝伦的图画。

田骞和宋亦木在朝为官，整天忙得晕头转向不亦乐乎，算起来在京城已过了三个秋冬，现在又迎来春天。兄弟俩离家已将近三年，整日里盼星星、盼月亮，终于盼来了皇上的开恩御旨，恩准他们同时回家省亲。

兄弟俩欢喜若狂，庆喜庆贺一番后，制定出这次省亲的行动计划和路线安排。为了不过于声张招摇，扰乱地方官府衙门，随行的官员与护卫先行了一步，兄弟俩只好轻车简从，素衣便装，带上少量的随从悄悄而行。

第一站，他们选择了先到曹州上堌铺大常营子，拜望他们的救命恩人，结拜大哥常继七。

兄弟仨相见，他们相拥相抱，喜泪交加，按照结拜兄弟在当地的规矩，常继七的父母都还健在，既然结为兄弟，大哥的爹娘就是兄弟仨的爹娘。遵循习俗礼节，择日设坛摆供，对爹娘行了三叩九拜大礼，并祝福祝寿二位老人"福如东海、寿比南山"。

常继七的父亲常老爷子自感幸运、吉星高照，春华秋实、老来有福、喜添二子，依照当地习俗，给田骞和宋亦木每人先是做了一身新衣裳。

虽说他们年龄已大，都已成家娶妻生子，但在常老爷子面前，他们还都是个孩子，上辈传下来的规矩不能改，用六种颜色的花布，特意给他们每人缝制了一顶童子长命、仕途升迁的六角花帽。

用上等的楠木给二人各做了一个百宝箱，作为爷们儿初次见面之礼，箱子里少不了珠宝首饰和沉甸甸的黄白之物压腰钱（压岁钱），随后又叩拜了他们的大嫂常夫人。

兄弟仨在一起欢喜取闹、叙谈游玩了数日，第二站的
行程是顺路去老二田骞的老家归德州大兴巷田家牌坊，大
哥陪同，兄弟仨一起前往。

最后一站，兄弟仨来到了三弟宋亦木的老家亳州回望
塔大坝渡口的府上。宋亦木引领大哥二哥，游览了古亳州
的名胜古迹花戏楼（原名又称关帝庙）、曹操地下运粮道、
华祖庵……

田骞、宋亦木的爹娘都还健在，兄弟仨对爹娘一一都
行了三拜九叩的大礼。爹娘们也按本地的习俗规矩，同样
给他们置办了衣锦细软，给足了压腰钱。

他们在一起欢聚了多日，最后谈论到老二田骞的闺女
田芍竹与老三宋亦木的儿子宋方祺的定亲大事时，正好兄
弟仨都在场，有大哥主持操办，以后形成个规矩，父母百
年之后的大事，孩子们的婚姻大事，三兄弟都必须在场，
亲自操办。

在那个时代，千百年来，已形成一种固有、一成不变
的势利倾向，人分三六九等，婚姻更是如此，最注重讲究
的是"门当户对、地位名声"，说白了就是要"肩膀头一般
高"，有道是：

"纱配纱、罗配罗，白菜只能配萝卜"，只有般配，门
当户对才能安稳地过好今后的日子。

然而，男女的婚姻大事，完全都是由父母之命、媒妁
之言而定的终身，因为只有这样，完婚后才能叫作明媒正
娶、光明正大。

像田骞与宋亦木这样的人家，他们原本在当地就都已
是显赫有名的名门望族、大户人家，现又锦上添花，同时

在朝、身居高官，在地方上算是有头有脸的人物。又是两人要好、打手结掌，嘴对嘴、面对面，亲自给自己儿女定下的终身大事，你想：

他们在给自己的子女定亲时，是多么地注重讲究、隆重显赫、体面排场，是多么在乎自己的声誉。

宋亦木这次回家省亲，他自感自己是官运亨通，祖坟冒了青烟、紫气东来，八面风光，既光了宗也耀了祖，为老宋家挣回了脸面。

这次回家夸官亮职，特意穿上朝服，先是给岳丈大人看的，他多年从不待见、也没拿正眼看过自己。今日翁婿相见，先不说官场有句俗语"朝官出京为二天子之说"，就眼前门婿儿的官职，已远超岳丈的官职，行话说官大一级、重于泰山，岳丈大人跪拜迎接是理所当然天经地义的。看您是否还鼠目寸光门缝里看人，不拿正眼看我。

也是给夫人看的，压压她那趾高气扬、盛气凌人的做派，夫妻本是同林鸟，生死与共、平等相待，相敬如宾、相濡以沫，自然有缘结合在一起，哪还存在什么高低贵贱之分。可她就不一样，总认为自己高人一等，凤凰落入了鸡群，亏大了……

宋亦木本来就是一位做事爽快，为人处世大方体面的人，他所企所要所讲究的就是宋家家族的名望和地位，他与族人暗自商定：

这次给儿子定亲，一定要把粉搽在脸上，按照女方当地的风俗和家族中的惯例，所开出的礼单，全部给予照办。

男方根据当地的传统风俗，在下定亲聘礼时，特意用小叶紫檀制作了一个随手可拿、随身携带方便的小百合木盒子，俗称"百合"。百合之意为百年和好、百事合心、顺心顺意。

小百合外边都是用金箔、琥珀珠宝镶嵌包裹的，里面装有宋家特意从金铺制作的一对刻有"宋"字标志的金质凤凰紫金钗。凤为公，留在了宋家；凰为母，装进了小百合箱里。

里面还装有奶奶随嫁来时的一块使用了几十年的心爱之物，棱花式神兽葡萄铜方镜，给自己未来的孙子媳妇压了百合箱底，也作为宋家给田家的定亲信物。

按照当地的风俗，小百合箱里还装有一百尺长的金丝细红线、艾叶，还有红丝绸手帕包裹好的五个小红包。它们的喻意是：

一条百尺长的金丝红线，叫作百里挑一；也叫作千里姻缘一线牵。一头牢牢地拴住男方宋方棋，另一头稳稳地拴住女方田芗竹，在拉近他们的距离；百尺红丝，就是百年好合、长命百岁、白头偕老之意。

艾叶就是，小两口以后过日子，要尊老爱幼、长幼有序；要善德归厚、历久弥新；相敬如宾、恩恩爱爱。

第一个小红包里包着一捏大米；第二个小红包里包的是一捏好面（麦面粉、即白面），意喻他们小两口今后所过的日子，是米面夫妻、生活富裕、幸福美满（因为在那个年代，人们时常都是吞糠咽菜，饥一顿饱一顿填不饱肚子，总想渴望自己美梦一场：能吃上一顿大米饭或白面馍，过着上等、富裕人家的生活）。

第三包里包的是一包麸皮（即麦子麸皮），"麸"的谐音就是"福""富""府"，意喻她是有福之人，如凤凰不落无福之地，有福之人，总归要嫁到有福之家，过上洞天府地的富贵生活。

第四包里包的是五颗花生，第五包里包的是一包芝麻，二者在一起的喻意，可作生育与高升两说之用。一说是：

花生的意喻为"生"，希望他们所生育的后代子孙如同芝麻粒一样稠密繁多，意望他们家族枝繁叶茂、人丁兴旺、人才辈出、辈辈贤达、富丽堂皇。再者是：

高生（升）之意，喻意他们的子嗣，五子登科、官运亨通、步步高升、仕途宽广、家族兴盛、门庭若市、出将入相，犹如芝麻开花——节节高。

选好吉日，前往归德州田家下定亲聘礼的人，由于路途比较远，他们组成了一个车马队，田骞早已先回去，让他在家等候，做好迎接的准备。

从京城随宋亦木回家省亲派来的官员和护卫队，他们都骑着高头大马，在前边壮光陪衬着开道。

后边紧跟着一队很长、特殊编制而成、浩浩荡荡马拉的轿车队，大哥常继七坐在车队轿车的最前边领着队，感到无限风光自豪。

那个场面阵势，如此地靓丽、气派排场、显赫大气壮观，他们所到之处，招人耳目，立时就会招引来众多驻足围观的人群，让人真的是开眼了，他们惊叹不一，赞喝声不绝于耳。

有道是：看稀奇饱眼福、长见识，要看还是看官家、名门望族大户、有钱人家办喜事，那种气派排场、华丽壮观的场面，有看相、也有个看头，让人惊讶唏嘘，经年难以忘却……

第五章

　　常继七还是与往常一样，带着他的一帮徒弟，经常在外东奔西跑包揽活路，做着他的工匠活。

　　小徒弟马草坡，时常跟随着师父和其他师叔、师兄们一起，先学着做他们的下手，再精心地学做这门手艺。

　　马草坡是个头脑聪明活调、勤快能干、心地善良、忠厚老实的小弟子，按照当时学徒的规矩，学徒要分一个五年和两个三年的时段，共计十一年，才能圆满学成出师。

　　第一个五年是初入师门的学徒时期，要给师父家干五年的零碎苦杂活，就是先要学会给师父家端茶倒水、打扫卫生、清理茅房、推磨挑水、烧火做饭、饲养家畜家禽、看管孩子、洗刷马桶尿布等。

　　凡是师父家需要，自己能干的活都得干，这五年的吃饭，都是师父家的，穿衣和零花钱都是自己的。

　　第二个时段的第一个三年开始跟师父、其他师叔和师兄们学做手艺活，叫作正式入门学徒。

最后第二个三年，是实习时段，这时的手艺活已学完，也基本学成，但不能马上出师，还要跟着师父出外干活三年，美其名曰，"边学边做、打牢基础、送上一程"。这三年师父不发给工钱，只管吃住，每年冬春两套衣裳，过年过节发给压腰钱，或一期工程结束后，发给赏钱，或给零花钱。

十一年后，学成期满，就可以出师了。自愿出师时，师父会送给一条长扁担，两只木匠筐；筐里给你装有斧头、钉锤子、刨子镯子、钻子铲子铁锛、墨斗角尺等，还有一整套六把大小、长短粗细不一的锯子。

还有飞檐走兽雕刻挖眼、打洞所用的平凿、圆凿、棱凿等，全部木匠活和雕刻工匠活所用的工具，都给你备齐，你就可以出师，另辟门户啦。

如果学成圆满后不愿意出师离开师门的，那就可另当别论，跟着师父一起干活，师父就要发给工钱了。

马草坡他在用心地跟着师父学做工匠活，他不仅聪明好学，而且脑瓜灵活，干起活来，既有眼色又勤快，从不怕吃苦。

平时你看他在屋檐上，或在阁楼上，就如一只小灵猴，钻梁绕栋、登高爬低地，既麻溜，且又非常稳重老练，很得师父的夸赞和赏识。

马草坡也是一个颇有心计、遇事喜爱琢磨的小伙。闲时也会常常念叨枣花，在琢磨她曾经说过的话："……跟爹好好学手艺，学做人做事的本事；等着我，等我长大了，一定嫁给你……"

每当他想起这句话的时候，心里总是热乎乎、酸溜溜的，使他浮想联翩、感慨万千，无形中也会给他增添无穷无尽的力量和对美好前程的向往与期待。

他很在乎前边的一句话，真金白银般的金玉良言"……跟爹好好学手艺，学做人做事的本事……"他记住了，并把它牢牢地埋藏在心底，作为自己的座右铭、夜晚行路的灯塔，时时在提醒、在鞭策自己努力去做。

然而，当他冷静下来，头脑清醒时，却认为后边的一些话，二百钱放在水盆里——他心里明白；那是"麻秸秆当枪打兔子——没准的事"。但他并不在意，不寄予奢望，也从没把它当作一回事，自认为是小孩之间的玩笑取闹戏言，不足为是，也不可能，想都不用去想。

马草坡有时跟着师父出外学做工匠活，有时也会被留在家里，一边学做木匠活，一边或随时听候师母常夫人的使唤。

一转眼几年过去了，枣花自上次与马草坡承诺后，并在她爹的严厉训斥下，一改往日的坏习惯、坏毛病，很快从一个被人一时厌恶的"破小子、疯丫头"又变回一个温顺谦和、秀丽端庄、乖巧可人的常家千金小姐。

大常营子常家是大户，早年间族人建造了一处比较敞亮、清静安逸的四合大院，在此设立了一所常家私塾学馆，请来了夫子，专门教授常家的子女后人读书识字、琴棋书画等，枣花又重新回到了常家私塾学馆里读书。

平时，有时有人从外地出门回来，总是带回来很多好吃的糕点、果类，或是家中又做什么好吃的东西，师母总是喊马草坡给在私塾学馆读书的孩子们送过去。

因为常家的这所私塾学馆，离常继七的住宅大院足有二里多路，平时这些孩子们吃住都在学馆里，不到特定的日子，是决不允许他们走出学馆的。

　　每次枣花打开师哥送过来的东西，都是让师哥和他们一起吃，看到师哥那推推让让、躲躲闪闪不好意思的模样，她不在乎自己的弟弟妹妹在场瞪眼看她，总是拉着拽着，火烤着脸似的威逼着师哥，让他与他们一起吃。

　　马草坡没有多想，也不敢胡思乱想，打心眼里总是在念叨着枣花对自己的好，也想弥补或回报她一下，但他不敢。这种即闪瞬失的念头，每每想起，都是很快就被打消了，心里自己给自己戴上了紧箍咒，时刻在克制着自己，万万不可妄想……

　　一天，马草坡来学馆送东西，枣花一把拉过马草坡，像是见到了久别重逢的亲人，样子有些生气，小嘴噘着溢露出娇柔而又含情脉脉地说：

　　"师哥，这次你又随我爹出门干了几个月的工匠活，爹给你的零花钱，回来时给我买的什么东西？"

　　"没买，什么也没买。"马草坡吞吞吐吐了半天，脸色腼腆，而又黜黜唧唧（胆小）小声对她说：

　　"我不敢，你们家啥都多得是，啥也都不缺。"

　　"看你出息，你不敢，敢了谁又能咋了你，有我呢，我家多得是，哪一样是你买的？"

　　"……"

　　经过一段很长时间的苦思冥想、掂量再三，马草坡终于咬定了牙关，在以后随师父出外干活时，用师父给他的零花钱，回来时他总是偷偷摸摸从商铺里买些小女孩喜欢用的香粉、香水、发夹、头花、金丝头绳、手帕、头巾、丝巾等，送给了枣花。

这些东西虽说枣花不怎么稀罕，因为她家里确实多得是，她爹每次出门回来，总是从外边的大地方买回许多稀奇新鲜的东西带回来。师哥送的不能与爹买的一样看待，每次她都乐意接受，当面扎戴在自己头上给师哥看，无形中师兄妹之间的友谊之情在逐渐地加深。

一天大清早，师母让人喊去了马草坡，让他早饭后把枣花送到她姥娘家，代她走趟亲戚行份贺礼，顺便看看她姥娘，并一再嘱咐：

"送到后，把人交给她姥娘，你就可以回来了，枣花可能要在她姥娘家住上几天，回来时，她舅舅会来送她的。"

走在路上，马草坡一直是不声不响地硬着头皮走在前边，身上背着东西，脚步迈得很快。因为去她姥娘家水井爷那地方，离她家只有十多里路，以前不知去过多少趟，他比较熟。

枣花只有紧紧地跟在马草坡后边，紧走快走总感觉就是赶不上，看着师哥不怎么搭理自己，心里不由得着了毛，就慌着喊叫起来：

"师哥你慢点，走那么快干吗，火急火燎的像是断了盘缠钱是不是，我一直赶不上你。"

"你走路不专心好打岔，不是抬头不停地看天，就是两眼直勾勾地看树看鸟窝，你能走得快吗？"马草坡不经意地说着，慢慢地停住了脚步在等她，然后又指着身上背的东西说：

"你看我身上给你姥娘背了这么多的东西，都比你走得快。"

　　"师哥你不知，我整天闷在学屋里，什么也见不到，只知背书吟诗，今天是我娘打的招呼，才放我出来了，什么都感到新鲜好看好玩，师哥你……"枣花紧赶了几步，赶了上来，嘴里总想说些什么，来到嘴边的话，好像是有点不好意思似的，难以启齿，又咽了回去。

　　他们默不作声地向前走着路，枣花看着师哥只顾低头走路的憨态劲，心里想气，但又气不起来；憋不住想笑，恐又怕笑出声来把师哥给笑羞了，只得忍着，但她又耐不住寂寞，憋闷了一大会儿一小会儿，实在是存不住气了先开了口：

　　"师哥，转眼几年的工夫，看你已长成一个又高又壮实的大小子了，像人家常说的那样，长得既光滚（帅气）又标志；既有不差板的小样，更有能拿得出手上台板（大场面）的大样。"

　　"师妹过奖了，又在取笑师哥是不是？你现在长大了，跟你说话，心里感到紧张，脸红心跳就好像嗓子眼里出不来气似的。"马草坡那一直紧绷的面孔瞬间松动了一下，露出了一丝微笑，只知本小，不敢铺张，却很快又小气得收缩了回去。

　　"师哥心灵手巧、聪明好学，手艺学得很快，也很精道，我爹对着我娘和我们全家人的面，不知夸了你多少回，说你得了他的真传，将来可以独当一面。"

　　"师妹还在取笑我，你知道师哥脸皮薄，牛犊子啃倭瓜——嘴笨。"

　　"我说的都是实话，哄你是小狗。"枣花一脸的认真，她看着师哥那不太相信、心里疑惑的样子，气得她噘着樱桃小嘴，脸上很快飘满了一层薄薄的红润，嫣然一笑地问走在一边，只顾走路的马草坡：

"师哥，你还记得几年前，我俩在一起说过的话吗？"

"什么话？也不知是哪句话，记不得了，因为我们在一起说的话太多了。"马草坡他心里揣着明白，却装起了迷糊，一脸惊诧地打探着她。

"你忘了，就是那一次，为了吓唬你，说你看我尿尿，说的那些话……"

"嗷？……"心想，何曾是记得，而是念念不忘，记忆犹新；但他不敢面对眼前枣花的提问，承认记得，只能抬起眼皮，愣愣地看着她，俩哑巴拜年——一时没那话。

"一共是两句话，前边的一句话，眼前看你跟我爹用心地学手艺，学做人做事的本事做到了，而后边的一句话你忘了吗？"枣花一直在苦苦地逼问，火烤着脸看着师哥。

哪能忘得了，一直深深地埋藏在自己的心窝里，可以说至死他都不会忘记的，马草坡心里清楚：

前边说的话他能做到，也必须做到。而后边的一句话，平心而论，他是真的求之不得，也是他梦寐以求的大好事，然而，他很理性地认为，自己的肠子不用人家量——自己知道长短。

孩子们之间的一句玩笑话，不可当真，并且眼下两人门户不当、天地悬浮，也不可能成真，所以他只有缄口默言、置若罔闻。

枣花见师哥一点反应都没有，每次都是由她把话题有意识地引到正题上，关键时刻，他总是有意识地把话题岔开，躲得远远地，气得她每当提起这话的时候，羞红的脸蛋上，一会儿比一会儿显得更为娇红温馨、黑嘟嘟的大眼睛里噙着晶莹的泪珠。枣花认为：

师哥缄口默言，一直不提那码事，她知道自己不会兽医——也知道师哥驴肚里病；想来思去，心想，你不敢说，也不想说，还是我来说，我来挑明吧。

"就是让你……等着我，等我长大了，我一定嫁给你，现在可以了吧，我已经长大了。"

"别！别别……千万别再这样说，毛孩子时的一句玩笑屁话，何能当真。"马草坡被惊骇得立时脸红脖子粗，嘴唇哆嗦着。他停住了向前走动的脚步，放下身上背着的东西喘口气，两只手不停地摇摆着，然后又像着了魔似的不停地搓着双手，一脸的恐慌，显得很胆怯、惧怕的样子，眉头皱得像是在哀求，苦着脸说：

"我害怕，我眼前已出现了幻觉，就好像师父现在就站在我面前晃来晃去，很严厉地在看着我；也看到了师母，正咬牙切齿地用手在指着我……"

"那是因为你太敬重、崇拜、神化我爹了，按《道德经》之说，师哥的大脑神经、灵魂深处已被我爹所赤化，已打上了深深的烙印，是不容轻易消除和抹去的；我娘也是一样，只不过是她的暴躁、霸道，耳提面命训惯训怕了你而已。"枣花一边给师哥鼓劲，一边很自豪地继续说：

"那时你嫌我年龄小，说话不能当真，我今年十五岁了，已经长大成人，像我这个年龄，已有很多成婚出嫁的，现在可以说话算话了吧。"

"那也不行，你知道婚姻是不能自己做主的，全由父母之命、媒妁之言，不仅我与你不般配，最起码师母这一关，实难通过。她要是知道了，会说我不知深浅，痴心妄想地引诱、哄骗你；臭骂我都是轻的，不被你们常家人打死，也得打断我的胳膊腿。"

"这事你不用怕，不是你引诱、哄骗我的，而是我自愿找你提出的，因为我喜欢你，我敢当面向我爹我娘替你开脱作证，'非你不嫁'，如果我娘一再阻拦打别，我就死给她看。"

枣花言辞恳切较了真，她看着站在一旁一直傻乎乎低垂着头，不敢抬头正面看自己的师哥，活像霜打的倭瓜叶一样，没有了一点底气。她为了打消师哥那前怕狼后怕虎、心中胆怯、满脑子惧怕的心理作用，不只是继续给他鼓劲打气，而且还给他出主意催促他说：

"师哥，过几天你抽空回你老家一趟，让老家爹娘托出媒人，前来我家先向我娘说媒提亲，我爹等他以后回来，我会慢慢地向他细说。"

"……"

半个多月后，枣花见没有什么动静，就慌着找到马草坡，把他叫到没人的地方，很生气地追问他说：

"师哥，上次跟你说好的那事，你回家了没有？"

"没有……"

"还是害怕？师哥你百样都好，就是这方面你显得畏尾缩首的，活像个缩头乌龟，太没有出息了。"枣花看着他那无精打采、像掉了魂似的模样，心里就来气。

"叫你骂对啦，这些天我翻来覆去地想，这是一步险棋，没有任何一点把握可言，根本不可能。"

"怎么不可能？起码我是积极主动的，我爹心胸宽阔看得开，是可以争取的，就剩我娘，我可以以死抗争逼迫她，再者，你没试怎么就知道根本不可能。"

"如果这样做，不仅事出无果，我吃苦受罪无关紧要，更可怕的不仅苦了你，还会害了你，师哥于心不忍。还是算了吧，我会感激你的，对你的深情厚谊这辈子如果还不了，下辈子我还会接着还。"

"胡说什么呀，怎么越说越不上路了？按古人所言，我们这辈子混混沌沌地不知因何而来，更不知我们又因何循循浑然而去；这辈子我们应做的、该做的事情，还都没有做，已白来了人世间一趟，成了一名过客，何谈下辈子？"

"只是听人说，下辈子、下辈子，谁见过，谁又经历过下辈子？"枣花越说越来劲：

"师哥你要相信你师妹，我心已定，非你不嫁；海枯石烂、视死如归，一定要按我说的去做。"

第六章

　　马草坡犹豫再三，数日后，最后还是拿定主意，只有死马当作活马医，回家一趟告知爹娘如何而为。不然，面对枣花，无以应答。

　　很快家里就托出来了两位媒妁之人，她们乐滋滋地来到曹州上堌铺大常营子的常府大院。

　　俩媒婆进得院来，刚与常夫人一照面，说明来意，还没容她俩把话说完说彻底，可就如捅了马蜂窝，惹下了牛鼻大乱子。

　　因为事出突然，常夫人感到事儿不知乎，从哪儿冒出这事来？把她弄晕了，眼珠子翻几翻，差点没背过气去。她那平时就听不进逆耳、让她不顺心、不中听的话，火爆惯了的牛脾气，立马就与俩媒婆擦枪走火、大喊大叫嚷嚷起来，并口无遮掩放起肆来：

　　"我说你们俩是吃饱撑的，还是肚里饿了到处找吃的。不识字你们也要先摸摸招牌，先睁眼看看，打听掂量好双方的分量轻重，是否般配，才能开口下牙！"

"你们把我们常家当作什么人了，什么样的媒你们都敢来说，我们常家是什么人？我可以砍根揭底地告诉你们，我们是当地的名门望族大户人家！我家的枣花是知书达礼、琴棋书画样样精通的千金小姐，贵为金枝玉叶，你们这是寒碜侮辱、糟蹋贬低我们常家，还是……真是狗眼看人低。

"马草坡是什么玩意儿！他只不过是我们常家的一个下人，来我们常家学手艺混口饭吃的小徒弟，也不撒泡尿照照自己的影子，他配吗？真是猪八戒裁嘴（闭目瞌睡）——竟想好事。

"他鸡毛上秤盘——也不知自己是几斤起头，真是自不量力，你们也欠妥，这样一个混账的媒，也敢前来搅和……"

"常夫人别发火，有话好好说，嘴里说话干净点，别放肆伤人。"一媒婆被常夫人当头一棒，有些受不了。

"常言道：'一家有女、百家问'，这是老祖宗传下来天经地义的老规矩，我们就干这一行，只要有人有请让我们来提亲说媒，我们就可以前来牵线搭桥、撮合姻缘。对于你们两家愿意不愿意结成连理，这是两码事，不必动怒，伤了和气。"另一媒婆也看不惯常夫人那一脸高傲霸气、土豪气十足、不可一世的熊样，十足的一个没教养、不醒世、撒野霸道、耍横惯了、把家门框子的泼妇，心里也跟着来了气。

"那你们也不能不分三六九等，眉毛胡子一把抓，就轻易开口，应先掂好分量，是否门当户对、两下旗鼓相当的姻缘，最起码水码不离桥，才能应承登门提亲，你们这样不感觉到莽撞、荒唐，瞎子尿尿——屙胡淋吗？"

"亏得我今天心情好，有涵养，你们碰钉子、招二脸
是轻的，要不，我早该把你们赶出家门，让你们滚得远远
的！"常夫人一直挂着她那不容置辩的蒜窝脸，怒视着眼前
这两个不识数的臭媒婆。

"常夫人，常家是名门望族大户不假；你说你今天心情
好、有涵养，纯属牛鼻话；你常年身居府中，不懂世俗规
矩，我们不像你所说'莽撞荒唐、瞎子尿尿屙胡淋、狗眼
看人低'。"一媒婆存不住气，心里憋不住窝火，与她杠上
了：

"各行都有各行的规矩，在我们的眼中，媒妁只有与人
牵线搭桥，只有受人之托、必忠人之事，只有厚德载物、
多行善事、成全成人之美之说，只有有请必应，没有什么
该不该之说。"

"你们常家财大气粗门槛高，我俩有眼无珠踏错了门
槛，高攀了，让我们今天长了见识，领教了享有盛誉在外
的常府美名，领教了名不虚传、让人感到过劲（利害）的
常夫人。"

"我俩挨了你的屙烟，招了你的二脸，自寻没趣。不
过，你老和尚打屙——错怪了。我们那地方有句老话，叫
作'有礼无礼——你不能打抬盒子的'。"

"人常说'远来的是客人'，我们来到你们常家，原想
亲事不成人情在，没有盛情也总会有点热情吧，真没想到，
常大夫人的品德如此低劣，你们常家也是徒有虚名。"

"我们已被你窝窝得脸不是脸、屁股不是屁股，可你要
知道我们不仅是受人之请，而且还是受人之托而来。"

俩媒婆一个比一个泼辣尖刻，她们一唱一和不给常夫人留有说话的空隙，嘴上恶心人、挖苦人的黑话、不堪入耳的脏话多的是，沾口即来。

"……"

常夫人本来就不是吃素的善茬，平日里在这一带也是称王称霸、出了名的狼虎女人；俩媒婆也是百斤不倒、不减担的主；她们遇上了，就等于是半斤遇上了八两，麦芒对上了枣刺、母老虎遇上了母夜叉……

"媒婆——媒妁之人"历朝历代都是世间不可或缺的一大奇宝，也是天底下人家家庭圆满、人类繁衍生息的一大产物，而且还有着一定的市场、名声和地位，人常说：

"媒婆的嘴、唱戏的腿、剃头推子、唱书的鼓槌……三百六十行，行行都有拿得出的镇行之宝。"

她能成人之事，把黑说成白，把东西瞬间能说成南北；把死蛤蟆说成尿淌，把想夸之人夸成一朵花，为了想撮合成事，有时也来点善意的谎言……

也能坏人之事，在她们嘴里，什么刁钻尖薄、歹毒恶心、刺耳寒碜难听、黑你的脏话……不费吹灰之力，随口即来，而且还都是成套成路的。

民间流传着不少常被人挂在嘴边上、褒贬不一的对媒婆的评价，什么"宁拆庙不拆婚""只要能帮人成全姻缘，受点委屈，哪怕是事后或转脸遭人唾骂，也值得，就等于修了阴德阳寿""能说合促成七家姻缘，就可以延年益寿、立地成佛啦"……

俩媒婆不是好惹的，她们以媒妁为业，常年走南闯北，都是身经百战，称得上"老黄脚、老油条"，她们也更看不惯常夫人那财大气粗、一身的土豪霸气、嫌贫爱富、势利小人的嘴脸。

本来马家准备请一个媒婆前来说媒就够了，但他们知道常夫人不是个善茬，恐怕一个媒婆拿不住不好对付，别受了她的委屈，早有准备，所以就请了两个，相互有个照应，也不怕破费。

俩媒婆，一个不胖不瘦，岁数四十不到，面带赤红色，眉毛上挑，双目滚圆，大嘴叉，薄薄的两张嘴唇，脸上长满了一脸的青刀肉。

另一个略胖一些，岁数四十开外，古腔子脸，丹凤眼，浓重的柳叶眉下长着一双来回滚动，看似会说话、实为能测风向的大眼睛，天生的一副笑脸，时常在笑，偶尔不笑的时候，很快显露出一张不怒而让人生畏、让人感到惊魂落魄，十分瘆人的阴天脸。

常夫人正眼端详了俩媒婆，活脱脱的两个少鸡丢狗、缺棵葱就喜欢骂娘骂街的地痞无赖，见她们来了气，与自己较了劲；她也知道媒婆是漏斗七嗦子嘴，嘴上的功夫道业深，即难缠又不好惹，轻易不饶人，也惹不起，没必要与她们过多地纠缠，想尽快打发她们滚蛋，免得与她们再多费口舌。

于是她那一直紧绷、如风刮冰冻、青紫僵硬的蒜窝子脸，脸皮稍微有了些许松动，语气比刚才也缓和了许多，但她那两只黑黝黝的眼神里，还在不时地流露出恶辣、嘲讽厌恶的恶感，不太情愿地问：

"你们刚才说是受人之请，我知道了是受马家之请，那我现在就砍根揭底地告知你们，这门亲事不可能，也就如我们这儿常听人调侃的一句俗语土话：'秃二娘跳墙头想好事未成，羞得想钻地——门都没有！'"常夫人喘口气，抬头看了她们一眼，又问：

"那受人之托，不知是受谁之托？"

"是受你家千金枣花所托。"一媒婆不太高兴，丧拉着脸，没好气地回应了她一声。

"这话当真？是你们睁着两眼说瞎话，还是瞎子尿尿胡屌淋的？"

"当真！不信你可以直接去把你闺女枣花找来，当面对质便知真假。"另一媒婆很快接上了腔。

"不可能！绝不可能！！"

"这还得了，真是反了天啦，快去人把枣花那死丫头片子给我找来。"常夫人有些气急败坏，脸立时臊得通红，如热锅上的蚂蚁，焦躁不安。

不大一会儿的工夫，去人找来了枣花，常夫人见她进得屋来，就慌着站起来，没与她打招呼，也不搭眼看她，脸色蜡黄泛白，满脸找不到一点血腥，用手指着坐在一旁，让她心烦、懊恼，不咋待见的两个媒婆，火喷喷地问：

"枣花，刚才她俩说是你托她们来咱家提亲说媒，把你说媒嫁给马草坡的？"

"是的。"枣花眨巴着两只泪水汪汪的大眼睛，"扑通"一声，双膝跪在她娘面前，一点也不含糊、没打半点迟怔地回答她娘。

"不会吧？是不是马草坡那小子使坏，欺负你、哄骗你，让你这样说的？"常夫人没有发火，向枣花面前靠了靠，耐着性子，很温和地提醒她说：

"别害怕，跟娘说实话，娘给你撑腰做主，看我怎样收拾这小子。"

"不是的，不是的，千万不要冤枉好人，师哥从来对我都不会使坏欺负我，更不会哄我骗我，他时时处处都在呵护我、依着我、顺着我；他没有这种想法，娘，是我主动向他提出的，这俩媒婆也是我让他回家去请的。"

"那你为什么要这样做？"

"因为我喜欢他。"

"他有什么让你可喜欢的地方？"

"因为他聪明、肯学上进、心灵手巧；与我爹一样、做人做事、诚实忠厚、可依可靠、值得托付。"枣花一脸的天真纯洁、幼稚无邪，让人找不到一星点的疑惑，她不在乎自己的脸被羞得发红发烫发臊、心跳剧烈，也更不在乎别人怎么在另眼看她、耻笑她，或在说她什么。她早就想好了会有这一天，在她娘面前应该怎么说，怎样给师哥解脱作证。

更知道她娘性情刚烈、死板、执拗，不好对付，也好让在场的大家给她做个证，这事由己而起，不可怪罪师哥。

"不行不行！坚决不行！！也更不可能，不要耍毛孩子玩性一时的冲动，你常读私塾，总知道这个理吧，'儿女终身，应先有父母之命、才能有媒妁之言'。要细想想，你是常家的金枝玉叶，爹娘掌上的明珠，会给你找个好的人家，将来才会有幸福。"

"他马草坡是个什么东西！只不过是咱常家的下人小徒弟，来时衣不遮体、骨瘦如柴；穷家破院的，一家人活得都寒碜，一个十足的穷光蛋，你陪他去遭苦受罪，忍饥挨饿，这怎可能，我们也舍不得；如果传出去，不让外人笑掉大牙，也会把嘴笑歪。咱们常家多没面子。"

常夫人被枣花气得差点透不过气来，眼睛都发绿了，让她在媒人和众人面前丢人现眼，如果不是她们在场，凭着她的气恼劲，真想一把抓过来，咬她几口也不解恨，但她始终忍住了，心在想：

不能与她置气，越声张闹腾越大越丢人，越让这两个臭媒婆看笑话，给她们留下话把话茬到外四处张扬……

可这孩子只知道说、只知道任性，不考虑后果轻重得失，不讲究脸面名声，我们常家这么大的家族，名声地位是不能被你毁坏的。

"小徒弟怎么了？他总会有长大手艺学成功的时候；家穷怎么了？谁家能穷穷百年、富能富万春？我爹说过：'女孩子家天生的就是菜籽命，厚土能长、薄地也能活，在哪里都能生根发芽、开花结果。'人常说：'三十年河东、四十年河西——树木邻郎有高低；但厚土不能老是厚土，薄地不能永远是薄地。'只要他把手艺学到家，好好地干，将来也会像我爹一样，成为大师傅、大掌柜的。"枣花感觉到自己的脸，比刚才涨得烫得更厉害了，但她一点也不在乎示弱相让。

"说不行，就是不行！八王爷说的也不行，这事由不得你，你趁早死了这条心吧，别说你一直跪着，就是你跪三天、跪三年、跪到死，也是白搭。"常夫人存不住气了，有些想发火。

"由不得我？我心已定，非他不嫁，你叫我死，我今天就死给你看。"

以前温顺乖巧、懂事听话的枣花，不知这时从哪里铆足了一股冲动蛮劲，话音没落，就冷不防地从客厅里冲出去，一头向院子里的走廊木梁大柱子上撞去。

还好，门外站着很多人，他们刚才都是听常夫人与俩媒婆说话抬杠、争执，她们都是老叫鸡，嗓门一个比一个大，所以客厅外院子里招来了不少围看的人，在听她们争吵什么。

这时候看到枣花气呼呼地哭着鼻子，从客厅里窜出去，想去撞院子里的大木柱子，他们随手把她拦住，劝说她不要这样。

"这还了得，胎毛没干，翅膀还没长硬实，就想成精作怪了，想拿死来吓唬老娘，你想，我是干啥吃的，你能唬得住我吗？"常夫人忍耐不住了，终于露出了她的真面目，也想趁此借题发挥、敲山震虎、抖抖威风，来个下马威，震震她们。于是她咬牙切齿恶狠狠地说：

"我再次砍根揭底地对你说，这门亲事不可能！除非我死了，要么你另行托生，可另当别论，只要我有一口气尚在，你想都不用去想，我做的主，你爹他说的也不算。"

为了顾及自己的脸面，常夫人本不想与枣花一般见识，想先缓和一下与俩媒婆由于一时气愤、言语冲动、放肆不恭所造成的尴尬、气氛紧张局面。她装起了斯文，把气憋在肚子里，等把两臭媒婆赶走后，才关起门来，训斥这个不知天高地厚的死妮子。

可没想到她当着这么多人的面，竟然如此地狂妄自大，自作主张，看她有了好脸子，得寸进尺，还想蹬鼻子上脸，让她丢人现眼，想把她气回老家去不成。所以她什么也不顾了，像条疯狗似的，一路六二五，指桑骂槐大喊大叫起来：

"你个死妮子，快滚！你这个吃人饭拉狗屎的东西，都给我滚出去……"

枣花跪求她娘，以死相挟无成，决心与她娘抗争到底，整日里不吃不喝，以泪洗面。常家出于无奈，最后只有去水井爷，接来了她姥娘，进行陪伴说服哄劝，僵持的局面才算有了缓和。

第七章

　　常夫人很有个性，认准的理，看准的事，就比较痼习固执，轻易不容改变；遇到不顺眼的事或不中听、歪理邪说的话，爱发火凶人；遇到不可为、不认可的事就是套上八头牛也拉不过来，除了脾气不好性格偏执以外，其他还真的找不到她的坏毛病。

　　平日里生活比较勤俭简朴、衣着不讲究阔绰排场，穿戴比较平常，是一位十足的操家持业过日子的好手。

　　如果你不是了解、知根知底她的内情底细，平素无事，不生气不发脾气时，看着她的面貌，打死谁谁也不会相信她的长相与她的性格会截然不同，判若两人。你看她的面相姿容：

　　面如水桃荷花，细腻红润，脸上略带清清淡淡的粉霜，虽不能闭花羞月、落雁沉鱼，却能身轻靓丽、绰然多姿，出落得也是远近闻名的一位大美人。

　　嫁到常家，本以为只是相夫教子，可享安逸，殊不知常家这门工匠活手艺很抢手兴盛。自己的男人是这门工匠绝活的掌门传人，常被人家邀来约往，需在外领班领手做活，家园里这么一大摊子成了难题。

婆婆体弱多病，已不能操家持业，只能在家静养，颐养天年；小叔子、小姑子年岁尚幼，有的在外地，有的在家中的私塾学馆里，都在苦心攻读诗书，准备赢取功名。

偌大一摊子产业，不能眼睁睁地看着，只有公公和管家他们，整天看他们忙忙碌碌，她有些于心不忍。

她自己是个闲不住的人，从小在娘家，就是个蹄爪不使闲，总喜欢帮爹娘做点什么。看着府中这么一大摊子事，绝不能袖手旁观、视而不闻不问，很快她就接受了公公的托付，自己自然而然地也就成了常府内外的顶梁柱。

在娘家为小闺女孩的时候，爹娘把她捧在手里宠着，任性依性、可着性子长大的。原想嫁人后，成了人媳、人妻人母，好好地磨磨性子、改改自己的坏毛病，没想到常府这里里外外，常有诸多不顺心、不如意的事，惹得她不由自主地时常发火，本来的坏毛病不仅没有改掉，反而又助长了。

她喜欢以事论事、是非分明，说话做事干脆利索，也是一位地道的麦秸火性子的人，惹着她点着了"一嗡隆"，只要没人搭理她，让她"嗡隆"一小会儿，转眼的工夫就会自行熄灭。

大家都知道她脾气不好，性格刚强，也知道她是个顺毛驴，平时见她心情不好时，尽量避过、别呛着她，一小会儿就好了。

你看她平时遇事一副严谨、不近人情、冷面持重的面孔，发脾气时让人感到有一种悍妇恶婆的强势，能让人有一种头皮发麻、毛孔出汗的感觉。但凡接触和了解她的人，也知道她有她的软筋，从她忙忙碌碌的行动中和说话的眼神中，不难看出，她的内心不仅仅只有严谨持重、倔强憎恶、冷漠训斥；还蕴聚、储藏着她的另一面——温顺、体贴、心软、善良，对谁都有人情味……

常夫人常把自己比喻为一匹精疲力竭的母马，明知自己驾驭常家这辆大马车替代和解脱了丈夫的劳苦，却在艰难地硬撑着。她常想：说不准，不知会在哪一天，自己实在是撑不下去，就会自然倒下……

常府的管家，人称李管家，来常府管事已有二十几年了，当年太爷爷主事的时候，他就已经来了，常夫人嫁入常府时，在迎娶她的新婚大典上，还是由他主持证婚的。说了解，谁也没有他最为了解、最能把握住常夫人的脉搏和习性。

上午俩媒婆来常府，为马草坡与枣花的婚事向常夫人提亲说媒，与常夫人发生口角争执，他都一直在场陪着。因为媒妁之事是自古以来时兴的，他不便于插嘴多言，只能眼看着常夫人别吃了亏，场面别出现过激的现象。

她们闹得脸红脖子粗，现场很尴尬僵持，等到常夫人发火，指桑骂槐地骂枣花滚的时候，管家才只好出面，趁势把两个臭媒婆连说带劝、带弄怂撺出了常府，结果大家弄得只有不欢而散。

从俩媒婆踏进常府那一刻起，马草坡就已经大难临头了。她们前脚刚被撺走离开常府的门槛，常夫人一肚子窝火，毒气没出，这后脚立马就差人喊来了马草坡，把自己一上午与媒人和枣花所产生的窝火霉气，一股脑地全都倾泻在马草坡身上，把他劈头盖脸狠狠地臭骂了一顿。然后吩咐管家，从现在起，一时三刻内，把他赶出常府大门，如有怠慢，按师门规矩，乱棍打出。

管家不仅善把握和理解常夫人的脾性，而自己也是一个办事精明、眼皮活调的人。他心里时刻牢记"端谁的碗，属谁管，看谁的眼色做事，才有饭碗端"，看到常夫人现在正赶在三更三点的气头上，这个时候她所说的话，就如皇上的圣旨，谁也不能打别更改，只有按她所说的去办，立马把马草坡赶出了常府。

还好，常夫人在训斥、谩骂马草坡时，只顾发挥嘴上的功夫，把马草坡骂惨了，也骂晕了；但没想起来对他动武，便宜了他，让他落了个囫囵。

稍事后，到了半晚上，管家看常夫人一直绷紧、倦怠的脸色有了松动，比刚才好看得多了，才敢试探性地与她商量着说：

"说起晌午之事，由于马家的厚颜无耻、自不量力，把自己想大了、看高了，做出了既荒唐又愚蠢的事，请来两条疯狗，不懂规矩、只会汪汪；给常府带来了伤害，惹你生气，动了肝火，实为可恨可恶，让人义愤填膺、难能饶恕……"李管家趁空瞄了常夫人一眼，调换了一下他刚才那愤恨和不满地情绪，缓和了口气说：

"现细想起来，事已过去，不值当与这些无知无识、耍嘴皮卖乖、骗吃骗喝、骗人钱财的市侩小人，与这样的人赌气，不值得，也更不划算。"

"俩媒婆已被你在辱骂枣花时，敲山震虎、指桑骂槐骂个够，她们吃个闷头丸，夹着尾巴知趣地溜跑了，也解了气，把她们当个屁放了。"管家两眼不停地瞅着常夫人，又进一步试探地说：

"马草坡那小子也被你骂个干脆，现已按照你的吩咐，把他赶出了常府的大门……"说到这，管家有意识地把话停顿了一下，着实地看着常夫人的眼色，与刚才没有太大的变化，才接着往下说：

"马草坡初来常府学徒，还是个瘦弱兮兮的小孩子，是在你的眼皮底下，是你看着他一天一天地长大，他的一言一行你比谁都了解，要我说你不要介意、也不要发火动怒。"管家停了一下，看看常夫人的脸色又说：

"这孩子是个忠厚老实、遵守本分，听话做事让人放心，能托得住的好孩子，我想……"管家说到这，把话停住了。

"你想什么呀？有话直说吧，吞吐个啥？您是老管家有啥您老就直说了吧。"常夫人这会儿心情比上午比刚才好多了，就急着问。

"总体上来讲，这孩子本质不坏，品质不差，念他来常家学徒，干了五年的苦杂活，没说的；学了三年的手艺，最后实习回报恩师三年，已回报了两年多，所欠无几，为了顾及常家在世人面前的声誉，也能体现出常家所谓大户人家的宽宏大度。我想让他按一般正常徒弟出师标准，给他备齐木匠和工匠所需使用的家什，让他提前出师，给他一个好的出路，这样他会感恩我们常家的。这也是太爷爷和太奶奶的意思，就是以后老爷回来了，他也不会有什么异议，对他也好交代。"

管家在常府内外人的心目中，被人认为城府极深，是个满腹经纶、饱有学问的人，做事比较稳重，很有能耐，受人敬重的老管家。

平时，常府内外一切事务经夫人同意后，料理得都比较井然有序、周全到位。有时常夫人犹豫不决，或拿不定主意的事，大都与管家商议而定，而帮常夫人操家持业的主心骨也就是管家。

常夫人听了管家的一通解说释劝后，心里也在想，管家所言，不无他的道理。马草坡本质不坏，以往多年常被自己呼来唤去的，很中所用。虽说出了不痛快的事，要怪只能怪那不争气的死妮子枣花，不能全怪在人家身上。老爷平时在家时，常教导我们说：

"要善待他们，得饶人处且饶人""放人一码、海阔天空"。常夫人认为还是管家考虑事情比较周全，她没再吱声，只是一直保持沉默不语。

管家心里明白，夫人的沉默不语，就是她的默许认可。他连夜让人找回马草坡，给他备齐了木匠、工匠两套家什，感动得马草坡悲喜交加、热泪盈眶，当即跪下，重重地给管家和众位师叔、师兄们磕了三个响头。

继而，他虽身不能前往师爷师奶、师母的住处，当面跪谢恐有不妥，只能对着他们亮灯的住处行了三拜九叩大礼。他紧紧地搂抱住管家和众位师叔师兄，号啕大哭了一场，最后挑着一副沉甸甸的木匠挑子，恋恋不舍地辞别了大家，趁着夜晚，摸着黑路，出了常府的大门，很快就消失在茫茫的黑夜里。

第八章

　　面对眼前的僵局，枣花她一直坚持不吃不喝，夜晚她不是哭就是笑，要么就是云天雾地里胡说八道，说些让人听不懂、天地不沾边的疯话。整夜闹个不停。她心里清楚只有闹腾，或许还有点希望，她想的很多很多……

　　她知道，当今社会人心不古、世俗势利、门户偏见；父母之命、媒妁之言，一直在牢牢束缚和捆绑着他们的手脚，最终胳膊还是拗不过大腿的……

　　俗语说得好，"知母莫如女"，娘是个性格刚强、执拗任性、坚守老八盘礼的人，她决定了的事情，谁都难以改变，就是八头牛也拉不过来，看来这事已板上钉钉，泥菩萨的眼——定了性。

　　平时爹也对她无奈，拿她没办法，想保持家庭和睦，安稳过日子，少生事端，只有将就让着她过。

　　因为爹是个有涵养，宅心仁厚、宽宏大度，做人做事力求完美的人；他很顾及和讲究这个家族与这个家庭的名声和颜面，也更在乎他这个掌门传人在家族中与世人面前的声望和地位，所以只要娘做的事大理上能过得去，爹都会依着她，从不与她计较争议。总认为家庭和睦，和气生财、平平安安才是家道繁衍兴盛、持家立业之根本。

爹认为自己常年多半在外招揽制作工匠活手艺，无暇顾及家庭，家中这么一大摊子，上有老，她要孝敬侍奉；下有小，需要她操持管束、让他们成人成才。家中事务，里里外外更需要她操心打理，确实不容易，够辛苦了。

娘是个顺毛驴，喜人掌、喜人夸、喜欢戴高帽；不知有多少次，爹在家中众人面前夸赞娘是个女中强人、了不起的巾帼之英；戏称她是穆桂英转世，上天有意安排让她转世托生来常家担当大掌柜的，喜得她头翘尾巴撅，几天嘴都没合上……

事情到了这一步，枣花思量再三，认为娘固执，坚守的是传统老理、世俗势利、门户偏见，一口杜绝这门亲事，谁都难以更改。

爹所注重的是颜面和名声，他又不在家，对娘已决定了的事情，他轻易不会反对，也难能得到爹的认可和支持。其他的爷爷奶奶、叔伯大爷、姥娘和舅舅他们，他们都是看着娘的眼色，听着娘的话音行事，也决不会持反对意见的。

看来与师哥的婚事，由于自己年少无知、单纯幼稚，单凭自己微不足道的力量和卓想，把问题看得过于简单轻率，真的就像人们常说的那样，"竹篮子打水——一场空"，"没逮住黄鼠狼——惹了一身骚"。

真的没有一点指望了吗？她在苦苦冥想，咋也想不通，越想越迷糊懊恼，百思不得其解……

与师哥的婚事，是自己的主张，是自己主动提出、承诺应承的事，不能兑现成真，有愧于自己的良心道德，更亏欠了像爹一样优秀、完美无缺的好师哥、好男人……

思来掂去，感到自己是多么渺小，多么千般有愧，万般无奈无望、无依无助，单凭自己微不足道的一股蛮劲冲动，实难抗拒眼前的现实和家族的世俗偏见。真的是到了叫天天不应、跪地地不灵，走投无路的时刻……

有道是：天堂有路不让行，地狱无门逼你走，别无他路选择，只有死路一条，她想到了死。

但她平时是最怕听到"死"这个字眼的，就连她有时看到杀鸡滴的血，或者说那个鸡没死透还在蹦，她都怕得要命。然而，自己怎么才能寻个死法，她为难了。听人说：

上吊死的，眼睛瞪得比牛蛋还大，舌头伸得长长的；人称"吊死鬼"，说是死后要下地狱的，永世不得转世托生的，这不行太难受了……

那跳河，听说跳河淹死的人叫"淹死鬼"，也叫"勾死鬼"，说死后自己的鬼魂就藏匿在死时的水底下，专门勾引别人下水，听说谁家生气了，或是想死寻无常，就去勾你的魂，让别人一心八道地去下河、去投河，自己往水里走。

把你引到深水处，拉住你的腿不放，掐住你的脖子摁到水底把你淹死，自己有了替身后，方可转世投胎托生。

说这样与你淹死在同一个地方的人，他的家人总会把屎盆子扣在你的头上，认为是被你勾引来这里，被你淹死的；会谩骂赌咒你的家人多少年，这也不行……

用头撞门框、撞梁头下的木柱子或撞墙，听人说这也不行，说"门有门神，灶有灶君，屋有家神（保家的）；梁与墙合为仙体"，它们都是大有来头的，既有灵性，又比较讲究。如你想殉情，血染了它们的招牌或脸面，它们会上天庭或入地府告你的御状或血状。

如果你撞得头破血流没死成，活着也得让你经常头疼脑热不得安宁，不死也得让你脱层皮，这也不行……

这也不行，那也不行，想死都这么难吗？

姥娘被接来了与她陪伴，枣花与姥娘一边有说有笑地叙着话，逗着她开心，一边还在苦苦思索着自己的心事，满脑子想到的都是死。怎么个死法，她一时拿不准……

一天，偶然间枣花看到有人给姥娘端来一碗蜂蜜茶，她随即眼前豁然一亮，脑洞大开。因为她以前曾听姥娘说起过，大葱蘸蜂蜜吃，是犯忌犯病的，弄不好是要毒死人的。

继而，猛然间她又想起了小舅家的药房，因为小舅是个郎中，家中专门设有两间药房，药柜上的药斗里药装得满满的，至少有几百种草药。

有一次，她在药房里很好奇地看着药斗上贴满了稀奇古怪的药名，就听小舅很严厉地交代药房里抓药的小徒弟，用手指着药柜上一药厨斗说：

"这里面放的是忌用药，砒霜、巴豆……没有我亲自来，是不允许任何人乱动的。"心里想，寻死的门路有了。

枣花很快恢复了往日的正常生活，欢天喜地地把姥娘送回家，在她家玩了几天，趁人不注意的时候，偷拿了小舅家忌用药物。一切准备停当后，选好了时日，趁没人注意她的时候，痛哭了一场，嘴里念叨着：

风缠绵，雨霏霏，
风轻雨点滴，
落花柳絮仍漫飘。
自古多愁难人愿，
只因世风势利、人眼高。
穷家秃树难摇钱，
无助感同，
才知头顶孤雁哀鸣为哪般。
原想等我长大了……
谁知难披数九冰雪起，
无力面对了兀然。
恨不该来阳世，
回头路难觅，
唯独黄泉路敞开。
只有喊声师哥，又师哥……
舍离郎君泪血流，
愿君天长地日久。
如有来世，
投胎猪狗牛驴才当然……

　　她一边泪流满面，哀吟长叹，用大葱沾着蜂蜜吃着，一边端起从小舅家偷来的不知是什么药，用水泡了一大海碗，端起来就喝了一口，感觉实难下咽。

　　稍打个迟登，没容多想，接着又连续吃了几口大葱蘸蜂蜜，喝了一口药，很快被人发现强行夺下。

因为刚才枣花进屋时，就有人发现她淌着眼泪神色异常，那人就留了意，也是她娘嘱托照看的。当她失声痛哭、哀吟悲叹时，那人就急忙跑过来，一把夺下她手中攥着沾着蜂蜜的大葱和她手中端着的大海碗，争夺中碗里的药水洒了他们一身一地，随即慌着大声疾呼，立时喊来了很多人，进行救治。

这时的枣花已躺在地上，浑身哆嗦抽缩、嘴里吐着白沫、呕吐不止。

按当时的土办法经验，喝药服毒的，就是用捣碎的绿豆水灌肠洗胃。当场有明眼的人发现，药包里剩下的药如白面淀粉，闻闻药味就知是剧毒砒霜，立即改用温水加淡盐，用筷子撬开她的嘴，强行灌肠洗胃。

先灌下几大碗，然后让她吐出来，接着又继续往下灌，就这样来回不停地折腾，给她灌灌、让她吐吐，给她洗胃洗肠……

几天后，常府大院内突然间传出来一片痛哭声，说枣花喝下的剧毒砒霜，因服毒过重，毒性恶化没能救治过来，死了。

常府大院里给枣花搭建了简易的灵棚，没有请和尚道士给她祈祷开脱、超度念经做佛事。

这事对常夫人的打击实在是太大了，她呼天号地、支离破碎、肝肠寸断、寻死觅活、痛不欲生；不是大家看着拦着，她几次都是寻死想随她而去，她的脸上，鼻滴连着泪水顺着下巴往下淌，哀首顿足，显得懊恼且又悲愤：

"我有过，她有罪，她是个该死的讨债鬼，从小就看她很诡异、怪谲，早就看她是个不能成人的孩子。既然她能狠心地撇弃自己的爹娘和她这么多的亲人，自寻短见，说明她不是真心实意来我们常家投胎找爹娘认亲的，而是个冤家，是个讨债鬼……"

"不知是哪一辈子，我们常家是谁欠了她的，与她结怨积仇成了冤家对头，这辈子她找上门来，是来向我们索求讨债申冤报怨的。"常夫人悔恨交加，心中的懊恼与悲愤不能自持，她断断续续地接着说：

"她自寻了无常，孽债她早死早清，就说明我们常家只欠她这么多，没有多余的钱给她置办丧事，因为她赤身空手而来，白养活她十几年……"

"虽未隆丧厚葬，念起她是我身上掉下的一块肉，不与她一般见识，也于心不忍；不能让她赤身空手而去，给她置办了锦衣绸缎秀装、穿戴齐整，做口上好的棺木，把她草草地埋在西河岸的高坡荒滩上，算是对得起她了。"常夫人嗓子已经嘶哑，鼻眼都带有血丝，所有在场的人，无不为之动容悲哀，她接着又说：

"当爹娘老的何罪之有！生她养她，她做得不对、不是正道，就不能管她、拦她、说她几句？"

"因为她罪孽深重，还没长成个人模人样来就寻死，坑了这么多的人，阎王老子也不会轻饶放过她的。她能狠心舍弃了我们和她这么多的亲人，我们也能擦擦眼泪舍了她，两不相欠……"

第九章

　　趁着月黑的夜晚，马草坡挑着沉甸甸的木匠挑子，在师叔师兄弟们的相送下，泪水涟涟地出了常府的大门，漫步在灰暗阴森、潮湿幽静的黑夜里。

　　他不想回家，也不敢回家，生怕爹娘和家人问起此事时他无颜面对，也更怕在众乡亲面前提及此事丢人现眼，招来他们的二脸和指指点点。

　　但他没敢走远，如在平时，他并不怎么贴切在意和留恋枣花的一切。因为多年来，自己在自己的心理上，时刻堆垒着一道宽宽厚厚的界沟，认为她身价富贵、娇贤惠能，又是一个心地善良、性格开朗、活泼可爱的小女孩，对她的言行所使、寄予的脉脉厚情，不存有过多的遐想奢望，更不忍心伤害她。

　　通过这件事，她能如此面对她娘的威逼绝情，始终坚守、秉承诺言、敢于担当，理直气壮地跪求她娘，以死相要挟，并坦言："我心一定，非他不嫁……"

他震惊了……彻底改变了自己对枣花的看法，摒除了他心理上一直严谨设防的层层叠叠的界沟，所以他不愿走远，一直都流连和转悠在离大常营子二三十里路周边的集镇上，或乡村庄上，出工卖艺打点零工；因为对枣花放心不下，时刻在眷挂和探知她的安危。

一天，马草坡正在一集市上给一户商铺修缮门面装饰，这天这儿正好赶上大逢集，赶集的人很多，趁巧他也在集市街旁摆个地摊，出售自己加工雕刻绘制的花鸟虫鱼、仙跳小跑等玩物摆件。

到傍晚罢集收生意的时候，偶遇一个也是赶集做生意的熟人。他一把拉过马草坡，与他悄悄地说："上垌铺大常营子常继七的闺女常枣花，因与你媒妁不成，与娘抗争，服毒殉情而死，现埋葬在上河湾西河岸的荒滩上……"

"啊！你说什么?! 你再说？"只见马草坡瞬间神色大变，两眼发直，眼珠子翻滚了几个来回，然后定在那里，瞪得圆圆的，隆出了眼皮外，看样子如果不是有眼眶拦着挡着，很可能就会从上面掉下来。

他脸色蜡黄苍白，活像一张黄表纸，看不到一星点血丝，他感到头晕目眩，天地都在旋转，有一种天塌地陷、五雷轰顶的感觉。身子颤抖摇晃了几下，重重地就要倒下去。

这时与他悄悄说话的那个熟人，眼看马草坡神色不对头，眼明手快，伸手一把拦腰抱住了即将倒下去的马草坡，并不停地摇晃他，一再解劝提醒他说：

"小马师傅别这样，一定要挺住，不能倒下……"

得知噩耗，枣花因他殉情而死，马草坡感觉自己的脑袋像是炸了壳一样，头晕目眩、神魂颠倒、意识恍惚，整个人都彻底崩溃了。

没容他多想，只知道挑起他的木匠挑子，不论是大路还是小路、路上好走不好走，只知道斜插花抄近路，发疯似的向上河湾西河岸荒滩奔去。

借着夜晚天上瓦块云缝里躲躲闪闪、忽明忽暗的月色，马草坡疯疯癫癫地来到西河岸的荒滩上。因为他平时经常路过这里，虽说每次都是急急地走过，远远地躲着这一大片荒滩，但对这里的一切他还是比较熟悉的。

只知道原来这地方基本上就是远离村庄、与世隔绝，很少有人来往，让人惊骇、惧怕的一片荒滩野岭。

实际上就是一些早死病死的婴幼儿，或没有成家年少、因故不能入祖坟的人葬在这里，也就成了乱死岗子。

借着月色，很快发现这里多了一堆新土堆，土堆上什么都没有，只有几只歪倒或斜插的纸旗。马草坡认定是枣花的坟，随手扔掉肩上的担子，不顾一切地扑向那土堆，撕心裂肺般地放声号啕大哭起来。

此时的马草坡悲痛欲绝、万念俱灰，倍感绝望，也感到自己的生命走到了尽头，就要终结。他一边用手不停地扒拉枣花坟上的土，一边悲哀地哭诉道：

"师妹呀，我的好师妹，你怎么这么傻呀，说死就真的死了，虽说婚事不成，但我们师兄妹之间的亲情、友情还在呀……"

"这该死的应该是我而不是你，是我害了你，是这万恶的势利风气、门户偏见害了我们呀，你等着我，我很快就会赶上你的……"

　　马草坡不停地用手扒拉着枣花坟上的土，很快就扒了一个很深的洞，认为能钻下自己，就一头钻了下去，想了结自己。

　　可钻进来了半天，总感觉自己还能出气呼气，知觉好好地还活着，他一想不对，这样是死不了的……

　　他又想到，只有把枣花的坟扒开，撬开棺材，与她同时死在棺材里，但又一想这样也不行，朝廷律法明文规定，扒人坟墓是犯大忌的。

　　另外，这样也有辱师妹的清白，破了常家的规矩，会招来常家人的众怒，给家人带来灾难，也会损伤师父的名声和尊严。因为他最了解师父，太注重和在乎自己的名声与颜面。

　　思来想去，想用斧头了结自己的小命，这样只有死在枣花的坟前，就可以与她相见了。

　　他跪在枣花坟前，闭上眼睛，嘴里捣鼓着，举起斧头对准自己的头顶正要下手时，眼前出现了怪异，师父面目赤红寒脸失色，正威严地站在枣花坟前，瞪视着自己。

　　马草坡慌了，急忙睁开他那迷糊不清、混沌茫然的双眼，在寻找师父的踪影。在明亮的月光下，他把四周看了个仔细，没瞧见师父的踪影。

　　只有一堆堆黑乎乎的野草堆、塌瘪的土坷垃堆和一片片阴森森黑咕隆咚杂树棵子的黑影。

　　在忽明忽暗的月色下，随着徐徐的风动，它们在不停地晃动着，还时不时地弄出点淅淅哗哗的响动；远处不时地传来阵阵野猫、山狐那瘆人的尖叫声和不知何物打斗的哀号声，夜晚显得格外诡异、幽寂、瘆人，让人毛发倒置、背脊发凉……

马草坡全然不在乎这些，脑壳里想到的就是死。心想死到临头了，人将即死胆儿大了，死都不怕，还能怕什么，他又重新闭合上眼睛。

第二次又高高地举起斧头，对准自己的天灵盖正要下落时，师父很快又出现在自己的眼前，没有了刚才那可容人的脸色面容，从没见过师父如此这般凶神恶煞地瞪着他的双眼，用手恶狠狠地指着他。他又被唬得慌忙睁开眼，还是没看到师父的踪影……

远远地望去，只有西河岸荒草湖滩长满的杂树野草，在一缕缕浑浊不清的雾气缭绕下，随着风动，若隐若现的土堆和杂草树棵，感觉自己似乎脱离了人间凡尘，如同来到了阴阳两界的幻境中。

马草坡心里清楚，这是自己的大脑出现了幻觉，神经意识错乱，心灵意境幽幻缥缈着了魔。

由于师徒感情如父子，出于对师父的敬重、顶礼膜拜，师父的形象，早已牢牢地定格和印在自己的脑海里、灵魂幻觉里；平时自己不论走到哪里，总感觉师父一直跟在自己的身边。这不由得使他幡然醒悟，心中油然想起师父曾不止一次教导他们时所说过的一些经典语言和典故：

什么是"傻瓜与能人做事"，它们最具根本的区分是：

当你遇事不顺心不如意时，而又无法破解或解脱，一时想不开失去信心、感到绝望的时候，脑子一热，不计后果，愤然冲动所做的事，这就叫作"傻瓜做事"。

相反，倘若你遇事沉着稳重、思量再三，多问几个为什么，能否挽回弥补，想好弄明白了，能做的事才去做，

不能做的事就此收手，这就叫作"能人做事"。师父还一再
阐明：

所谓的"能人"，是有来头讲究的，他不只是局限于我
们现时一些头脑睿智、聪明灵活，做事稳妥周全；会做事、
能做事、做成事的人叫能人。而这个"能人"是位远古、
远超圣人，优于先贤的一位人类的智者，名字叫"能人"，
也是我们人类最早的祖先，由于他的智慧和贤能，才繁衍、
睿智了我们现在一代又一代的人。

"师父您在哪里？师妹你又在哪里呀!?"

"……"

"师哥，我在这里，就在你身后，你别走那么快，等等
我呀……"

马草坡知道自己在常家闯了大祸，被师母赶出了师门，
自己挑着木匠挑子，正心情焦躁、愁肠百结、气急败坏地
在向前赶路。忽听身后是枣花的声音，在喊他等着她，心
里不由得"咯噔"一下，倒吸了一口凉气，头皮发麻，紧
接着打了个寒战，不知不觉中心里有些害怕起来，随即也
犯起了疑惑：

……就好像自己大脑里影影绰绰地还能想起点什么，
记得枣花不是说她已经死了吗？自己也亲眼见过并扒拉过
她的坟堆，可怎么现在又活了呢？还让我等着她，她到底
是人还是鬼？……

虽说马草坡心里胆战心惊，凭着他平日里胆大无惧的
心理，还是停住了往前的脚步，转过身来，看到师妹正在
后边喜笑颜开、娇艳柔媚的还与往常一样，走起路来，都
是连走带蹦又跳的，远远地没大没小就直接扑向马草坡。

不管他愿意不愿意，就是一把牢牢地搂住师哥的脖子不放，转眼的工夫，她又失声痛哭起来。

"大家不是都说你死了吗？看你现在还活着，你到底是人还是鬼？"马草坡睁大了眼睛，疑惑不解地看着她。

"我没死，看我现在活得好好的，当然是人不是鬼。"枣花满脸流着委屈的泪水说着。

"那你这些天去哪了？"马草坡吃葫芦刨根似的追问。

"我去了一个很远很远的地方，开始见不到人，到处都是人头马面，身上长两个头三个头的，头上长角长大牙的；后来见到了人，都是少胳膊缺腿、没头没脸的……坏人、恶魔太多，没见到熟人，没人疼我、护着我，感觉害怕，我就偷着跑回来了。"

"那你现在又准备去哪里？"

"我哪里也不去，就是专门回来找你的，从今往后，我就一直跟着你，你到哪里，我就陪你去哪里，帮你干活、洗衣做饭，陪你过日子，给你生很多很多的孩子……"

枣花立时羞红了脸，她的娇柔纯真、温文润馨的面容，不容马草坡有半点置疑，说话的声音还是那样温文优雅、娇柔美妙动听。

"那好吧，跟着我只要你不怕吃苦受罪，咱们就一起走吧。"

枣花看着师哥，才几天不见，面容已显得消瘦憔悴，堆满了落魄与忧愁；几滴悲伤苦涩的泪珠，一直挂在眼角下掉不下来。她从自己的袖口中取出香巾，给师哥擦拭泪水，并好言相劝，安慰他说：

"师哥，别再为我伤心担忧了，我不怕，什么都不怕，我乐意，不在乎别人怎么看、说什么；只要我们能在一起，一直往前走下去，好好地干，一切都会好的。"

他们一路走来，一路上欢声笑语，他们从原来的师兄妹之情的疯疯癫癫、躲躲闪闪，一路十三岗的嬉戏取闹，渐渐地融化为一双谈情论爱、恩爱有加的有情人。

路漫漫在他们的脚下延伸，他们柔情百折、钟情万种、情意绵绵；枣花那娇柔美妙的笑声就如春天的种子，在沿路播撒着。马草坡此时心里滋润透了，时刻沉浸在幸福和对美好未来的遐想之中……

马草坡挑担走在前，娇艳靓丽、体贴入微的枣花紧随在自己的身旁，但他心中觉得不踏实，还是疑窦丛生，感觉自己就如在梦里。看着眼前的枣花，就像雾里看花一样，一会儿忽明，一会儿忽暗，时隐时现的，让他琢磨不透，弄得他真假参半、心神不安。但他始终没忘了眼前来之不易的好事，凡事总愿往好处想，他在心里还一再向天爷地神祈祷保佑：

如果是真的该有多好呀，真是上天恩赐，自己祖宗八辈行好施善修来的善德洪福。转而又想：

如果是假的，枣花一定是鬼？马草坡再也不忍心往下多想……

他们顺着眼前的大道，一直往前走，发现前边有条河，河上有座石墩木头桥，这桥也是他们以前经常路过的，有时不巧，赶上天下雨，他们还在这桥下避过雨呢。

马草坡当即眼前一亮，心里有了主意，他以前曾听老人们说起过：

"鬼是不能单独过桥的，因为桥有桥神把守，如想过桥,除非与人靠近,或依附在人体上,可随时同步过桥。否则,桥神当道,小鬼小片是过不了桥的。"马草坡决定一试。

两人有说有笑地走着,快到桥头时,马草坡挑着木匠担子,拉开架势,紧走几步快步,冷不防地把枣花撇在身后,自己独自过了桥。回头看看枣花,孤零零地站在桥那头,一脸的沮丧和无奈。枣花感到很突兀,而又很惊讶地用手指着马草坡说:

"师哥,你怎么会这样做?你就是这样做也是甩不掉我的,这桥我一时过不去,可这河是有尽头的,我还是很快就能赶上你的。"

马草坡甩掉了师妹,暗自庆幸自己多了个心眼,试出了真假,不知不觉中心里胆怯起来。他不敢怠慢,挑着挑子心急火燎地迈开大步,比刚才走得更快了。

心里越来越感觉到胆怯、恐慌惧怕,他不觉得累,只知脚下生风,连走带跑拼命地往前赶路,生怕师妹又赶上来缠着他。

他走着跑着,忽觉身后有人拍了拍他这边没挑担的肩膀。马草坡回头一看,正是师妹枣花站在他身后,与刚才一样,脸上堆满了笑容,看着他一直在嘻嘻地笑个不停。

"啊!……你……"两声尖叫后,就听着"哐当……扑通……"一声又连着一声响过……

先是马草坡肩膀上挑着的木匠筐,重重地抛落在路上,接着是马草坡仰面朝天,直挺挺地摔倒在路上。

枣花也被眼前的情景吓呆了,她慌忙蹲下身子,不停地摇晃着躺在大路上不省人事的马草坡,嘴里哭喊着:

"师哥，师哥，你醒醒，我不是有意的，我不会害你的……"

"师哥你醒醒……"

"师哥你快醒醒呀……"

"……"

"呕喽，嘿！我的娘来。"马草坡长长地出了一口憋闷在心口窝里的一口长气，翻身坐起，睁开他那睡意蒙眬、眼泡浮肿的双眼，发现自己还一直躺卧在枣花的坟前。

这是怎么了？他略一打迟登，大脑很快清醒过来，恢复了记忆。他回想自己是昨晚天刚黑的时候来的，先是在枣花的坟上，一边哭着，一边扒坟，折腾了大半夜，后半夜记不清了，可能是自己寻死觅活哭晕了、折腾累了，就趴在她坟上不知什么时候睡着了，做了刚才那个奇异美妙的怪梦。

抬头看看头顶上的太阳，已日上三竿，又斜眼看看坟的四周，没发现什么，站起转过身来，发现站在自己身后的师弟想头，不知他什么时候来的，有些不好意思地问：

"想头师弟，你是什么时候来的？怎么也在这里？"

"我来这儿已大半天啦，看你躺卧睡在那里，我一直在喊'师哥你醒醒……''师哥你快醒醒呀……'也不知我到底喊了多少遍，嗓子都喊哑累疼了，这会儿总算把你给喊醒了。"

"你怎么知道我会来这里？"马草坡这时已感到自己的嗓子眼都在剧烈地疼痛，说话声音嘶哑有些费劲吃力。

"我当然知道你会来这里，我已经来过好几次了，听说你没走远，就在这一带附近转悠，我断定只要你得知师姐的噩耗，你定会回来的。"小师弟还蛮有把握地"哼"了一声。

"你找我有事吗？"

"当然有事，也是受人之托来这里等你的。"

"受谁之托？"

"受我师姐枣花之托。"

"啥时托的，都托了些什么？"

"师姐在服毒治病期间，有一次师母让我给她送东西，她说我以后如果能见到你，要我告诉你，让你一定要坚强地活下去，她就放心了，别学她那么傻，她就是爹典故里的所讲的那个傻瓜。"

"师姐说预料她死后，按族规是不能进祖坟的，常家人会把她埋葬在这荒滩野外、与世隔绝的乱死岗子里。多年以后，坟上的土堆就会塌瘪下来，杂草丛生，无人问津，很快就会成了荒丘土谷堆，这里就会又多了一个孤魂野鬼。"

"说如果师哥你也死了，马家人也不会让你进祖坟的，不知会把你埋在什么地方，结果可能和她一样，你们天各一方，孤苦无助，就此年久冰融水浸，很快就永远地消失在尘土里。"

"师姐说了，好死不如赖活着，只要师哥你好好地活着，比什么都好，也算是对得起她了。以后逢年过节，你定会来看她的，陪她说说话，吐吐心中的悲哀，帮她拔掉坟上的杂草，给她坟头上添把新土，让坟头鼓起来，送些纸钱物品，别人就知道这不是一座被人遗弃的无主之坟，而是有主的。虽说你们阴阳两界、天各一方，师姐在天之灵，定会含笑九泉的。"

"师哥，你一定记住师姐的话，好好地活着，师父也是
这样说的……"

第十章

　　明嘉靖二十年四月的一天傍晚，京城供奉太皇太祖、先帝金尊灵位的太庙，不知何故，突然间起火，火势威烈凶猛无比，太庙顷刻间化为灰烬，毁于一旦。

　　这事一时引起朝野上下山崩地裂般地轰动，各种猜忌、议论纷纷，多为指责当朝败政无为、惹怒天神所致。

　　嘉靖皇上朱厚熜，史上也称世宗皇帝，他是位既喜好鬼神之事，又比较崇尚长生不老之术的人。

　　嘉靖皇上已意识到事态严重，此事非同小可，知是自己所犯下的罪过，遭天谴、神怨报应，已殃及自己的列祖列宗，使他们的金尊仙位和在天之灵遭到了毁坏，致使他们不能安享太平，深感罪孽深重、大为不恭。

　　思量再三，想用一些顺天意得民心的善政，来抹盖和抵过自己所犯下的罪孽，他采纳了几位大臣的谏言，拟定了三大决策：

　　一是，即日起临朝听政，亲理国政大事（因他喜好修道成仙、长生不老之术，已多年在后宫修炼不上朝理政）。

二是，民怨民生之事，救灾如救火，首先是赈灾已被耽搁、无人问津长达半年之久，不容再耽搁的滹沱河和淮河水域多年未遇的重大水灾，需及时加修、疏通河道，赈济两岸灾民。

三是，颁布了一道诏令，呈请天下智者贤达和朝中各级各类官员，直接向朝廷上谏言，议国事、献国策、树民生、立国计。

朝野上下沸腾了，一时来自全国各类的上书谏言如雪片一样，很快汇集京城礼部，纸卷堆积如山。

户部主事周天佐向皇上上书谏言，罗列了二十六条多年积淀未结、亟待办理的大事件，还有二十条国计民生之谏言奏章。

上书奏章言辞激烈、中肯尖锐，字字切中要害，绕梁有音、掷地有声，直指朝政弊端。

嘉靖皇上向来是个刚愎自用、低头变卦、出尔反尔、转脸无情、从不脸红的人，他哪能接受得了由于自己多年不上朝理政，竟留下这么多的事端，也更听不进周天佐等人如此刺耳的谏言。读后奏章，随即拍案而起，勃然大怒，气急败坏地随手把奏章砸向周天佐，早就把自己所颁布的诏令和对天下众生所秉承的诺言丢到了九霄云外，下令当殿责打他六十大板，还一再恼羞成怒地说：

"让你谈国是、议国事，给你个棒槌你还当了真（针），给你个好脸，还想上房子揭瓦；把我大明王朝嘉靖盛世说得一无是处、全面抹黑、一塌糊涂；朕看你是图谋不轨、恶意诬陷中伤，满嘴里拉大粪——臭气熏天；毁我嘉靖盛誉……"随即把周天佐投进了大牢。

周天佐本来就是一位身体比较单薄虚弱，温文斯雅、文质彬彬的文官朝臣，哪能经得起这六十廷杖责打，在大牢里没撑过三天，就一命呜呼哀哉了，归去了黄泉。

在这次上书议国事、献国策中，众说纷纭者多得无以数计，其中还有一位比较特殊的礼部给事中沈束，也因上书谏言，被冠以污蔑诽谤罪，下了诏狱。

然而，沈束却成了这场事件中的最为特殊、棘手出类的案例。意思是说，既不给他定罪判刑发落，也不愿释放让他出狱，就这样在牢里一直关着，直至后来被整整关了十六年之久，在这期间，沈束之妻张氏，曾多次上书皇上请愿，说：

"沈束入狱后，臣妾随即从老家就来到了京城，日夜纺织变现，供夫衣食所用。我的公公，今年已八十九岁高龄，朝不保夕，现寄居于老家，无人照应尽孝，若臣下回老家替夫尽孝照顾公公，可丈夫衣食无着。"

"若继续待在京城织作养夫，公公真不知哪天会被饿死，这样顾此失彼，实为所难，臣下思量再三，愿意替夫去坐牢，换出沈束自由之身，让其为父养老送终尽孝后，再回大牢，换出自己，只有这样更为妥善，万望皇上开恩……"

沈束之妻张氏的每次上书，都如泥牛入海，没有了踪影，可她哪里知道朝廷的内幕黑暗至极，奸臣当道，她的上书不可能传至皇上，被他们视作污言秽语，当垃圾祭天——以火而焚之。

沈束的门生田筹，自入朝为官以来，就一直投靠在为官清廉刚正、做人正派、品德高尚的沈束门下为门生。

沈束入狱后，这些年田骞为了报恩，搭救恩师出狱和保住他在狱中的生命安全，四处奔走拉关系找门路打点，没少花费，到头来，一切努力和争取都是枉费心机。

田骞自感无奈，叫苦不迭，在朝为官多年，深知朝廷内幕的黑暗险恶、腐朽没落。由于皇上昏庸无道、任性偏执，一味地追求鬼神那事和长生不老之术，已痴迷遁入邪门，弃社稷与天下众生而不顾，长期不上朝临政理事，皇权交由严嵩一伙把持掌控。

他们大权独揽、结党营私，混淆是非、颠倒黑白，打击异己、陷害忠良，造成朝野上下怨声载道、一片狼藉……

田骞自持无奈，深感自己无力扭转眼前的局面，但他咽不下这口气。为了能救恩师早日出狱，少遭牢狱之灾，自己一咬牙，什么也不顾，准备豁出去，亲自上书皇上，为沈束鸣冤叫屈。

不仅恩师没救成，到后来落了个飞蛾扑火，而伤其身，自己也被牵连进了大狱，株连了家人，同罪犯抄治罪。

同朝为官的把兄弟、亲家公三弟宋亦木，得知噩讯后，早于官府钦差一步，密使自己的心腹挚友，星夜快马加鞭赶往归德州，告知田骞京城遭难之事，让其家人迅速分散，逃离此劫。

田骞的大千金田芗竹，早与宋家的宋方祺定了终身，眼下田家遭此大难，田芗竹最好的避难之地，就是去宋家，这样既可避难免遭逃难颠沛流离、胆战心惊、饥寒交迫之苦，又可尽快与宋方祺提前完婚。

为了路上行走方便和预防不测，田芎竹改头换面，女扮男装，带上宋家当年定亲时所下的定亲信物和简易行装，带足银钱，作为以后置办嫁妆和路上的盘缠，准备只带一个陪读的丫鬟作为书童出逃。

田芎竹有一个不是同胞而胜过同胞所生的亲姐姐，姐妹俩前几年在一起识文读书、赋辞填词，习练琴棋书画，娴熟针织刺绣，有时也会晨起相伴，挥剑为舞、切磋拳脚。

这次逃难本是田家遭难，与姐姐无关，她是可以开脱无罪、躲过此劫的。但由于姐妹俩在一起几年形影不离，已有了亲情和交情，姐姐不愿离开妹妹，但妹妹也更舍不得让姐姐离开，她让妹妹扮作公子少爷，自己扮作书童，这样姐妹俩可以结伴而逃，路上也好有个照应。

一切准备就绪，当她们就要出门的时候，田芎竹看着眼前改装后的书童，仪表堂堂，相貌气质优雅、威武光彩、靓丽夺人，有些不好意思地说：

"姐姐，看你女扮男装后的模样，真有这一堆那一片，要我看，你应为公子少爷，我为书童，因为我瘦弱，你比较壮实，这样我们走在路上，让人看了才压相顺眼。"

"芎竹妹子，这你就说错了，看你的气质，斯文优雅、秀外慧中、举止端庄、落落大方、书生气十足，活脱脱的就是一个白面书生公子少爷的模样。"

"我就不一样了，没有斯文雅气，大手大脚的，本来就像一个十足的假小子似的粗人，外人一看就知我是一个跑前顾后、跟脚跑腿听使唤的书童。"

"你是姐，我是妹，姐大为长，长姐如母，你应为公子，我为书童，侍奉你才是理所当然。"

"我比你身板壮实，自小跟爹学过功夫，这回派上了用场。以后我们赶路，需问路打探、吃饭住店，我粗声大嗓门，捏腔拿调装男腔，比你胆大泼皮，出入方便，我是最为适合的。"

"非常时刻，抓紧时辰逃命要紧，有话走在路上说，你们有的是时间，快一步就能逃脱虎口，慢一步就有可能会让你们肠子悔青……"管家在不停地催促大家，不要哭啼留恋不舍，逃命要紧……

月初星稀，天高云淡，姐妹俩趁着昏暗的夜晚，一个牵马一个骑马，快步疾走在夜色里。

她们不畏路途风险，风餐露宿，夜以继日，绕过官道，超小路赶近道，很快就来到了亳州回望塔大坝渡口宋方祺的府中。

三叔宋亦木在朝为官，常年不在家，公子宋方祺也随其父在京城念书，只有三婶娘在家，操家持业。

按当时的风俗称呼，田芗竹来到宋家，见到未来的婆婆，因为未过门，既不能称婆婆，又不能称慈姑，而只能按与爹结拜把兄弟的长幼顺序规矩称呼，叫她三婶娘。

娘几个见面，简短的几句客套后，三婶娘先安排她们住下。晚上趁三婶娘来看她们时，田芗竹向三婶娘一把鼻涕一把眼泪哭诉了父亲在京城遭难，感恩三叔施救，全家人连天夹夜、没有可去之处，只有隐姓埋名，四处逃窜，逃得越远越好，随遇而安。自己谨遵母亲之命，前来三叔家投亲避难，望三婶娘以后多多给予担当。

出于社会对女孩的家规教养和约束，田芗竹面对未来的婆婆，有些话自己是难以启齿的，只有让姐姐把她们临来时母亲相托带传的话，说与三婶娘听，姐姐说：

"田家不幸，出了这么大的事，我们临来时，二婶娘千叮咛万嘱咐地交代我们来到宋家，一切都要听三婶娘的，按您说的去做，把我们当作您的亲生闺女待。小芗竹早晚都是你们宋家的人，由你们宋家做主，择个良辰吉日，给他们早日完婚，免得他们牵挂。"

三婶娘当面没说什么，只有好言安慰，先住下来歇歇脚压压惊，等以后慢慢再说。

人常说，"有事做不急人、没事做闲着长脆骨"。姐妹俩逃难就已吓破了胆，时常做着凶梦，现又脚踏生地，逃难于此，各种环境都不适应，想做点什么又无心思，只有坐吃等饿干耗着，那才叫人心里着毛——干急不出汗。

姐妹俩来宋家已快有一年了，一切照旧，日不错影，吃饭和生活所需之物，还有人按时送来，但姐姐向三婶娘说起小芗竹的事，却迟迟未能得到宋家人的半句答复。

姐姐有些存不住气了，看着田芗竹她那整日里食不甘味、少茶淡饭，愁眉不展、忧心忡忡的面孔，眼见她面容逐渐消瘦、娇艳失色，她感到有些心疼。

也在回味着三婶娘那待人接物的面孔在变凉变淡，说话的腔调，由初来时的温柔体贴，现在已变得不热不冷，还略带生硬。

有时难得见上三婶娘一面，只要一提及小芗竹的事，她总是遮遮掩掩的，或避而不答；如果看你问急了，她就会推三阻四地理由一大堆，不是说：

"他们现在还小，小方祺还在京城念书，准备赢取大考，过几年再说。"要么就是她把话推扯到算命打卦上来说：

"按他们的生辰八字，已掐测算过，三五年内成婚不妥，虽说属相上乘尚好，而生辰八字相克相冲，多为不吉利。三五年后，能过上几个闰月，用闰月来冲冲，或用中榜的喜气冲冲，到那时再看他们的运气转向何如……"

一天清晨，按照平时的老规矩，每天姐姐都要起五更，来到宋家府门外的一片小树林里的空地上，练一通拳脚功夫。妹妹田芎竹也要随姐姐一起起早，自己手中拿着一把长剑，学着姐姐传授给她的套路翩翩起舞，增强习练自己的体格筋骨。

一套拳脚下来后，姐妹俩就地坐下来，稍歇息一会儿，又叙起了她们的心事。田芎竹自感自己心烦意乱，脑子里乱糟糟地，心情懊丧地对姐姐说：

"看来我与宋方祺的婚事宋家可能有变，一切都已写在三婶娘的脸上，看她那说话吞吐，不热不冷阴阳怪气，不怎么待见我们的面孔，一看就知道宋家想毁约退亲。"田芎竹话音没落，小嘴噘着，眼泪就已经吧嗒吧嗒地淌了出来。

"事情明摆着呐，有这种可能。"姐姐应声附和着。

"那既然都已这样了，不如我们就直接面见三婶娘，让她把话挑明，不然我们还赖在人家这里不走，吃人家的、喝人家的，让人家瞧不起多没意思。"田芎竹心里早都憋足了气，眼泪止不住地流，她泪眼惺忪地看着姐姐，在寻求她的主见。

"别慌着过早地下结论，我们也不要急于离开这里，眼下我们是在躲灾逃难，已无家可归、无处可投了，不到万不得已，或者人家已在撵我们，咱们都不要轻易说离开这里。"

姐姐在耐心地开导她，心里想：宋家毁约退亲已明摆着的，眼下你不走，粗茶淡饭有吃的，到不给吃的时候，就该赶你走了，要说性子急，心里窝火比你还要加上三分。她只好强忍着，接着又说：

"以前我们都见过三叔，了解他是个为人忠厚、诚实守信，比较注重义气的人，这次也是他冒着掉脑袋的风险，让人给我们通风报信，搭救了我们，既然他能这样做，家中出了这么大的事，我想他不会不管不问我们。"姐姐劝说田芗竹止住了哭泣，然后说：

"另外，我们前去老家归德州打探消息的人，到现在还没回来，我们也很挂念，所以还是要耐心地等等再说。"

秋高气爽、风和日丽，天上飘浮着朵朵看似欲醉非醉、带着瓦亮瓦亮的瓦块云，时不时地阵风袭来，她们就如一拨又一拨扶重就轻带货快速赶路的商人，由北向南匆匆而去，丝毫不影响太阳对天下万物的施舍与关照。

这时的太阳，已失去昨日的火爆、猛烈与火辣，摇身变得温和可亲多了，她轻盈盈地漫步在天空中，让人有一种亲近温馨、安逸和顺、暖洋洋的感觉。

半晌午时，姐妹俩又装扮成公子与书童模样，早早来到亳州城花戏楼前的戏台口里，选个长条小桌的雅座，点了四样点心和一壶茶，想来此听场戏，解解胸中被憋卧屋中的郁闷，也好借此打发消遣难熬的时日。

看戏告示上写着，今天所演唱的是古装戏《打金枝》，姐姐来了精神，嘴里滔滔不绝地说：

"《打金枝》不仅是豫剧驰名剧作之一，也是晋剧剧中最著名、优秀的传统剧目，晋剧是北方的一个重要戏剧剧种，在中原、江淮两岸，也称梆子戏。"

"姐姐你知道得真多，不愧是见多识广、博学多才，我就不一样了，经常铆在家里，大门不出，二门不迈，外边的世故，知之甚少，我这才叫孤陋寡闻呢。"

"我以前也是很难看场戏的，平时都是听我爹讲的经（白话、故事），因为他经常外出走四方，那才叫见多识广呢。"

戏剧开演了一段时辰后，当剧情演唱到本剧的高潮，剧中的主要人物，唐代宗之女升平公主，下嫁给汾阳王郭子仪六子郭暖为妻。

郭子仪六十大寿时，儿媳升平公主没能前往给公公拜寿，遭夫郭暖一顿暴打，郭父知子闯了大祸，亲自绑了六子郭暖，带上金殿，向皇上唐代宗请罪……

正在这时，有人悄悄地来到主仆俩围坐的小条桌前，低声耳语了一番，当即主仆俩跟着来人，急匆匆地离开了戏场。

回府后方知，宋方祺受他爹之命，从京城回来了，并带回爹从京城给姐姐和田艿竹买的女孩用品，说临来时，爹还一再告知，要她们多加小心，不要乱动，京城一直没放松对田家人的追捕。

很快，前往归德州大兴巷田家牌坊田府打探消息回来的人说，因为没有抓捕到田家人，官府非常震怒，偌大的一个田府上下，只剩下管家和一些用人，而且同时也在追查其中的原因。

田府已被官府封闭，大门贴了封条，严刑拷打审讯管家无果，官府只有派人驻守，死死地盯住田府，守株待兔，等候他们自投罗网，捉拿归案。

宋方祺回来后，由于母亲家规严厉，把他关闭在书房里习文用功，不允许他离开书房半步，初回来时与姐妹俩见过一次面，不再允许他与两姐妹接触，吃喝都由别人伺候送去。

三婶娘还是那样，结巴嘴唤鸭子——一来不如以来。扭不掉躲不过时，与姐妹俩见面也没有多余的话可说，只是口头上两句话，婚姻之事只字不提，凭感觉：

看来能让我们吃住在这里，就已经不错了，说不准哪天还会赶走我们的，到那时，我们该怎么办？又能去哪里呀？这成了姐妹俩心中的一块剜心事……

田家遭此大难，小芗竹又遭受到婚姻上的不幸，这样对她的打击实在是太大了。她们隔山渡水、顶风冒险，饱受艰辛来此投亲、逃命避难，就这样被宋家不长不驼地窝囊在这里，姐姐于心不忍，心也不甘……

思量再三，姐姐决定凭自己身上的功夫铤而走险，想方设法让小芗竹与宋方祺再见上一面，倾听一下他们的心声，也可得知三叔和三婶娘何意，看是否能峰回路转。心里有个底，总比现在心里老是装着一兜面浆子——糊里糊涂的，一无所知要好受得多。

有日子可数，姐妹俩来到宋家，住在西院西厢房最北侧的两间厢房里,已两年有余,对于府上三个大院里的主房厅堂和众多的厢房偏房,姐姐她都是了如指掌的。

虽说府内院与院之间隔有院墙,但这都属于内墙,内墙的墙身都不是很高,墙头上装饰着瓦当神兽小跑等,这院墙在姐姐的脚下,都是轻而易举、来去自如的小事。

宋方祺的书房在中院偏后靠近主厅堂的一侧,这书房也是他爹在家时使用的书房,主厅堂里住着爷爷奶奶和三婶娘她们。

书房与主厅堂靠得很近,与姐妹俩住的西院西厢房隔着一道主墙,两道小院墙,但这院与院之间的院墙,墙上都安装有可来往通行的偏门或角门。平时大白天这些门都是敞开的,只有到了夜晚,这些门才会上门栓关闭着,这时的出入一般都得走正门。

宋方祺自京城回来后,这段时日的生活规律姐姐都掌握得一清二楚,但凡求取功名的莘莘学子,都不畏寒窗、酷暑的艰辛,他每晚都会挑灯夜读到深夜,中间只会熄灯歇息一两个时辰,接着又会读书到天明。

中午有一个时辰可以在院子里走动走动,晒晒太阳,其他包括吃饭,都是不出书房的。

如果大白天接近宋方祺极不可能,因为院子大,来回走动的人员比较多,又有管家和用人看护着,多有不便,看来只有夜晚,人都睡了才有可能。

事不宜迟,看来留给她们住在宋家的时日不会太长,决不能丢弃此时的时机,坐等宋家发落。

三更天过后,整个宋府大院寂静得如一潭水一样平静,姐姐与往日打扮一样,登高望远。见四下里无人,只有公子书房里还亮着灯，她运气提神，身轻如燕，飞身过墙，很快来到宋方祺的书房门前。

门是半虚掩着的，闪有一条细细的小门缝，瞧见宋方祺正聚精会神地坐在那里看书。姐姐随手轻推房门闪身进了书房。

一照面，宋方祺一脸的惊骇与惧怕，慌里慌张地急忙站起，一时不知所措。姐姐急忙近前，面带笑容，和颜悦色地小声对他说：

"公子莫怕，更不要惊慌声张，我是田芗竹的姐姐，以上我们见过的，此来绝无恶意，只是大白天多有不便，想趁此夜晚更深人静之机，想让公子与我妹妹芗竹见上一面，叙谈叙谈你们的终身大事，交交各自的心底，也不枉费多年前路人皆知、轰动一时的宋家与田家隆重的定亲仪式，留给外人一件憾事。"姐姐见宋方祺的情绪稍微稳定，压低嗓门又进一步说：

"二叔伯的家人得救，全都仰仗三叔的用心良苦施救；需当面由你带话给三叔，向他致谢。另外，小芗竹满心的忧伤痛苦，更需要公子你的安慰与问候。"

"这不行，我娘早已发出狠话，让我决不能踏进西院西厢房半步，更不能与你们私自见面，否则她会打断我的腿。"

"情有可原，可另当别论，三婶娘是不会知晓的。"

"那也不行，姐姐，我娘家规比较苛刻严酷，如果她得知了半点耳风……"

"大少爷，三更天已到可以熄灯睡觉了。"门外院子里传来了老管家的声音，随即也响起了老管家每天习惯性的敲门声。

"知……知道了……"宋方祺当即被吓得浑身颤抖，脸都变成了土色，抬头没看到姐姐藏于何处，心里感觉好些。

"宋公子不用担心害怕，虽说以前我们曾谋过面，今天看来你已经长大，可以自有主张了，也在证实你是位诚实守信的好男孩好弟弟。"姐姐一点也不错过有利时机，步步紧跟，紧接着又说：

"你熟读四书五经、孔孟之道，最起码的人之常情，你还是通晓熟知的，你只知我是你姐姐，对于我是谁，以后你会知道得更多，现在是姐大为长，你必须听我的，随我走一趟就行了。"

姐姐见宋方祺一直还是执迷固执、疑惑愣怔地站在那里，纹丝不动，索性上前一把像鹰抓小鸡似的抓起这个白面书生的胳膊，往外就走，随即把烛灯吹灭了。

宋方祺一脸的不情愿，想挣脱被抓住的胳膊，可他哪能挣脱掉，像钳子一样被姐姐牢牢地掐住，疼得他直龇牙，只好乖乖地跟她走。

夜静更深，天空显得尤为漆黑、沉寂，院内的偏门被轻轻地打开，宋方祺尾随其后，悄悄地来到西院西厢房。

借着房内的烛光，宋方祺与田芗竹四目相对、相视一瞥，继而又都羞臊地把脸转向了一边。

"你俩抓紧时间说说话，我在外边放风。"姐姐看眼行事，立即找个台阶出了厢房。

"听说你随三叔去京城读书几年了？"田芗竹主动先开口，打破眼前的沉默与尴尬。

"已有三四年了。"宋方祺不敢抬头直视对方，有些羞怯地回答。

"在那里读书还算习惯吧？"

"还可以，读书人在哪里都一样，除了守时熬夜、苦读、死记硬背写文章，还是写文章、苦读、死记硬背。"

"这次你从京城回来，三叔没说些什么？没让你带些话给我们？"

"这次回来，就是我爹让我回来的，他说让我好好地用心劝导安慰你们，渡过眼前的这一难关，等明年秋后大考后，他才回来，操办咱们的婚事。"宋方祺不由自主地觉得自己脸红耳臊起来，但他自觉比刚才初来时的心跳缓慢了许多，心情也好了，转而又唉声叹气地说：

"可我回来后，没能力按我爹说的话去做，说与我娘她不仅不听，而更不依，作为晚辈坚守孝道，只有在外要听我爹的；回家后，一切都要听我娘的，为人之子，乃父母之命至上也。"

"那三婶娘打算把我们的事怎么办？"田芎竹在步步紧逼追问，心想到了这一步，也不在乎什么女孩家不女孩家该问不该问的这一套了。

"听我娘说了，外边追查你们田家的风声很紧，恐受牵连，毁了我们宋家，误了爹的仕途，毁了我的前程，这门亲事，看来我娘已有了毁约退亲的念头，要不多久她会挑明此事，弄不好她会把你们撵走。"

"你怎么看呢？"

"我与她不知争执了多少次，爹的决定，决不允许这样做，可我娘不听那一套，谁的话她一点也听不进去……"

"不过，不过你与姐姐也不要担忧，我还会与我娘理论，让她老早地打消这种念头。"

……

事情很快被摆在了桌面上，三婶娘今天破例，做了一大桌丰盛的菜，自己亲自陪坐在一起，与两位姑娘边吃边聊，说出了一大堆家中难言、难办和自己的苦衷，说到伤心处，不由自主地还掉了几滴眼泪：

"我在家时，整日里过的是楼上楼下、楼眼里琴棋书画千金小姐的日子。自从我进了宋家，你三叔整日里不出书房，现又中了进士，在京为官，家中之事他是从来不闻不问的，眼看着一堆的事都摆在那里，能不管不问吗？可害苦我了……"

三婶娘有些泣不成声地淌了一会儿眼泪，她擦擦眼，就慌着让她们吃菜，趁空用眼瞟了她们一眼，脸色陡然有变，一改刚才悲声泣弱的语气，冷冰冰地把话引入正题：

"这门亲事，当年你爹与你三叔两人在一起要好、感情用事，打手结掌定的亲，但互不了解双方的实际内情。"三婶娘抬眼看了看她们，略打迟愣接着又说：

"以上你们曾多次提及过这事，我没能正面回答你们，眼前田家一直祸事不断，官方追查甚紧，从不放过，还在追查泄密之人，你三叔已被怀疑，我们宋家受到了牵连。"

"还有明年秋后，祺儿将迎来大考，恐别毁了他的前程。"三婶娘稍微停了一下，然后又加重了语气说：

"为了不受所害，保全我们宋家，只有与你们田家断绝关系，划清界限，从今儿个起这门亲事到此为止，从此田宋两家，各求方便、永无瓜葛，如有怨有恨，那只有怨恨你爹和这无情的世道。"

说到这，三婶娘抬眼看看坐在一侧的姐姐，正面无血色地虎着脸，横眉冷对地仇视着自己。

看看此时的田苧竹，眼泪就像断了线的珠子，在不停地向下滚落，她不再说些什么，招手喊来了管家：

"给她们多准备一些钱财和衣物等用品，送去西院西厢房她们的住处，让她们准备一下，明天早饭后，就可以离开宋家了。"

"真是不齿人伦的小人，乘人之危、落井下石、转脸无情，简直就是猪狗不如。"回到西厢房，姐姐面对前来送东西的宋家人，愤怒地大声号叫发泄一通。

看着苧竹娇艳失色、花容失貌，面容憔悴，哭成了一个泪人。她既心疼，心里更加义愤填膺地用手指着他们：

"你们宋家人，竟能做出如此出尔反尔、卑鄙下等之事；真乃是世事炎凉、薄情寡义，也不怕有辱你们宋家祖上之圣名，小人之为也……"

"姐姐你息怒，不要再为此事大动肝火，与他们置气了，我也不再哭泣，事已至此，我哭死也没用。你发火恼死也改变不了他们的意愿，看来这事已无回天之术，一切都是枉然——白费口舌。"田苧竹止住了哭声，用手帕擦干了脸上的泪水，立即振作起来，并对姐姐说：

"不如抓紧时间收拾东西，我们现在就走，多一会儿也不想待在这里，这次宋家给的东西，咱们不稀罕，只带走咱们来时带来的东西就行了。"

刹秋初冬的季节，白天的时辰很短暂。午饭后，几经折腾打岔，天很快就黑了，姐妹俩收拾停当，女扮男装出了宋家，很快就消失在昏暗风冷的夜色中。

第十一章

大梦醒后的马草坡，不停地用手搓揉掐捏着他那睡蒙惺忪模糊、眼眶疼痛有些浮肿的双眼，嗓子眼感到干呛冒火、疼痛难忍。

看着眼前一直傻乎乎愣怔站在那里的小师弟想头，枣花嘱托让他带给自己的话，他都已牢记心中。

他的眼睛有些酸涩火辣辣的，但他此时没有多余的泪水能流出来，想说声感激或好听的话慰劳一下这个可爱的小师弟。可他的嘴张了张，感到嗓子眼里疼痛难忍，却没能张开，就把来到嘴边要说的话又咽了下去。只好来到他身边，伸手抱起他的这个傻师弟，强忍着嗓子剧烈的疼痛，费了很大的劲，才蹦出几个沙哑、含糊不清的字：

"嗯嗯……你……说的，我……都记住了……"

痛定思痛后，马草坡的心里也在思考谋划着自己今后的生存，怎么个活法才能对得起死去的枣花，慰藉她的在天之灵，并给自己约法三章：

自己不仅要活着，而且还要好好像样地活着，一定要把手艺活干好，就像师父所说所为那样，"不干则已，即干就一定要给人家干好、干利索，注重和讲究手艺人的职业道德和名声，给人家留下好手艺、好品德、好印象，让人家给你扬名，才能扩宽你的活路"。

再者就是不怕吃苦受累，省吃俭用，先从一些零杂活干起，将来自己也想有个固定的门面和一所像样的宅院，带一大帮徒弟，把手艺活和工匠活做大，做出名堂来。

最后还是使他终生愧疚、温柔乖巧、可亲可人的傻师妹，她能非我不嫁，因我痴情寻死丧命；自己娶她不成、终身不再迎娶。

人世间吃饭的门路没有容易的。马草坡挑着木匠挑子，经常在县城和大的集镇上转悠，广交朋友、招揽生意、扩大活路。

有时遇到人家让他小打小敲地修理门窗、家具，或雕刻制作门神窗花，屋檐屋脊神兽小跑之类，混几顿饭吃，挣几个小钱。

给人家干活的时候，吃住都是人家的；没活干的时候，吃住自掏腰包，想省钱，只有饿肚子，要么一天三顿饭吃两顿、或一顿；夜晚只有住废弃的庙院。

一天傍晚，马草坡挑着他的木匠挑子，正忙于赶路，忽然路过一座破寺院门前。看看天色将晚，前不着村，后不着店的，想在此寺院里住上一宿，明早才走。

趁着太阳西沉，还留有一缕缕淡淡的余晖，他放下身上的挑子，把整座寺院里里外外看了个仔细。

虽说这座寺院破烂不堪，寺院的大门已毁坏，日夜寺门敞开、四通八达，没有遮挡，但这座寺院的大样还在，门头上写着的"延山寺"字样依然醒目。

看样子寺院被废弃的时间不长，还能看得出寺院当年依稀遗留下来的恢宏和气派。

寺院比较大，为三进大院，进来迎面即为三开间的大雄宝殿，殿内供奉着三尊佛像，中间端坐的是如来佛祖，两侧站班护法的是文殊菩萨和普贤菩萨。

二进大院大殿里供奉的是阿弥陀佛，两侧站班护法的是观世音菩萨和大势至菩萨。

三进大院，大殿抬高，拾级而上，大殿里供奉的是药师佛，两侧站班护法的是日光菩萨和月光菩萨。

寺院的两侧都有相应相对称的配殿，配殿里供奉着很多的罗汉和众多的菩萨，两侧还有厢房、禅房、藏经房等，足有七八十间房屋。

院子很大，都是大方砖墁地，院内植有古槐树、榆钱树和众多松树古柏，院子为南北走向。

马草坡把整个寺院翻看了个透底，但他惊奇地发现，除了前后大殿，还有偏殿的殿门敞开着，其他的厢房、禅房、库房、藏经楼等，都比较规整一新，而且门上落锁。

大殿外的香炉里还在燃烧着没有燃尽的香火，冒着缕缕青烟在寺院的上空盘绕。随着夜幕的临近，雾气下沉，地气上升，它们交织凝合在一起，形成了一缕缕一团团不易立时散去的晚霞暮雾，笼罩着整个寺院的上空。

马草坡刚入寺院的时候，还能看到不少匆匆忙忙的香客，可等他把寺院溜达一转出来的时候，只见香炉里的香火还在冒着青烟，却不见一位香客。但他更觉奇怪的是，自始至终在整个寺院里，没见到一个和尚、僧人，或道士什么的……

马草坡没有多想，但他刚才看到那些香客们个个面带惊讶、神态慌乱，匆匆忙忙、神不守舍、疑神疑鬼的样子，心里有些发寒疑窦丛生，犯起了嘀咕。

猜忌这是一座凶险、夜晚无人敢住的破寺院，想找人打探咨询一下这里的究竟，可他找遍整个寺院没见半个人影。

他不死心，想弄个明白，急忙跑出寺院门外，追上一位远去的香客，问他为什么这般惊慌失措地离去。那香客胆战心惊地说：

"天快黑了，快点离开寺院，夜里那地方有鬼怪出现，会伤害人的。"

但他不怕，认为自己活着也是个多余的人，不在乎这些，什么鬼怪不鬼怪的，只要寺院里能遮风避雨住人就行，管不了那么多。

没有多想，马草坡趁着天还有些麻麻亮没有黑透，挑着挑子，就直接来到后院靠东边的偏殿里住下。

天很快说黑就黑了，寺院里瞎灯死火的，显得到处都是黑咕隆咚的一片漆黑幽静。

没过多久，寺院刚才的幽静就被打破，前边的大殿里已经开始"扑扑通通"地响个不停；院子里不是"当啷"一声，就是"哐当"一声，像是屋檐上掉下的瓦片，也像是谁在向寺院里扔东西；偏殿的屋脊子上"喵呜……"响起了瘆人的惊叫声……

这时的马草坡刚从挑子上取下烂草席破被子就地铺在

神脚旁，刚拜过菩萨，正坐在那里瞎摸眼啃着干馍头还没有睡下，寺院里不断发出一些稀奇怪异的响动和山猫野狐、爬树猴鬼精灵刺耳蜇心的怪叫声。这些对马草坡来说，感觉很正常无所谓，已经见怪不怪、习以为常、司空见惯了。

因为他有时为了赶上一座庙院，需摸黑赶夜路，路边的黑影里或路过一大片黑森森的坟地，有了响动，发几声怪叫，都是常有的事。

更为让他惊骇的是，夜晚有时路过沟河，不知是什么东西把水弄得"哗哗啦啦"的声响，或有水葫芦灌水"咕噜噜……咕噜噜……"的响声，他也全然不在乎，理都不理它们，只顾走自己的路。

特别是阴雨天，赶上黑月头（没月亮），天上下着毛毛小雾雨，慌慌张张地奔走在野外的路上，一睁眼就能看到，漫天遍野都是乱跑、乱蹦、乱跳，冲他绕来飞去民间传说的"鬼火"（磷火）。

有的"鬼火"竟然跳到马草坡的木匠挑子里，让他挑着与他一起赶路，还时不时地弄出点响动和故事来，引来更多的"鬼火"，缠绕在他的前后左右。但他从不惧怕这些，更不在乎它们能把自己怎么样，自恃自己年轻气盛、身强力壮阳气旺，胆大不在乎……

由于马草坡白天东奔西走地干活忙碌，所以刚才寺院里发生的响动丝毫影响不了他的睡意，感觉自己累了也困了，有些倦鸟归巢的感觉，一丢头，很快就呼呼地大睡起来。

整个寺院里，从天一抹黑就已经开始响动不断，怪叫声不绝。因为寺院大，院子深，寺院毁坏失修，夜间长期不住人，没有了灯火人气，很容易招来山猫、野狐、爬树猴之类的东西。它们白天躲藏在寺院的阴暗角落里，天一见黑，它们就慌着出来觅食、相互打斗、争群夺类守地盘；随着夜幕的加深，它们的打斗、怪叫声也随之更加狂妄蔓延、肆无忌惮。

到了夜半子时，寺院里怪异的响动不仅没有减弱，反而又增加了一种更为奇特怪谲的叫声。先是不知从哪里传来"咩咩咩……""哼哼……唧唧……哼哼嗤嗤……"羊和猪的叫声，接着引来了一群猪的号叫声。

这群猪的号叫声此起彼伏，有短叫，逐渐变为长号，最后出现了"嗷嗷……哦喔……"猪被杀时，临死前挣扎时的哀号呻吟尖叫声。

尖叫声很大，特别刺耳，震响着整个寺院，熟睡中的马草坡也被这哀号的尖叫声惊醒。他顿觉奇怪，意识到这叫声有些不对头，这黑更半夜的，寺院里怎会有杀猪的哀号怪叫声？

起初，马草坡认为是有人在寺院里杀猪，可能是用来祭神敬佛还愿的，他没太在意，翻翻身只管睡他的觉。

然而，还没容他闭上眼继续睡觉，猪的哀号怪叫声又响了。听它们的叫声，还不只是一头猪在叫，好像是一大群猪在叫，而且它们的叫声比刚才还显得更为惨烈悲泣，让人感到毛骨悚然，头发竖起，浑身起鸡皮疙瘩，实难再睡。马草坡随即起身想看个究竟，看看这破寺庙院里，今夜到底发生了什么。

出了偏殿，马草坡来到殿外的院子里，抬头仰脸看看天空，天比锅底还黑，感觉天上在淅淅沥沥地下着零星小雨，寺院里四处都是黑漆漆阴森森的，没有一丝亮光。但他断定，不可能是来寺院里许愿、杀猪还愿的，可这猪的尖叫声又是从何而来呢？

他没敢声张，已经意识到这猪的怪叫声不像他想象猜测的那么简单了。他只好小心翼翼地退回自己住下的殿门旁，靠着柱子静听寺院里的动静。

过了一段不太长的时辰，猪的尖叫哀号声又一轮响起，而且还伴有忽闪的几道亮光，马草坡认准这声音和亮光来自对面西厢房偏殿里。

他没敢声张，接着又是一轮响起。确准后，他转身回到自己睡觉的地方，操起一把大板斧，紧紧地握在手中，悄无声息地向对面靠近，屏住气，隐藏在偏殿旁走廊台柱的一侧。

不知是因为有人晃动惊动了它们，还是因为它们有灵性，有了知觉感应什么的，这偏殿里的猪叫声一直没再响起。

马草坡紧紧地贴身隐蔽在台柱旁，借着昏暗的夜色，模模糊糊地从殿门缝里向里张望，发现殿内尽是一尊尊菩萨罗汉的金身圣像，哪有什么猪的踪影？因为他常走夜路，人戏称他有夜光眼。

马草坡没多想马上离开回去睡觉，他耐着性子、屏住呼吸，生怕别弄出什么响动来惊动了它们。他全神贯注心力绷紧，如箭在弦上蓄势待发，随时准备应对殿内所发生的一切，一直守候在那里，不时地向殿里张望，想弄明白，这里为什么会有猪的怪叫声。

很快一大会儿时辰过去了，寺院里好像比上半夜宁静了许多，可能是那些山猫野狐、爬树猴之类的，它们折腾累了；也有可能是这杀猪般的奇特哀号怪叫，镇住或吓着了它们……

总之，寺院里也在趋于幽静，黑不透底的天上，隐隐约约、时不时地露出几颗守夜的星星，感觉霏霏的细雨已经停了，夜色也在无声无息中加深。

"哐当……"从站着的偏殿里传来了一声巨响，打破了刚才的宁静，随着响声过后，偏殿里连续响起一连串猪的哀号尖叫声。

这次马草坡听得真切，看得实在，因为响动就响在自己眼前的偏殿里。当时就觉得自己的脑门"嗡"的一声，脑袋立时就大了，心跳加快，头皮发麻绷紧，头发丝根根都站立起来……

紧张的情绪稍定后，借着昏沉的夜色，马草坡顺着猪的叫声，细细地张望寻找猪的踪影，偏殿里除了菩萨罗汉还是罗汉菩萨，唯独没有看到猪的踪影。他感到此事定有蹊跷怪异之处，也感到不可思议、奇了怪了。

马草坡王八吃秤砣——铁了心，想看个究竟。他一直大气不敢出一声，静静地守候在那里，死死地盯住刚才猪尖叫的地方，看是否有新的发现。

又过了一小会儿，偏殿里不知是什么东西先是"哧"地响了一声，接着又闪了一道红光，稍停片刻后，"嗷嗷……哦喔……"地响起了几声猪被杀临死前哀号的惨叫声。

一个血红带有亮光毛茸茸的鬼怪精灵，闪亮了几次后，从一条宽宽的条凳上，先上下后左右，绕着条凳翻来覆去地来回转悠几个回合后，亮光闪了几下很快就消失了。

这回马草坡看得真切，透过亮光，看清楚了条凳上还站着两尊罗汉塑像。他的眼都看直了，眼前的怪异惊骇着他的心，立刻被提吊到嗓子眼上，怀疑是否还在自己的身上。他用手摸摸自己的胸口，只知道心口窝里"咚咚咚"跳动得厉害，但他可以确切地断定：

这条条凳，就是猪叫的根源，也是祸害这座寺院的罪魁祸首，今天一定要把它弄个明白，看它到底有什么讲究。

马草坡没有马上离开西厢房罗汉殿，一直守候在那里，时刻在注视着里面的变化。东方的天边有了裂缝，在渐渐地泛起鱼肚白，太阳很快露出了她那慈祥温和的笑容，在向人们昭示着她的到来。

马草坡来到罗汉殿里，找到了那条条凳，发现条凳上还站着两尊罗汉，他只好先把罗汉一尊一尊地从条凳上抱下来，伸手想拿起条凳。但没那么容易，因为条凳太沉，一只手没能拿起来，只有弯腰把条凳抱起，感觉足有一两百斤重。

他把条凳搬到寺院的大院子里，对着太阳光，翻来覆去看了几遍，用他那木匠师傅的眼光观看。条凳暗黑赤红，是一整块桑木板做的，凳面长度有四尺多长，宽度有二尺多宽，板面厚度足有三四寸多厚；安上的四条腿，也是桑木的，形成了一条长条凳；高度足有二尺多高，是一条屠户专门用来杀猪宰羊用的长条凳。

因为以前见过师父给人家屠户做过这样杀猪用的长条凳，都是用几块木板去边撺缝合在一起做成的，但都没有这条凳板面厚，也没有这板面宽。他用手中一直拿着的大板斧，狠命地砍了条凳几斧头，根本没伤着它一点皮毛，还把手臂震得发麻生疼。

太阳越升越高了，寺院里已聚集了很多起五更、远道而来的香客，香炉里的香火已开始燃烧，香雾随着徐徐的晨风，已在寺院的上空缥缈缭绕。这时，马草坡也惊奇地发现了一个无精打采、东张西望的老和尚站在殿门口，就慌着走向前，抱拳打拱与其打起了招呼：

"师父早安，俗家弟子马草坡这厢有礼了。"

"施主早安，阿弥托福。"那老和尚正在东张西望地好像在察看着寺院里什么东西，冷不防地被人家早安问好道了个万福，自己慌不择礼地给人家回了个万福。

"师父请你跟我来。"马草坡把那老和尚领到那条凳前问他：

"师父可否认识这条凳？"

"贫僧当然认识，只要是这寺院里的东西，我都认识，这是罗汉殿里罗汉站的条凳。"老和尚未加思索地回应着。

"师父，您能说说它是怎么来到这寺院的？"

"大概有一二十年吧。"那和尚略皱眉头，没用多想，就略有所思地回忆说：

"还是那一年发大水，河水暴涨，我们寺院里师父，领着我们一帮弟子，去河里去捞顺水漂过来的东西，发现了这条凳，把它捞上来。因为它很重，还是我们四个师兄弟轮换着把它抬回这寺院的。"

"先是把它放在了一边，大家也没把它当作一回事。后来罗汉殿有一处泥台塌了个洞，正好把它抬过去垫在那里，上面还站了两尊罗汉，所以我对它记忆犹新。"

"这寺院看似规模这么庞大壮观，名声灵气又这么响亮灵验，怎么会一下子变成这种模样呢？"马草坡看着眼前心事重重、满脸悲沉、愁眉苦脸的老和尚，很惋惜地问他。

"唉……"老和尚看着这破败不堪的寺院，有些触景伤情，心情不能自持，不堪忧虑地伤感起来：

"这寺院始建于北宋太宗年间，后改名为'延山寺'，至今已有五百年之久，这座寺院里供奉的仙尊佛圣很有灵气，盛名远播。能招揽几百里路开外对此寺院信服的香客、施主。平日里香火就比较旺盛，多年经久不衰。"

"还是在几年前，寺院里突然间出现了怪异，时常在夜里出现鬼怪之声，到后来夜半子时时，如果是遇上阴雨天天气，常会出现猪和羊的怪叫声。特别是猪在临死前凄惨的哀号尖叫，更为瘆人，让人失魂落魄、丢魂丧胆，给寺院里带来了灾难。"

"起初，我们的主持、长老法师和众僧们，齐大老小齐上阵，点亮蜡烛、灯笼火把，彻夜在寻声查找猪的哀号声。结果是只闻其声，不见其物，多次都是一无所获，什么法符都试过，皆无奏效。"

"特别是到了夜半，赶上黑月头外边下着小雨，天上刮着阴阳怪气的腥风，突然间出现这种怪叫，真能把人吓个半死。"我们曾经也请过捉妖拿怪的大仙来捉妖，未了无果。

"久而久之，众位长老法师们也承受不了经常这样提心吊胆、失魂落魄的折磨，有的弃庙而去，去云游或去了其他寺庙，还剩下我们这些，既是无处可去，而又舍不得这里的神佛灵验；还有那么多许愿、还愿的施主、香客、善男信女们；虽说寺院出现了怪异，夜晚无人居守，但丝毫影响不了他们白天来这里了却自己的所许所愿，所以我们一直坚守了下来。"

"白天，我们来这寺院里，照常点蜡上香、撞钟，坐禅、咏经念佛，清扫寺院、招揽香客，天不黑我们老早就慌着离开这里，到其他地方去落脚过夜……"

"师父你不要害怕，那怪叫声让我给你们逮着了，这不，就是它！"马草坡用手指指眼前的条凳，并把夜间自己目睹的经历，乍起乍落、底上三铺，详细地向他述说了一遍。

看着站在自己面前的老和尚心神不定，用半信半疑、半睁半闭的眼神在审视着自己，马草坡只好又一次举起手中的大板斧，扬起来，狠命地对着长条凳，大砍了几板斧。结果那条凳确实坚固结实，只留下几道浅浅的痕迹，并对那和尚师傅介绍说：

"这长条凳是桑木的，看它的板面，是一块无瑕无缝、特大桑树锯下的一块整板；看它的厚度，过以加厚，就知它是用废弃的棺材板加工改制而成、屠户用来杀猪宰羊用的。"

"为什么说它是棺材板改制的？因为像这样整块的大桑树板，谁也舍不得锯下一块做杀猪用的条凳，而且，也不可能锯这么厚、只有废弃的棺材板，刨去两边毁坏的表层，把它废物利用，这长凳的四条腿，是后来安上的。"

"看它的木茬成色，至少要有三百年之久。起初，做成棺木盛殓尸骸，埋于地下，受其阴幽尸骸血水浸裹；后不知何故又重见天日，被改做成杀猪宰羊用的条凳，由于长期被血腥油水浸泡渗透，它浑身已沾满了阴灵邪气；后经风吹日晒、雨淋雷震阴阳之气的掺和，凳面显得暗紫血红，向外散发着一股难闻、使人呕吐的血腥气味，它已有了灵性，成了精灵。"

"它周身裹满磷火，如果是遇上夏季梅雨、阴暗潮湿的阴雨天，或是黑月头的夜晚，它都会显露磷火弄出点响动，或作祟作怪。"马草坡两眼直勾勾地看着那个站他面前，一直在听他讲解，被吓得浑身哆嗦的老和尚，然后又缓口气对他说：

"要想破除它，只有一个办法，把它慢慢地劈开，在太阳底下用火烧。"然后又吩咐那老和尚说：

"师父，你去抱些干柴草过来引火，我来想法劈开它，把它放在火上烧，一会你就能看出里面的讲究了。"

桑木本来就是一种坚硬、厚重、结实的木质，又加上这么多年的沉淀、猪羊油血水的浸泡储聚，是很难一时就把它劈开的。

马草坡先把条凳竖起，让它站着，因为他有的是力气，顺着条凳的树丝顺茬，把条凳一绺一绺细细地劈剥开。

当劈剥下几绺后，顺着木茬，随之就流淌出一股让人呕吐、恶臭、暗紫殷红的鲜血来。

马草坡随手把劈下来的细木丝条，放在火上烧，立时冒着浓浓的黑烟，一股股烤焦血腥的腐臭味扑鼻而来，让人感到实在难闻。

老和尚惊呆了，他细细察看了马草坡昨夜所住的偏殿地铺和他的衣物还在，特别是那条凳里向外不停地滴淌着紫红的鲜血，他那一直半睁微闭的双眼，这会儿睁大瞪直了。他立马做出反应，面对头顶上的苍天，连忙双手合拢，作揖打拱，嘴里念念有词：

"阿弥陀佛，善哉善哉；吾佛丈六、佛光普照；神通如意、遇贤使能呈祥；多谢小马师傅的神力、胆识、法力和智慧，为我们寺院铲除了一大祸害，寺院有救了……"

一通佛事后，那老和尚脸上挂满了感激之情，双手合十面对马草坡，声泪俱下，悲不成声地说：

"感谢小马师傅的胆识和神力，救了延山寺，老衲我看你佛缘显现、气宇轩昂、缘分早有；我作为寺院的主持，愿腾出两间禅房，特呈请马师傅可长期在此寺院居住留守，护法寺院。"

马草坡心里明白：他所说的，老和尚还在半信半疑，有待于考究是否真实可靠。

当晚，马草坡没走，由老和尚陪同，就住在他的禅房里，半个月后，除了夜里山猫野狐弄出的响动外，其他没再发生什么怪异的声响。

老和尚信服了，他选准时辰，沐浴更衣，带领众僧拜祷延山寺众位佛尊归位，拜谢了马草坡，并诚恳邀请他主持修缮毁坏的寺院，付给劳资薪酬，作为寺院对马师傅的答谢。

第十二章

秋后的时辰，夜长昼短，夜色来得较早，也黑得出奇，伴随着秋冬季节的来临，北风显得格外地活跃与放荡，寒气也在咄咄逼人。

姐妹俩一赌气愤然连夜出了宋家大门，来到路上后方知，天上无月暗黑，雾蒙蒙的夜色，就感觉好像有一块布蒙在了她们的脸上，伸手不见五指、两眼漆黑，一片模糊不清。巨大的环境落差、心理落差和满腔的怒火怨气，在无情地折磨着她们的承受能力。

姐妹俩只有顺着门前的大道，让马走在前，她们扶着马走在马的两边，摸索着走了一段路，感觉路两侧只有树木萧萧，重重叠叠、阴森森可怖的树影，渺无人声；凛冽的寒风瑟瑟，顺着大路不时地刮起一股股追屁股风在追逐着她们。只听到一阵阵风过，刮起地上的残叶，呼啦啦地响起，惊飞路旁树上的飞鸟。让人胆战心惊、魂魄出窍，走了一段路，就听姐姐说：

　　"我们不能这样瞎摸眼盲目地走路，应先靠路边蹲下来，适应适应夜色再走，要不然这样会走错路，也容易出事，会遇上……"

　　"会遇上什么呀？"田芗竹显得十分胆怯害怕，不由得心慌意乱、六神无主地追问姐姐给她壮胆。

　　姐姐心里清楚，她看着小芗竹那心力交瘁、痛不欲生的娇容，如在平时她会大哭一场，睡上三天三夜不吃不喝也难消她心头之恨。可如今无奈，怯苦眼下，只得强忍悲痛透支地打起精神强撑着走夜路。

　　自己也感到心如刀绞，实难咽下这口恶气，但事已至此，已无回天之力。为了打消和缓解小芗竹那胡思乱想、痛不欲生的念头，她只好说在路边歇一会儿，适应一下夜晚的环境，也让她松口气，缓解一下气愤的情绪，以便把她的精力给提起来，只好寻她开心，便邪邪乎乎一本正经地对她说：

　　"以前常听我爹说，摸黑路弄不好会遇上黑白无常两个伸着长舌头的索命鬼，常出来勾引你走黑路，迷糊你走上绝路，索走你的小命。"

　　"黑白无常是谁？"小芗竹无知地问。

　　"黑白无常在阳间的时候，二人都是衙门的官差，死后成了阎王爷的鬼差。"

　　"黑无常，名叫范无救，就是人们常说的老黑，他能把夜晚的天变得比锅底还黑，让你什么都看不到，只有乖乖地摸黑跟着他走，最终把你勾引掉进水里淹死，或从悬崖上掉下摔死，锁走你的小命。"

　　"白无常，名叫谢必安，就是大家常说的老白，黑夜里会把自己变成一头通体雪白透亮的羊或是一头牛，或是一个大白人，让你从后边跟着他走。等你来到水边、或能要你小命的地方，他就会突然消失，把天变黑，让你自寻死亡，趁机把你的魂魄锁走。"

"或是要么把你领错路，让你走相反的方向；或让你钻入他们设计好的迷魂阵圈套，循入鬼打墙里转圈子出不来……"

"姐姐，姐姐你别再说了，几年前从家里逃出时走过一次夜路，本来走夜路，就已经感到胆怯害怕了，你再说，我的腿肚子已经抽筋、身子骨开始发软，真的不敢往前走了……"

随着夜幕的拉长与加深，天体混为昏暗漆黑一团，雾气蒙蒙、黯然阴沉，肆无忌禅的秋风也想借着深夜趁火打劫。随风夹带着寒冷，透过姐妹俩那单薄的夹衣，让她们感到穿心透骨的冰凉，把她们冷得瑟瑟发抖。

姐妹俩平时都是习惯了衣来伸手、饭来张口，住惯了楼上楼下楼眼里的生活，从不经风见雨，纤纤细柔、富家的金枝玉叶，何曾受过如此甘苦磨难。

虽说以往住在宋家不怎么好，也不像这样，但如今她们自知落了难，只有咬紧牙关坚持住。小芎竹紧紧地依偎在姐姐身旁，谁也不愿吐露出半个苦字。

顺着路劲，路在她们的脚下，一路漫无目的慢慢地摸黑走着，她们心里清楚：眼下已是山穷水尽疑无路，既无可去之处、又无可投之亲，凡是能去可投、可容留她们藏身之处，都已被官府守候查封。

姐妹俩此时的心情糟糕透了，她们已感到万念俱灰，失魂落魄；被人抛弃赶出，如丧家之犬在疲于奔命，天下之大，哪儿才是她们该去、能藏身立足的地方？路在何处，无涯无落……就这样姐妹俩昏昏沉沉、糊里糊涂地走了一夜。

天明时她们来到一座桥头上，看到了离桥头不远的地方，河道对岸有很多的人在那里，匆匆忙忙地转悠，吆喝声不绝于耳，还有燃着的灯笼火把，没顾得熄灭。不用想就知道，这是河对岸两大处做买卖的露水集早市，就等于现在的农贸市场。

走了一夜的路，不仅感觉浑身瘫软疲乏、四肢无力、脚板生硬，而且也感到肚里又渴又饿。她们决定找个客栈先住下，去饭馆吃饱肚子，然后歇歇腿脚，合计一下该去哪里再说。

残酷无情的现实摆在了姐妹俩的面前，特别是田芟竹，心理承受不了如此沉重的打击，有了轻生厌世的念头，给姐姐多增加了一件心事，姐姐看在眼里急在心里，并好言相劝对她说：

"赌气、出硬气没用；哭死、寻死觅活更没用；不仅没人怜悯同情你，死了也是活该！反而也会招来人家的耻笑，想好了我们不仅不能死，都要好好地活着，活出个人样来给他们看。"

眼下到底该去哪里，下一步该怎么逃生，又该如何活下去，摆在了她们的面前……

经过姐妹俩多日的促膝长谈，认为天下之大，物竞天择、适者生存；自己的小命，半点不由己，她们已没有了金枝玉叶的娇柔，也更谈不上千金小姐的尊容，而是千难，而是在劫难逃地罪人。眼下只有平心泻火，自我平抑、消气解压，活下来更为重要……

田芗竹心里的压力有了缓解，认为已无退路，也无路可走。后来姐妹俩商定：还是去开封碰碰运气，因为常老爹是爹的把兄弟老大，他的家不能去，听说他长期在那里做工匠活，去他那里，常老爹会安顿好咱们的。

另外，从宋家出来她们刚走了一夜的路，已歇了两三天，到现在胳膊腿还一直酸痛，这去开封，千里迢迢何年何月才能去到。她们只有把行李整装好捆在马背上，不能像这样两个人都随着马走，以后她们可以一个人骑马，一个人牵马随着走，走累了她们俩轮换着骑，这样会好得多。

经过一番精心打扮后，看着田芗竹一身穿戴得体的衣饰，人又长得格外俊俏、光滚帅气，皮肤白皙，骑在马上，活脱脱的一位白面书生、富家公子少爷。

姐姐也不差板，她瞅瞅自己一身的书童、弟子武生打扮，紧缩袖口、扎紧绑腿，头束扎巾，肩背长剑，显得格外英俊潇洒、刚劲强健、器宇昂然。她紧随其后。

本来她们在家就是一双花枝招展、美艳无比、靓丽多姿的千金小姐，现换上一身的男装，那美貌英俊、美哉洒脱的气质，早已气死了潘安、宋玉他们。

她们主仆行走在大路上，或出现在大街上，还真的招来了不少的路人回过头来，想多看她们一眼。

脚下的路漫长，她们马不停蹄慢慢地走着，姐妹俩说定，不走那么快，累了就停下来住店歇歇脚。每天都是"未晚早投宿、鸡鸣早看天"，慢慢腾腾、悠悠达达地也不急于赶路。

天傍晚时，夕阳西垂，路边的老农正在扶犁紧张地深耕，鸟儿喳喳地已归聚了树林，地里的寒鸦已知天色向晚，叫着飞向了远方。

就这样她们不知不觉地行走了一个多月，问起开封来，店掌柜的说不上来还有多远，只是用手指指远去的方向："就是那个地方，远着呢。"

进入冬季，气温在急剧下降，天气在变冷，也容易下雨雪。白天一直在刮风，夜里下了一场雨，路面积水成了稀泥巴路，无法行走，只能住在客栈里，在等天等路。

天不作美，连续不断地不是下雨，就是下雪，雨雪连绵不止，客栈的房檐下挂着长长的冰凉条子，冰天雪地的寒气逼人，路上难走。眼看就要进入腊月，数九寒天的，她们感觉实难受得了这恶劣的天气，姐妹俩商定：

一直就住在这客栈里，等过了年，冬去春暖花开时她们才走。

过罢年的天气，气候渐暖，姐妹俩看到地上的冰雪已融化，自觉在客栈里猫了几个月，想出去逛逛这座古城的春色，借此消遣消遣她们心中的郁闷与憋屈。

也不用改装打扮，一位书生手里拿着一部卷着的书，学着平时夫子走路的样子，走起路来斯斯文文的。书童紧随其后，手里拎着一个柳编的扁嘴小花筐，筐里放着一个包裹好的小暖茶壶，两只茶盅，还有一些点心。

主仆二人沿街溜达，迎面吹来暖洋洋的阵阵春风，感觉心里无比惬意和畅快。她们一边观赏着一街两厢的古色古香、古朴古趣、喧嚣热闹、琳琅满目的店铺，一边遇上街边的花亭花池，她们就顺势坐在花池边的石凳上，安安逸逸地品品茶，吃口点心，顺便仰视着街面上匆匆而过的路人。

路过一个测字的卦铺，见里面端坐着一位老先生，两人一递眼色，就顺势进来坐下，想测字问问开年的运气和眼前的吉凶，书童主动上前搭讪说：

"请大师给我家少爷测个字。"

大师随手递过纸笔给书童，书童没用想，提笔在纸上写了一个大大的"開"字。

大师接过字，用心端详了一阵，略有思考，然后又仔细看了看坐在自己面前的少爷，问书童说：

"是问仕途、前程官运？"

"不是。"

"是问财运，还是婚姻？"

"都不是。"

"是问家事、高堂康寿，还是生儿育女之事？"

"也不是。"

"那这些都不是，我只好照字说词了。"大师又细心地审视了她们一番，接着就侃侃而谈：

"你们所写的这个'開'字，按字意来讲，它本身就有褒贬之说，如开春、开张、开光、开心、开喜、开门红等，这些都是常用来褒奖向上、大吉大利、喜庆道贺的用语。"

"又如开脱、开罪、开逃、开黜，避开、躲开、逃开等，这些都是消极、贬低的使用语，但你们与前者无缘，而是在问开脱开罪、开逃开黜、逃开，也是在问路。这就是你们所测所卦所问之意。"

"也……"少爷被大师的调侃神算惊讶得叫出了声，但她很快就意识到自己失态，连忙闭上了嘴，书童连忙解释说：

"我家少爷，近些时日读书用功过度，贵体欠佳，嗓子眼沙哑肿疼，不便说话。"

姐姐心里清楚，虽说田苎竹已扮男装，但她那娇柔温润的女孩腔音实难改变，自己经过多日的精心捏腔作势的演练，男腔音要比她好得多得多。

以往走在路上，不论是与人家打招呼问路，还是吃饭住店，都是自己上前，从不让田苎竹开口说话，唯恐她露馅。这样很正常，也很周全，因为少爷要有少爷的尊贵，跑前顾后、端茶倒水、打探问路、出头露面理所当然都是该书童做的。

刚才田苎竹"也……"了一声，自己的命运、命脉已被大师的神算言中，心中一时惊讶激动，没能存住气，哎出了声，但姐姐心里也很佩服大师的神算。

大师已从她们的面容神情中看出，她们的所测所求所问，已被他切中，为了让她们更加信服，他又进一步说：

"刚才给你们测字，现在我给你们看看相，看少爷面容憔悴、神魂不定，印堂黯淡失色，二目混沌无光，鼻凹里青紫，眼角竖纹频乱、下眉倒置；从这可以看出，他内心忧愁悲伤，面露焦躁紧张。虽说你们如此装点，自寻开心，但实难掩饰住他那内忧外患的伤痛与苦衷，你们眼前正在劫难中。"

大师说到这，有意识地停顿了一下，再察言观色试探着她们的反应，看着她们都面带焦虑、沉言寡语，双目都在凝视着自己。为了化解和缓和眼前她们的尴尬与窘涩，他也想把这眼前的窗户纸给她们捅破了好说话，于是又一字一板地说：

"看你们的耳轮耳垂、嘴唇咽喉、两腮酒窝不断显露，十足的两位美若天仙的千金小姐。"

"大师，您真乃神算也。"话已说到这步田地，还有什么可装可隐瞒的，姐姐就直截了当地向大师求教：

"眼下我们怎样才能逃过这一难关，请大师赐教、指点迷津。"

"二位大小姐，不要过于悲观伤感，看你们都是金枝玉叶，长有一脸的福相，只不过眼前遭此劫难，而且还有苦难，这都是你们命中注定的必有此劫此难，老朽我不是巧嘴饶舌、夸口奉承你们，想图你们的赏钱才这样说。"

"这算命打卦、看相测字，就等于是探路、问吉凶前程，讲究的是一命、二运、三风水；我做卦几十年，可以断言：来日方长，劫难之后，你们都是大富大贵之人……"

"姐，那卦师说的话能信吗？"在回客栈的路上，田芋竹疑惑重重地问。

"不可全信，也不可不信，混沌初开、乾坤伊始，说不准几千年前，就已有了抓阄测卦的这门学问。古人信，一直都在用，我们也在赏识，其他的不可取信，但有一条是可信的，他把话点到了我们的疼处，也给我们点眼开了心，他专拣好听的说给我们听，就是让你花钱买他几句中听的奉承话。"

测卦后，她们一直住在客栈里，在等天暖路干她们才好上路。白天一直猫在客房里，姐妹俩相依为命，不是看书就是说笑，有时对镜自赏自欢，有时顾影自怜，相互开心、鼓劲打气，在打发时日。

有时大街上传来快马的马蹄声（古时候快马就是捕快、军国大事骑的快马，为十万火急，就等于现在的警车鸣笛），都会感到胆怯害怕，魂魄好像随着马蹄声的远去，被他们勾走了似的。

一天傍晚时，客店掌柜的推门而入，说他平时常与卦铺测字的半仙大师有往来，趁阴雨天没事时总喜欢让他给自己掐算切切，讨讨今年的运气。今个他对掌柜的说起，有几个人去他卦铺打探，看他们的衣着、走路架势、说话腔调，像是官府的人，说要找的人，很像你们。因为大师说他见过你们，知道你们的底细，他也知道你们就住在我这客店里，让掌柜的告诉你们注意些。他们这些人所查找的地方，主要就是卦铺、客栈，路旁的茶馆、饭馆。

刚才姐妹俩关起门来，还在自寻开心有说有笑的，听掌柜的这么一说，她们立时紧张不安起来，姐姐寒着脸向店掌柜的讨教：

"掌柜的，你说我们该怎么办才好？"

"要我说躲过他们，走为上策，不过……"

"店家——店家，人常说'出门在外，进店住下，就等于到了家'，麻烦您老几个月，过年时还请我们吃了年夜饭，真是亲如一家，我们就是您的孩子，您就是我们的长辈，有话直说，请予赐教。"姐姐心里十分火急地追问。

"谈不上赐教，不过你们去开封，有三条路可走，一是官路，不过官路是大道，来往人多，常有拦路设卡盘查，多有不便。

二是小路人少，略微好些；但走小路抄近路，容易迷路岔道出错、多走冤枉路；

三是山路更为稳妥，只要翻过那片连绵起伏的大山、荒山丘陵湖泊，离开封就不远了，只不过……"掌柜的稍一迟愣，略有难为地说：

"不过山路崎岖蜿蜒，其间险峻；山风阴森寒冷、少有人烟；虽没听说过有野兽伤过人或匪患出没，但需谨慎，加衣防雨、多带食物，更为稳妥。我这只是多年开店听住店的店客说的，仅为参考。"

"多谢掌柜的提醒指路。"姐妹俩一个慌着出外购买东西，一个慌着收拾行装，为不连累店家，第二天起个五更，摸黑离开了客栈。

姐妹俩起早离开了客栈，行走在茫茫的夜幕中。她们只有选择夜晚走大路，白天路上如遇扎堆的人，或是较为热闹的地方，她们只有躲过或撇开大路走小路，绕过后又重新回到通往开封的大道上来。

一天午后，她们正往前赶路，发现前边的路口围着很多的人。她们停在一边询问从前边过来的人方知，前边正在拦路盘查找人，吓得她们即刻调转马头，拐小路岔道而去。

望着眼前一望无际的荒滩野岭，她们慌不择路，只好顺着一条蜿蜒崎岖的皮条小道，朝着一片连绵起伏、雾气蒙蒙的大山方向而行，因为她们别无选择，已无路可走。

天很快慢慢暗淡下来，遥望前方连绵起伏的群山越来越模糊了，不知又走了多少路，感觉到脚下一脚高、一脚低的，两侧阴森高耸云端，就知道已经进山了。

顺着山路路劲而行，月黑风高道路凸凹不平、崎岖蜿蜒。她们咬紧牙关，艰难地走了一夜的山路。

天明后，她们疲惫不堪地瘫坐在石头山，借着灰蒙蒙的晨雾，抬头看着眼前处处都是四面环山、群山相连、云雾飘绕、层层叠抱。有高出云端的险山峻岭，有别具洞天的险峰，有高耸云天傲首仁立一方的奇峰怪石；它们都独具慧眼，持峰冷眼相对，看似不知是与谁在赌气，还是想与谁比个高低？

回头张望自己走过一夜的山路，都是高一坡低一洼的山间山脚下的山路，在向两端无限地勾引伸长，看不到前边的尽头，也看不见后边来路的尽头，让人望山生畏、望山兴叹，也正应验了柳宗元那句"千山鸟飞绝，万径人踪灭"。

事已至此，面对茫茫的群山，她们心寒胆战、感到惧怕，后悔错走了山路，误入这群山野岭里。这山到底有多深，需要走多少时日，会不会有风险，我们能不能活着走出去？无人可奉告、更无处可询。

姐妹俩一时陷入了苦闷的深思，还是姐姐多见于世故，她瞅见小苈竹可能是由于这些时日在疲于奔命、劳累惊吓、焦虑过度，她一直是闷闷不乐、萎靡不振的神情，有些鲜花失润、娇容失颜，这种心理上伤害和身体上折磨的双重打击，她能否承受得了，能不能坚持到最后？

田苈竹是何等聪明，她瞅见姐姐老是在不停地看着自己，心里明白，姐姐又在担忧心疼自己。她一改刚才愁眉烦闷的不是，转而振作起来，笑逐颜开，并打趣地说：

"姐姐不必担忧我，人常说'不经雷雨、何见彩虹'。这次逃难，不仅是你保护我、救了我，而在平时跟你学功练武，也强健了我的体魄，现已派上了大用场，这么多的劫难我们都已度过，眼下还能怕这大山不成。"

要想活命，只有走出这深山，她们忘记了内心的忧愁和疲于奔命所带来的惧怕与劳累，渴了就喝山涧水，饿了就啃干馍头。

因为她们不知这深山需要多少时日才能走出去，但她们坚信，只要有路，就有人走过，因为路是人走出来的；只要是路，就有它的尽头，沿着这山间小路，翻山越岭一直走下去，就会有生还的可能……

她们坚持白天少歇歇多走路，夜晚不走路。几天后的傍晚，她们突然间发现前面的山脚下有几间破旧的茅草屋，姐妹俩一阵欢喜，不由得加快了脚步。

很快来到茅草屋门前，向里一看才知，是一座山神土地庙，庙里供奉着山神爷和山神奶奶的坐像。

看着山神爷和山神奶奶身上堆积着一层厚厚的灰尘，就知道已有一定的时日没人来祭拜或打扫过。

但她们又惊喜地发现，供奉山神爷和山神奶奶尊位前的神龛子上，还摆有四样糕点供品，看上去供品已干裂干壳发黄，上面也落有一层厚厚的灰尘，不难看出已有一定的时间了。

姐姐没有多想多虑，抱拳合掌、弯腰下跪，叩拜了山神爷和山神奶奶，后随手拿起神龛上的供品，先吹吹拍拍上面的灰土，然后在门口的石头上摔摔扣扣，用石块把干裂的供品，砸成碎块就是一顿丰盛的晚餐，与妹妹就水吃着，犹如吃炒豆似的"嘣嘣香脆"。

然后找来杂树枝子，当作扫帚，给山神爷和山神奶奶、庙里庙外彻底地打扫了一遍。当晚，她们就住在这山神庙里，与往常一样，喂好老马，姐妹俩一替一个轮换着睡觉，守护好马匹和衣物，预防着其他动物的光临。

山里确实较冷，已是阳春三月了，有的树木已经开花，长出满枝的绿叶，她们穿得已觉很厚了，但总还感觉山风刺骨地寒冷。白天还好受些，有时还会遇上太阳，晒晒太阳暖和暖和。

夜晚就不行了，因为深山老林里山风不断，夜里显得格外寒冷，而且冷得让她们实难睡着，只好说说话，实在困极了就打个盹。

就这样，姐妹俩相依为命，相互鼓劲、相互支撑着；摔倒了爬起来，摔疼了自己咬牙忍受着，不吭声不说疼；掉到水沟里衣裳湿了，脱下来拧干再穿上。为了对付寒冷，她们还穷开心自乐自趣想起了南宋禅宗高僧释普济《五灯会元》卷十九中的一句名言：

"春寒料峭，冻死年少。"姐姐开心地笑着说：

"说冻死年少，我们不是有意识地在这里耍俏不穿棉等着挨冻。"

"释普济高僧说得很对，虽说是春天来了，冬天的底气还在，乍暖还寒，弄不好，就是要冻死冻伤不穿棉的小光滚（帅男俏女）的。"

熬过了一个又一个寒冷的夜晚，绕过避过一座又一座险山峻岭，越过了无数道山涧沟坎、荒草险滩；也不知过去了多少个日日夜夜……

| 第十二章 |

一天晚上，一轮月牙儿两头翘着，天没黑就已经高高地挂在了那边的半边天上，她们记不清了时日，也实难分辨出东西南北了……

绕过一座大山后，眼前感到豁然开阔地一亮，没有了那种阴森可惧、暗紫幽深的阴影，呈现在她们眼前的是薄雾弥漫、灰蒙蒙的景象。

往前又翻上了一座大山，她们站在高高的大山上，这时天已黑了。她们刚从马身上卸下包袱，就惊喜地发现，在前边远远的地方有两点微弱的亮光，当时姐妹俩都欢喜若狂，相互拥抱在一起，止不住地失声痛哭起来：

"天哪，我们逃难，循入深山。白天所见：雾气层层、嶂气茫茫、群山迭起、险象万千，不见人烟，恐难再回人间。"

"夜晚所见，群山林立，阴森可怖，猿狸猫泣、怪类声声；寒风围绕，不依不饶，实难甩掉。"

路途难挨、雨水不断，已记不清她们走了多少陡坡、趟过了多少沟渠险滩、隔绝了人世间多少时日；现在见到了有亮光的地方，就是有人的地方，就说明她们已经走出了大山，又回到了人间……

第十三章

　　看到了灯光，就等于看到了人间，看到了生存的希望，以往从不走夜路的她们，出于兴奋和激动，姐妹俩朝着那远处的亮光一直走下去。

　　约莫走了有大半夜的时间，还是一直未能走到，感觉恍恍惚惚地还是那么远、遥不可及，就好像你走它也走、你停它也停，走了这大半夜的路就跟没走一样。田芗竹心里焦急，有些疑惑地问：

　　"姐，你看那前边的亮光，它一会儿像是在挤鼻子合眼故意戏弄我们；一会儿一眨也不眨地像是在那里一直盯着我们不放，这到底是人世间的灯火，还是阴间幽灵的鬼火？"田芗竹没听到姐姐的回音，只好自言自语地又说：

　　"很像两只绿莹莹鬼的眼睛，在勾引我们向它靠近，可我们怎么也靠不近呀？"

　　"你没听人家说过吗，'看山跑死马'，这夜里看远处的灯亮，也是要累死人的，别急，心急不能吃烂肉，我们走走看看再说。"

嘴说不急，心急在跳，姐姐一边在哄劝、安慰着小芗竹，一边感觉到如果不是有东西挡着，她的心有可能就要跳出来了，凝望着那远方似灯非灯、似亮非亮，闪烁着绿莹莹的幽光，心里就有一种说不出的诡异和恐慌。

姐姐认为这亮灯的地方不是个好去处，几次都想止住马，想改变方向，却未能成想。

然而，嘴说不急，前边那绿莹莹的幽光眨眼不见了，这匹在田家喂养驯服多年，一直都是非常温顺、听话稳当的老马，今儿不知怎么了，出现了怪异的现象：

刚才你想让它停，全不搭理你，使出它的马脾气，朝着亮灯只走不误；现在不让它停，它居然停了，想让它走，它竟然站在那里一动也不动，不论你怎么拉、怎么拍打它的屁股喊走，它就是纹丝不动，像是被钉在那里一样。

折腾了老半天，最后干脆四蹄卧地，躺卧下不走了。出于无奈，姐妹俩只好由着它，她们也想趁空坐下来歇歇，等天明后再说。

天明后，她们发现自己走在了一望无际的荒滩里，翘首望去，四下里除了荒草湖泊、浅滩野岭，要么就是群山相连、荒山丘陵、野草湖泊，没有人烟村落、四无招靠一片荒野茫茫无际。

就这样，她们朝着一个方向折腾挪动了两天，也没能走出这一望无际的荒滩野岭。她们心里清楚，眼前已误入了这荒无人烟的地方，也迷失了方向……

"姐，我们已走了两三天，还没有走出这荒滩野岭，就好像我们现在又走回来了。"田芗竹存不住气带着满脸的惊

恐,心存疑惑地说:

"我们迷路了,就像你以前所说的黑白无常已盯上我们,我们已钻入他们设计的鬼打墙迷魂阵里。"

"别怕,天无绝人之路,我们会有办法的,拉住马我们不走了,停下来看看再说。"姐姐嘴说不怕,在给田芎竹撑着胆,也在给自己打气鼓劲,可心里也是怕极了。

她们只好坐地守望,看天、看头顶上飞过的流云;看地,看远处的荒滩、山坡丘陵;看是否能给她们带来一线生机,她们失望了,陷入了无限的悲恸和恐慌中……

姐妹俩相坐而持,泪眼人不时地睁眼看着泪流满面的人,相互支撑着,远处不时传来乌鸦"嘎嘎"的怪叫声。平时她们听惯了山猫野狐和鸟类的怪叫声,感到无所谓,而在这时,她们倍感心焦惊魂、心里悲凉绝望透了……

半天过去了,恍惚中就听"咕噜"一声,睁眼看见老马腾地跃身而起,没让吆喝使唤,来个大转弯,径自往回走。她们认为老马识途走在前,只好信马由缰慢腾腾地跟在后,天没黑,她们就老早地选择一高坡背风处住下不走了。

老马领路走在前,她们又走了一两天。这天天黑时,两人突然间又发现了几天前失去的那两盏灯又亮了。

姐姐一把勒住马的缰绳,想让它掉转方向,可无论她怎么拉怎么拽,它就是不回头,犟着性子一直朝着灯亮的地方而去,姐妹俩实在是拗不过,只得随着。

就这样她们朝着亮光,又折腾了大半夜,最终才感到眼前的亮灯离她们越来越近了。来到近前,才看清楚确是两盏彻夜不熄的夜明灯,高高地挂在大门两侧的门楼楼檐下。

借着灯光，看到楼檐下的一长溜楼门，姐姐也顾不了一路上的劳苦，用手挨个轻拍慢推所有楼门，嘴里吆喊着既是与人家打招呼，也是看是否有能推开的，结果推晃喊叫了半天，都是插得严严实实的推不开。

她只好又顺着楼门向右边走来，来到一长溜紧挨着大门楼带走廊挑檐的厢房门前，还是挨个地轻晃推拍房门，就听着有一房门被"吱呀"一声推开了。

姐姐趁势一脚踏进了门里，向屋里瞅瞅，一片模模糊糊的，便随意喊了一声："屋里有人吗？"

没听见有回声，姐姐只好把伸进门里的一只脚退了回来，向一直站在挂灯下的田苧竹招招手，让她过来说话：

"看天色很快就要明了，这有间房门已被我推开了，你把马牵来拴在这边的柱子上，外边天冷，咱们还是先进这屋里避避风歇歇脚，暖和暖和，等天明了再说。"

屋里很暗，初进屋时姐妹俩只好摸着墙角，用脚蹚着地面，找个能容下身子的地方蹲下来，静视一会儿的工夫，屋里就能看清楚了。

屋里的房间空间既大方又宽敞，是一栋六间连套，只有房梁、没有隔墙的大通道客房。

里面摆有八仙桌、高靠背的八仙椅，茶几、长方桌和矮长条靠椅；不难看出，这是一套外设专门接人待客的大客厅驿馆。

姐姐在想，看这门楼如此规整气派、典雅大度，门楼的左右两侧还建有同样相对称的大厢房驿馆，就这一点不难看出，这户府宅绝不仅仅是一般的大家富户，而且肯定是享有很高身份地位和名望的人家。

"咕咚"，驿馆外的院子里传来了一声响动，随着响动，院子里亮起了火光并响起了沉重的脚步声，正一步一步地向这驿馆靠近。

很快靠驿馆内院的后门被人一脚踢开，先进来一个手举火把、青面獠牙、三只眼的阴差鬼王；接着又跟进来一个齐头大耳、凹鼻子猴腮、长舌头的鬼王。

紧随其后又跟着进来两个灰头土脸、虎背熊腰、人高马大的鬼魔头，他们每人的肩上扛着一把明晃晃、长叶宽肚皮鬼门大砍刀（姐姐知道，听她爹讲白话时说过，这就是鬼王鬼差）。

四个鬼门官差站成一排，中间站着两鬼王，两侧站着两鬼差。有一鬼王好像刚喝过辣椒水似的，嗓门说话不利索，有些走音跑调、尖腔刺耳，一口的太监阉人的娘娘腔音调，恶狠狠地说：

"哪来的两堆不知轻重死活、自己送上门来找死的肉球，深更半夜的竟敢如此大胆地夜闯阴曹地府、十殿阎君中的楚江王阎罗殿！"

"两个浑小子，就是你们活腻了想寻死，也不该来这里寻死，落个身首异处、尸抛深野；你们四下里也该先打听打听这里，这么多年谁都知道，原来的沣王府，现王爷升迁郡都府后，这儿已封府七八年，现已成为阴曹地府办阴差御用的楚江王阎罗殿。"

"早已告示，凡是私自踏进这儿半步的，已被砍头的不计其数，更何况你们夜闯楚江王阎罗殿。"鬼王说着，不停地滚动着他那阴阳怪气的三只眼，看着她们一个被吓得坐在那里在瑟瑟地发抖，一个傻愣地站在那里不知所措，然后他又气急败坏地说：

"本该一进门，二话不说就一刀一个劈了你们，今天破例，因本王已受阎王托梦，说就近一个时期内，有贵人显现此地，我们不知谁为真假，何人为贵。今经查看，你等不是，所以跟你们啰唆了这么多，为的是想让你们死个明白，省得以后你们到了阴曹地府不知因何而死，到处喊冤叫屈。"鬼王说到这，转过脸来对一鬼魔头发号施令说：

"二魁魔头听令，这次该轮到你出手了，立马砍了这两堆死肉球，干脆利索点，一刀一个，不留全尸。"

"听旨遵命。"二魁魔头应声上前跨了一大步，举起扇门大砍刀，照着姐姐的头上，狠命地就是一刀劈下。

田芗竹见一鬼魔头举起扇门大刀直接向姐姐的头上劈下来，吓得她"啊"地惨叫了一声，当时就昏厥在她坐着的矮长条靠椅上，不省人事。

姐姐见大刀向自己的头上劈来，早有防备，挺身拔剑相迎而起，就听着刀剑相撞，"当啷"的一声，火星四溅。她随即转身跳出自己刚才坐着的靠椅外，顿觉自己的手臂发麻，手腕胀痛，暗自思量：这鬼魔头的大刀，也实在是太有力了。

与其交锋，只一个相碰，姐姐自觉吃了苦头，立马警觉起来，不敢与他硬碰硬，巧妙地与他周旋，躲过了二魁魔头的第二刀，第三刀……

二魁魔头见一连几刀落空，都没有伤及这小子，气得他"嗷嗷嗷"地急头怪脑地尖叫起来。他恼羞成怒，更加穷凶极恶地举着大刀，在拼命地追杀姐姐。

　　姐姐只有围着桌椅，在与二魁魔头兜湾转圈、躲躲闪闪，避实就虚，趁势也捅他一剑，惊得二魁魔头也只好小心谨慎，不敢鲁莽、掉以轻心。

　　二魁魔头眼看一时拿不下眼前的这小子，就招手大魁魔头，示意他快上来，先砍了那个躺在那里，已被吓死的狗崽子，然后他们一起上前，两头堵住她来回能转圈的后路，一刀砍了这个刁钻耍滑的狗东西。

　　姐姐看得明白，立马转过桌拐，向田芗竹靠近，心急火燎地也没有多想，随口喊了一声：

　　"妹妹，你快醒醒！"见她没一点反应，还是蜷躯躺卧在那长条椅子上，又弯腰趁势推了她一把：

　　"田芗竹，田芗竹！快醒醒，我们快走，今天遇到杀人魔鬼啦……"

　　大魁魔头即刻领会了二魁魔头的意思，举刀跨步向前，豁然间又止住了手中举起的扇门大刀，像是想起了什么，怒目圆睁、凛然厉色地追问道：

　　"你小子刚才说什么，你喊他妹妹，这家伙是个女的？"

　　"嗯……"姐姐没有多想，没好气地嗯了一声，心想，两个鬼魔头一起上，两头夹击堵截，又都是这么好的功夫，这回转不掉、扭不开哪还有我们活的门，既然到了这步田地，人将即死，还有什么可掖、可藏可瞒的。

　　"你刚才喊她叫什么名字？"大魔头用手摆了摆示意二魔头暂停。"田芗竹。"姐姐还在喘着粗气，没好气地说。

　　"这个田芗竹，她家可是归德州大兴巷田家牌坊的？"

　　"是的，你又能怎么样，不就是死吗？"

　　"她爹叫田骞，爷爷叫田顷？"

"嗯，正是。"姐姐喘着粗气心想，你们这些魔怪鬼东西，杀人前还问这些干什么。

"你也是个女的，是田芗竹的姐姐？"

"是的，又能怎样，反正我们姐妹俩，今天难逃你们的鬼手，你们爱咋地就咋地吧。"姐姐说过，话音没落，抬眼看看他们四个鬼东西，不知小声在嘀咕着什么，干脆她随手抓起自己头上盘扎的书童布扎巾，立时显露出一头乌黑的长发。

"主子，我们的新主子、主公到了。"就看他们四个鬼东西，刚才还鬼哭狼嚎、鬼声鬼气、鬼仗鬼势、鬼架鬼威；一副捉阴拿差、鬼王鬼差的鬼脸模样；转脸的工夫，他们都荼了，不知他们中了什么邪，就听着他们四人一起下跪，弄得屋里"扑扑通通"的，姐姐晕了：

刚才还被他们吓得魂都不知跑到哪里去了，眼看小命就要付之黄泉，现在他们的这一举动弄得她一时不知所措，更不敢想象，只有傻愣愣地站在那里，仗剑护着田芗竹。

"老娘们，快都脱去摘掉你们身上的鬼装、鬼符，露出大家的真面目，别再折腾吓着她们，快去救救咱们的主子，小姑奶奶到了。"

大魁魔头说过，两个娘娘腔的鬼王立马扒掉她们身上的鬼装鬼皮鬼符走在前，两魁魔头紧跟其后，四人一起来到田芗竹躺卧的长条椅子旁。他们慌得又是喊、又是叫，又是掐仁中、推揉赶气，最后把她抬到后院的主房里进行救治。

天明后，田芗竹从昏厥中慢慢醒来，当她睁开眼，看到自己睡在一张松软舒适的大床上，室内四周装饰、摆设得如此富丽堂皇、奢华金贵，正迷糊不知所以然时……

看到姐姐正笑嘻嘻地站在床前，旁边还站着昨夜的那两个魔头，虽说他们脸上涂抹的颜料没有了，但从他们的彪悍的体格大样就能认得出是他们；两个鬼王没有了，变成了两位慈眉善目的中年妇人，她是真的迷惑了……

他们见田芗竹从昏迷中清醒过来，四人又一次一起下跪说："我们的主子，小姑奶奶您醒了，我们也就放心了。"

事发突然，弄得姐妹俩一脸茫然，如坐云里雾里、一时不知就里；这到底是怎么一回事，还得先从田芗竹的爷字辈、能搭上边的皇亲国戚说起才能说明白，只听大魁魔头向二位姑奶奶娓娓道来：

明朝建立后，朱元璋自知自己从小吃苦挨饿，自己的亲人大都是被饿死或病死的，他也是饿怕穷怕了，做了皇帝后颁旨下令，他的二十六个儿子每支龙脉下的子孙后代一律不用做事，就可按时从官府领取足量的皇银和皇粮，小孩只要满十岁，就可开始领取。

而且，每支龙脉的支脉，支脉的子脉、孙脉等的长者，孩子生得越多，如宝塔形，还可以领取大笔额外奖赏。所以他们皇家后世子孙不用做事，只有多娶妻妾，多生孩子，就能发大财，坐享荣华富贵。

田骞有个姑姑，名叫田柳，也就是田芗竹的姑奶奶，因当年人长得美丽漂亮、艳丽夺人，被朱家沣王爷看中，纳为妾，很得王爷的宠爱，并在王府内有了名声和地位。她获悉田骞出事后，就派人出去打探，设法施救。

由于嘉靖皇上昏庸，长期不事朝政，痴迷鬼神那事，皇权交由奸臣掌控，弄得朝野上下昏暗无光，怨声载道，结果施救无成。

但田柳又想起自己的娘家人，这么一大家子人，现又如何，她有些放心不下，遂派人前去探望。

田家府宅被封，家人逃难七零八落，互不知底细。后来她又想起田骞在京为官时，曾经向她说起过有一结拜兄弟，又是他的儿女亲家，想着她的大侄孙女田芗竹是否在宋家避难。后来得知，宋家已毁约退亲，田芗竹已从宋家连夜出走。

王府派出的人马从宋家口中得知，姐妹俩顺着宋家门前的大道，一路向西北方向而行。

按照王爷和田柳夫人的吩咐，务必要找到她们，根据她们的穿戴和年龄相貌，他们只有沿途跟进。一路上见到饭馆客店、算命打卦和大路上过往的路人都要寻问打探一番，别说，还真的有人见过她们俩，一客店的掌柜说她们去了开封。

几位王府派出的差官骑着快马，一路追到开封，在那里寻找了十几天，结果是一无所获。他们急了，感觉这样回去无法向王爷和夫人交差，但他们一琢磨，心想：

怀疑她们可能得到什么耳风，误把王府派出四下寻找她们的差官，当作衙门里的官差，吓得她们不敢走大道，是不是躲进山里，走山路了？

王爷和夫人知道田家人四处在逃难，已无家可归，心疼她们，就派人前来告知我们，把这原来的沣王府，现在的楚江王阎罗殿，这一大片府邸庄园田宅，全部送给了田家，有王爷撑着，让四处逃难散落的田家人向这里投靠。

告知了你们俩现在的处境，猜疑你们如果误入了山窝里，白天出山远远地就能看到这一大片高高在上的楼台亭阁，会向这儿靠近的。如果是夜晚出了山，这门楼下亮着的两盏夜明灯，也能招来你们。

自从王爷迁往郡都府后，这两盏夜明灯这么多年一直没再亮过，现在让点亮意喻在昭示你们。

大魔头说了半天可能是累了，想喘口气，示意让二鬼魔头接着往下说，二魔头用手指着大魔头说：

"我们兄弟俩，原来都是跟随沣王爷鞍前马后的贴身保镖护卫，后来王爷升迁，这偌大的王爷宫邸府苑和这么多的资产，恐其有闪失，就把我们兄弟俩留下来守护在这里。"

"为了不负王爷重托，连同我们的夫人，我们四人想了一个绝妙的主意，利用这有利条件，装神弄鬼，以鬼吓鬼、以鬼驱邪、保护好这片宝地。"二魔头稍停了一下，用手指着昨夜的鬼王，现在的两位中年妇人说：

"这位是我的嫂子，大魔头刘谷山的夫人，我叫苏普，这位是我的贱内，她们俩装扮成狰狞恶煞、让人恐惧的鬼王，用她们那持有的娘们儿腔，再来点装腔作势的怪腔调，训斥贼人，或对我们发号施令。我们兄弟俩凭着自身魁梧高大、自小练就的一身好功夫的优势，为鬼王当差，听号施令。"

"我们四人配合默契得当，严丝合缝，保住了这里的一切。"二魔头说到这，脸上露出了得意的笑容，很自豪地说：

"有时还真的遇上了个把或一帮不怕死的愣头青，或不知深浅的家伙，就单凭我们兄弟俩的真功夫，这些年还真的没遇上过对手。"

"你们俩是第一批前来入住王府的田家人，昨夜我们有眼无珠，尊听王爷和夫人所旨所令，被告知你们是女孩、年龄和大致长相，没想到撞上来的是俩破小子，就该砍杀，多有冒犯；幸亏鬼王比平时多啰唆几句，要在平时，见到夜间闯入的生人，二话不说，不是砍、就是劈，没有多余的话，差点犯下弥天大错，万望二位姑奶奶海涵，我们也是为了保护好这里的一草一木，你们今后就是我们的新主子，愿为你们效劳……"

说罢，二魔头示意他们，然后四人一起跪下，又一次给她们磕头谢罪。

第十四章

　　老三宋亦木，作为二哥田骞患难之交时的难友、八拜之交玉结金兰的把兄弟、儿女亲家，田骞为救恩师，出事坐了大牢，他也整日里寝食不安、心如油煎，四处托人设法搭救，结果自知奸人的势力太大，自己磨小不压麸，空忙了一场。

　　嘉靖皇上，崇信鬼神巫仙炼丹之术，只求长生不老，不理朝论政，把朝廷大权交由内阁大学士、首辅严嵩掌朝执政。

　　严嵩的儿子严世蕃也参与进来，把持朝纲，他们父子狼狈为奸、结党营私；独断专行、打击异己、残害忠良。

　　在当时朝野上下，严嵩父子被称为"一个管天、一个管地；一个大丞相、一个小丞相（因明朝自洪武年间起，朝中就已经不设丞相之职，只设内阁大学士；而在多位大学士中，只设首辅一人，就等于是丞相，除了皇上，就数他权力最大，朝中百官，只有这样形容比喻他们父子权大如天）"。

朝中一切事务都必经严嵩父子裁定后，由他们亲手呈报给皇上御批。然而经他们呈上来的奏折，皇上从来都是无暇顾及，懒得连看都不看一眼，由人代他御批，然后就让太监传出话来：

"皇上已御批，一切准奏，退下吧。"

遇到棘手难啃的大事，如沣王爷上奏释放田骞之事，他们正面避开免于与王爷冲突，只有暗自、巧妙地面见皇上，从中作梗、设奸使诈，最后还是让太监传出话来，告知沣王爷接旨：

"皇上不允，退下，不许再奏……"

宋亦木入朝为官后，就已投靠在吏部给事中闻渊的门下为门生。闻给事本来就是一个不善言谈、诚恳厚道的人；他为官秉正，从不趋炎附势、巴高踩低；或高高在上恃强凌弱；始终作为一个勤政慎为、言必行、行必果，人品高尚、光明磊落、内涵丰富、淡泊功利的人。

闻渊早就看透了严嵩一伙人的强势和蛇蝎心肠的嘴脸，别人都在投机钻营、趋炎依附他们，可他始终对他们不热不冷、谨小慎微、认真做事；保持着多年不变的常态。

然而，他心知肚明，自己为官几十年，靠的是自己的真才实学和认真做事不懈努力的结果。现熬到了给事中，自感自己官已做到位，也到了头，为了不被恶人所伤所害，递上辞呈，以病为由想早日告老还乡，图个完身自好。

严嵩不允，认为闻给事中年事并不算高，身体健壮硬朗，事必有因，是心病。为了刹住其他大臣也想趁机相随告老辞呈的念头，他利用皇上不坐朝，在每次由他召集百官议事的朝会上，大放厥词：

"各位大人，我们生活在这皇恩浩荡、厚土溢香的年代，遇上了这千载难逢的开明王朝，皇上圣明、高瞻远瞩、精明决策，使国家兴盛、国泰民安，继大明王朝洪武盛世后的又一嘉靖盛世，我们应知足感恩。"严嵩说到这，立马收住了他那脸上激情豪放的神情，看着闻渊，拉下脸阴沉地对他说：

"你闻老给事中一职，干得好好的，咋说不干就不干了呢？是对当朝有成见，不能与百官为伍？或是对嘉靖盛世有妒忌？还是对我严某有仇视之见？"

严嵩把闻渊凶神恶煞般地训斥了一通，也等于敲山震虎，无形中撒下了一张大网，意在逮住大家，掌控住他们，谁也别想漏网跑出他的手掌心。

闻老所执事的吏部给事中（主管着当时六部委官员的任用、升降、调任、罢免等事务），在朝为官多年，由于他诚恳宽厚待人、任人唯贤、秉公做事、执法如山，人品极佳，享有极高的尊荣。

严嵩想拉他入伙为己所用，可多年没能成想，心里本就窝着气，没想到在这时他想撂挑子递了辞呈，搅了他对外号称"政通吏和、民顺国昌、嘉靖盛世"的局，心里更为窝火，并让他的党羽给闻渊带去话：

"让他立即收手，并在下次的朝会上，当庭收回辞呈，并言明，以后好好地跟着严首辅大人一起，报效皇上。"

闻渊不理他们那一套，也更不领他们的情，一意坚辞而行。严嵩更为震怒了，向皇上告发诬陷闻渊，对皇上不忠，怀有二心，不事朝廷之事，藐视圣上，私下里不分场合，有诽谤、贬低皇上不恭之词……竟让他的党羽对他放出狠话：

"限他三日内收回辞呈，变换心态，与我们大家一起，同朝为官、互为一体；同舟共济、相得益彰；共享荣华富贵。如再固步己见，一条道走到黑，不愿随朝入流，不愿做官做事，就去坐牢……"

闻老他已心灰意冷、肝肠寸断，从不买乎（在乎）他们那一套，主意已定，面对前来看望、说劝自己的门生和属下同僚，他望天长叹、自感愧疚：

"闻某无能，多年只会传授、寄厚望于你们做人做事，上对得起皇上，下对得起黎民百姓，叩心无愧自己的良心之根本的为官之道；未能让你们因我而享荣受益、而飞黄腾达，反而还会连累你们，给你们带来诸多的不是，真的是有愧于你们，自感内疚，望你们今后都要用心做事，好自为之。"

宋亦木心里清楚恩师的秉性，大家的劝说也难能治愈他那颗受伤的心，也决不会向这些不善国事，只会诬陷害人的奸佞小人屈服，也更不可能与他们同流合污、狼狈为奸、祸国殃民的。

三日后，闻渊被判入狱，但宋亦木心里明白，自己的灾难也即将来临，因为他们已指使自己去说服恩师无果，他们是不会放过自己的。

眼下最为紧要的是，在事发前先要找到自己的儿子，因为儿子宋方祺已从老家回来，在自己身边的学馆里读书，为防不测，给他换了所离他比较远、别人不易找到的学馆，爷俩说定：

每个月的月底两天里，父子俩必须见上一面，相互报个平安，只许爹悄悄地前来见他，而决不许他回去见爹，并一再言明：

"切记，如果月底爹没去，又没事前告知，就说明爹已出事，抓紧时辰辞学离京，但不能回家，只有去曹州上垌铺大常营子，找你大爹（大伯）常继七，他会安顿好你今后的一切。"说到这，宋亦木有些忧心忡忡地伤感起来，并一再切切不语地嘱咐儿子：

"见到你大爹，如提及你二爹（二伯）田家之事，他一定会抱怨恼火的，这事全都是咱的错，对不起你大爹，更对不起你二爹。还有你那田芋竹姐姐和她的姐姐，代我向他磕头赔罪，让他实实在在地打你骂你一顿出出气，他不会袖手旁观不管的，你这位大爹我了解，他会操你心的。"

约定的时间如期而至，父子俩很顺利地见了几次面后，一切如常，爷俩都感到心里踏实，自觉皆大欢喜。

又到了这个月的月底约定该见面的时辰，已过了好几天，父亲一直没有出现，也没有任何一点信息，宋方祺心里着了毛。因为他早就有了心理准备，很快辞别了学馆，与夫子说明家中的爷爷病危，需辞学回家尽孝奔丧。

宋方祺按照爹交给的地址，很快就来到了曹州上垌铺大常营子，见到了常继七大爹，随即跪下向他哭诉了爹的遭遇和爹向他所交代的事情……

常继七对宋家毁约退亲、出尔反尔、乘人之危、落井下石的小人所为早已有了一肚子两肋骨的怨气。

可恨的是，两个孩子连夜又从宋家出走，黑更半夜的正赶上冬季来临，天寒风冷的，宋家竟无一人出面阻拦或挽留，或劝说她们年后春暖花开时再走……

也不念及他们之间的友情，没有半点人情味，两个小女孩家，世道这么混乱，她们两眼漆黑、举目无亲无处可去，很容易出事的……

气得从不爱发火使性子的常继七，当他见到宋方祺时，立马拉下脸，心中堆积的窝火正愁无处发泄释放，很不待见地背过身去，全没在乎他的存在和他在哭诉什么，场面冷淡。

僵持了很长一段时间，当他又一次听到宋方祺哭诉说起他爹出事了，他的心才重重地颤抖了一下，他感到心绞疼，在心疼惋惜三弟，也在为他愤愤不平、叫苦不迭。

宋方祺见常大爹面目冷清铁板，无一丝笑容一直在冷落自己，这也是他意料之中的事，怪不得人家，这是咎由自得的报应。

过了很长一会儿，他抬起哭泣的泪眼，看着常大爹的脸色，虽没有当年那次初见他时的温和慈祥、笑容可掬的神采，但比刚来时好看多了。心里明白，大爹还在记恨宋家，虽说已多次催促让他别再跪了、别哭了快起来，但宋方祺还是一直跪在那儿，泪流不止。

气归气，事归事，不能老是跪着不起，常继七心软了，只好弯腰伸手硬拉起宋方祺，让人先安顿他住下，快给他弄吃的。

天黑时，常继七过来看他，宋方祺好像也有天大的委屈，爷俩又诉起了往事：

"为了这事，两位姐姐连夜出走，我与娘也闹翻了，第二天我就赌气离家去了我爹那里，向我爹告了状。当时我爹就很气愤,随即给我娘修书一封,让人送回,把我娘骂得狗血喷头。从那以后,我爹一直没有回过老家,都是让我代他给爷爷奶奶尽孝。"宋方祺越说越觉得自己痛心疾首,哭得泣不成声:

"我爹认为我娘做事欠妥,也太绝情了,他也心疼两位姐姐的安危,认为冬季来临,天寒地冻、水冷草枯的,她们能受得了吗?害怕她们会不会出事。随即就派人沿路寻找,想安顿她们,结果是杳无音信……"

"别再哭泪了,你也别怪大爹刚才的气愤,脸色难看,说句实在的,当我见到你时,心里憋闷憋屈地窝火,顺着我的脑门直向上窜,不只是打你骂你一顿解解气,更为主要的是立即把你赶走,永远不再见你,从此与你们宋家不再往来。"

"听你刚才说,你们家也闹了矛盾,你爹也出事了,我虽满心的恼火、心存芥蒂,看到你们已经这样了,我还能说些什么。"常继七变换了一下口气。

"对不起你们,惹您老人家生气了,这事全怪我们宋家,临来之前,我爹早已说过,如果大爹觉得不解气,可以打我骂我,随即把我赶走,都是应该的,怨不得你们,是我们咎由自取的报应……"

"不能……不能呀我的孩子,你家也出事了,我虽有满腹的怨恨对你无法释怀,也不能趁此落井下石,不管不问你们的死活呀……"

看着眼前宋方祺满脸焦虑忧愁,面色黑瘦、黯然无光,一脸的多愁善感的恐慌,常继七既感到心酸心疼,又不无伤感地说:

"既然你来了，这里所发生的事和具体情况也该让你知道，这里你也不便久留，因为你二爹出事后，官府已多次来我这里搜查追找田家人，看来他们也不会放过你们宋家，定会追找到这里的。"常继七没有犹豫，既是安慰他，又是把这半天想好的主意告诉他说：

"你别怕，有大爹在，我会把你安排好的，你先喘口气，吃饱饭歇歇脚，我去准备一下，咱们连夜就去开封。"常继七见小方祺一脸的迟疑、惶恐不安的样子，恐他别误认为是在赶他走，他又详细地跟他解释说：

"因为开封素有八朝古都之称，享有东京、汴京、汴梁之美名，那里的古色古香、古建筑之多，需经常请人进行维护修缮。我常年大部分时间都在那里做工匠活，闲暇之余，我认识学馆里一位老夫子，与其关系甚厚密切，我想把你交给他，先做他的帮手。"

"凭你这秀才、举人双重身份和名头，教个私塾学馆，给孩子们解文授课，还是绰绰有余的。在他那里既可藏身，也可借空继续温习你的功课。"

"再者，经我多年与开封相处与了解，认为那里的人见过大世面，头脑比较开化，人文风情都比较朴实厚重，他们说话和气、待人热忱、温馨诚恳，并且那地方又远离你的家乡，在那里藏身做事，是比较安全可靠的，我会常去看你，把你交给他，我也放心。"

爷俩说妥，一切很快准备停当，常继七四更天起来牵马套车，五更天启程。他赶着马车，让宋方祺藏在马拉轿车里歇脚睡觉，在旁人不知不觉中一路向开封而去。

第十五章

　　延山寺的寺院里出了那桩邪乎怪异之事，细想起来是很平常的事，很容易被人理解。

　　因为那条凳是从地下扒出来，用废弃的棺材板做的，棺木被埋在地下，受水、地气闷沤侵袭和尸骸血水的浸泡，已沾满血腥阴魂之气。

　　棺木被人挖出后，经木匠师傅修整、刨去表层腐朽的部分，掐头去尾安上四条腿。除了木匠师傅外，谁也不知它的底细，就成了一条非常壮观气派、屠户经久耐用杀猪宰羊的大条凳。

　　不知出于何年何地何人之手，也不知传了多少代人，经人长期使用，条凳上经常血迹、油渍斑斑的。不用时，常把它放在院子里或门外，风吹日晒雨淋，久而久之，一旦到了春夏之交或暑秋梅雨季节，遇上连续的雷电阴雨天气的夜晚，它本身身上沾满的血腥、阴气会时不时地出现一些磷光邪门，或怪异的现象，这很正常。

延山寺，虽说寺院里出现了怪异，已有几年夜晚无人敢住寺院守护，但白天和尚僧人们还都不离左右。寺院虽有毁坏，但大样还在，修缮起来还是比较顺当的。

听说寺院要进行修缮，收到了一大笔官宦商贾、善男信女为修缮寺院的善捐；经马草坡和他领手的一帮人一年多的修整和完善，寺院很快焕然一新。外出躲难、游荡的僧人陆续回到了寺院，每日的香客眼见增多，延山寺又恢复了往日的气派和兴盛。

为了寺院的修缮与整装，马草坡日夜不辞劳苦地操作，得到了寺院的住持和众位长老师父的赞许，知道他出了大力，也为寺院除了一大祸害，让他挣了一笔大钱，以此作为对他的奖赏。

马草坡一直住在延山寺住持长老送给他的两间禅房里，白天出外做他的木匠、工匠活，夜晚回到禅房里居住，他感到寺门里清净安逸。

以前出门，跟随自己挑来挑去的木匠挑子被他换了，自己精心特制了一辆加长平板车。

车上定位设置了两个带盖可上锁的大木箱子，一个可放置他使用的家什工具，另一个是自己日常生活用品的储藏箱；最前边设置了一个座位，行走时可坐可靠，停下不走时，把座后的靠板放下，可临时靠睡休息。

买了一头小毛驴，出门时他坐在车上，赶着小毛驴，轻松自在地走来走去，自我感觉比以前得劲、松快轻松得多了。

可爱的小毛驴被马草坡驯服得好像能听懂他的话，有了灵性，也成了他的好伙伴。每次出门干活时马草坡坐在车上，总是不停地吆喝着，让它记住去的路和所拐的弯、抹的角。

让人更为惊奇可喜的是，小毛驴好像是吃了灵芝草似的成精了。不论马草坡出门干活的路有多远，隔上多少天，再回寺院的时候，不论是白天，或是夜晚，马草坡坐靠在车上瞌睡或迷糊时，小毛驴都能拉着板车，不慌不忙、不惊不惧、稳稳当当地响起有节奏的驴蹄声。顺着去时的路，它都能一步不差，又能原路返回，从没出现过半点差错。

如果夜晚回到寺院，这头通人性的小毛驴发现马草坡还在瞌睡不醒，它就会不停地打着喷嚏，出着粗气，或用它的前蹄，不停地扣响地面，弄出点响动来，惊醒马草坡——到家了。

又到了一年一度春风化雨、柳青翠绿，气候清新而明媚、万物因温泽而复苏的清明时节。

马草坡早早地提前一天，赶到了上河湾西河岸荒滩里，远远地看去，荒滩坑洼不平，一片荒芜。

看了半天才从野草灌木丛下看到枣花孤零零的坟茔如一片颓垣、衰草寒烟的土坷垃堆，令人心寒意绝。人未到，马草坡就已泪流如注地哭诉道：

"师妹呀，我的师妹！我们就如李后主所言：'别时容易见时难，流水落花春去也，天上人间……'"

"师妹呀，我的师妹，师哥整日里哀思想念你度日如年，常以泪洗面，心中在流血，谁料想我们好好的，虽不能成夫妻，可我们还可以做师兄妹吧……"

"虽不能像从前那样天天见，只要我们不死，哪怕三年五年、十年八载我们能见上一面总可以吧？要不我们可以变成小猫小狗，你蹲在屋檐屋脊上，我藏在墙角或屋旮旯里，偷偷地相望可以吧，可这……"

"你感觉天地、世俗是如此惨淡无情，人世间是如此凄凉悲哀，无力抗衡左右竟舍我而去，先一步辞离这泥沌的尘世，你可知这相思相念滋味是如此让人痛楚和断肠……"

"你活着的时候，曾不止多少次督促我、教我学文识字，说什么'识字开窍、读书明理'；我这熬了几个夜晚，挑灯夜读，背咏了宋代大学问家、诗人苏轼悼念其亡妻的诗文，听我背给你听听，可有错的地方。"

"十年生死两茫茫，不思量，自难忘，千里孤坟，无处话凄凉。纵使相逢应不识，尘满面，鬓如霜。

夜来幽梦忽还乡，小轩窗，正梳妆，相顾无言，惟有泪千行。料得年年断肠处，明月夜，短松冈。"

马草坡他边悲伤地背咏着诗句，边砍去了枣花坟茔上的杂草杂树，用一块二尺见方的粗布，从别处一兜一兜地兜来新土，给她添土包坟，把她的坟包整得圆圆鼓鼓的，土高出地面一大截，老远就能看到。换上一个新坟头，旁边插上柳树枝条和花草，他知道：

"人死后，事死如事生"，认为人死后离开了阳间，就算立马到了另一个世界，也会把阳间的生活习惯带到那里，依然过着与阳间一样的生活。所以他考虑得很周全，不能委屈、苦着她，给她烧上很多很多的纸钱和轧制的金银珠宝与生活饰品。

马草坡在枣花坟前坟后忙活了大半天，当晚没走。天黑时天上正时有时无、零零星星地下着毛毛细雨，但他早有准备，从板车上拿来两片草衫，一件铺在枣花坟前，留着自己坐卧，一件穿在身上，还没容他跪下，两行苦涩、伤感悲痛的泪水，就已夺眶而出……

人常说："男人有泪不轻弹，你却不知，因为你没到伤心时……"

由于他思念和悲伤过度，可能是到了下半夜，他感觉折腾累了，不知是什么时候睡着了。

当他醒来的时候，天已大亮，浑身上下觉得冷气飕飕、冰凉冰凉的，身上穿的草衣已全被雨水淋湿浸透，感觉自己是被冻醒的。

他迷迷怔怔慢慢地站起来，抖去身上的草衣，伸直了酸麻肿痛的腰和胳膊腿，从自己斜视四周的眼角中，好像又看到了师父就站在自己的身后不远的地方，正在审视着自己。

他没太在意，更没有过多地去想，只认为是自己的大脑又出现了臆念奇想、朦胧的幻觉，因为他以上不知有多少次，经常出现这样的幻觉。

当他又一次转过身来，睁大了他那双由于悲痛过度而眼泡浮肿、眼神模糊的双眼，看到了师父一直还是一动不动地站在那里，在看着自己。他不敢大意，用力地挤挤眼，眨巴了几下，这回是真的看清楚了，就是自己的师父，不知是什么时候来的，一直站在那里，在审视着自己。

没容咋想，也来不及多想，马草坡慌忙向前紧跨了几步，双膝跪在师父面前，声嘶力竭地哀求道：

"师父……师父……您打死我吧，是我害死了枣花，我愧为您徒，辜负了您和师母多年对我的悉心操持和疼护之恩，不该自不量力，有非分妄想，向枣花提亲，犯下了无以弥补、不可饶恕的滔天大错。"马草坡见师父既没有动怒动手，依然很泰然自如地站在那里没吱声，又连着跪求道：

"师父，我自知自作孽不可活，求求您，一招了结我吧，给我来个痛快，这样你们会好受些，我也不再受煎熬……"

"师父……师父……"

"起来，起来吧，事情已过去这么久，师傅不再怪你。"

"你从小一直是师父看着长大的，师父知道你绝不是贪慕人间高枝、富贵之人，只因难薄枣花痴情，才酿成了这场悲剧。"常继七弯腰扶起马草坡，看他身上的衣裳已被雨淋得湿透，脸色和嘴唇冻得青紫，浑身冷得在抽搐打哆嗦，让他脱去身上湿衣裳，快去车上换件干的穿上，小心别冻坏了身子。

马草坡瞅见师父说话的声音温和，看脸色还像以前那样，面带微笑、慈祥宽容，没有责罚、怨恨、仇视自己的意思，心里虽说没有刚才那么紧张和恐慌，但他心里的负罪感还依然存在，在折磨着自己。他按照师父说的，脱下湿的，换了一身干衣裳，然后又重新回到师父跟前跪下：

"师父，我知道您内心比我还要悲伤痛苦万分，我不配做您的徒弟，枣花因我而死，我是早就该死的人了，几次都是多亏了您的神韵幻觉效应，关键时刻，都会在朦胧中，就像刚才看到您一样，一直出现在我的眼前，救了我。"

"还有小师弟想头，说枣花临死前就嘱托他，让他来告知我，要我好好地活着的嘱托话，救了我的小命，我才苟且偷生地活下来。现在看来，凭师父您的功夫，还是一招了结我算了，给枣花抵命，向您和师母赔罪，也省得我再受折磨。"

"起来草坡，别老是这样悲痛自责、胡思乱想了，刚才为师已说过，已宽恕饶过了你。你也深知师父的人品，绝对是一口唾沫一个钉的人，而绝不是那种斤斤计较、耿耿于怀、出尔反尔的人，站起来好好地与师父说说话。"

常继七看着马草坡人高马大地耷拉着脑袋站在自己眼前，还像以前小时候那样，像个犯了大错，等着挨训的乖孩子，心里就像打翻了五味坛子，五味杂陈在折磨着自己，使他心酸，于心不忍也不甘。眼见他心事太重，自责心强，只好又开口解劝他说：

"听小想头说，你年年的清明节准时会来这里，给枣花添坟除草祭祀，我今天早早地就过来了，看你一直就卧睡在枣花的坟前，看样子你是昨儿个来的，夜晚没走，就一直陪在枣花坟前睡着了，知你是累了困了，就没叫醒你。"常继七不能自持，情绪低落，嗓子硬了。他稍停片刻，缓和了一下情绪又说：

"我心里很感动，也很欣慰，有你这样忠厚诚恳、重情重义的弟子，我知足了，枣花如有灵，她便会知足的……"

师徒俩正说着话，常师傅突然间像发现了什么，指着身后远处的板车说：

"草坡，我看你那板车旁站着的那孩子是谁？"

马草坡急回头，见自己的板车旁站着一个头发蓬乱、瘦瘦的、衣不遮体、皮皮踏踏的孩子。他一眼就看出并对师父说：

"这是一个无家可归的孩子，时常见他在寺院里转来转去的，趁人不注意的时候，常偷吃大殿里的供品，有时被和尚逮住，打个半死。"看着他那可怜的样子，马草坡不由自主地叹了一声：

"平时看他可怜，遇上他时，总是给他点吃的。从那以后，他总爱跟着我，不让他跟着，他也会偷偷摸摸地跟着，还提出想做我的徒弟，我没接受，今天不知他什么时候又跟到这里来了。"

那小子看着他们师徒俩在看他，也知是在说他，就很精明地慌着一阵小跑跑过来，连忙下跪，纳头就拜：

"师父在上、师爷在上，今受徒儿、徒孙一拜，万望师父、师爷今后发财发福、家道辉煌、福满长寿，收下您的徒子徒孙给你们送来的祝福……"那小男孩一边不停地磕头作揖，一边可怜吧唧地淌着眼油，嘴里不使闲成套成路地嘟哝着……

那小男孩是一路远远地盯在马草坡的车后跟到这里的，马草坡吆喝着他的小毛驴只顾往前赶路，始终没在意车后跟着的那小子。

白天时，他远远地躲在一边不露头，天黑后，他才偷偷摸摸地靠近，藏在板车底下过的夜。刚才他们师徒说的话，他都能揣摩个八九不离十。

"快起来滚远点！要不你该上哪就上哪去，你再哭、就是跪在那里不起，我也不会收你为徒，因为我做徒弟都不够格，哪配做你师父，收你为徒？"

"您不答应收我为徒，我就一直跪着不起来，以后您到哪里，我就跟到哪里，就喊您是我的师父，反正被您打死也是死，总比饿死或被人家打死要好得多。"那小男孩嘴上的功夫看来是有一套，不容置否地说着，耍起了赖皮，他很机灵地把泪水汪汪求助的眼神转向常师傅：

"师爷，师爷，只有您才能救我，您要替您徒孙做主，帮我说说好话，让师父收下我做他的徒弟，我会感恩师爷大德的。"

常师傅看着一直跪在地上的那小子，人长得黑黑瘦瘦的，但显得很机灵、有些鬼精；两只黝黑会说话的眼睛，在不停地转着圈，企求师爷的怜悯。他来到他身旁，弯腰蹲下问他：

"小伙子，你叫什么名字？"

"我叫树疙瘩，人家总喜欢叫我'兔子腿'，说我走路跑起来，比兔子还快。"

"今年多大啦？"

"十二岁啦。"

"你为什么要拜他为师？"

"我想跟他学徒学手艺挣口饭吃，不想天天挨饿受人欺负。因为他手艺活干得好，我们那方圆几十里地，都喜欢请他做活，修门窗、做家具什么的。"

"还有呢？"

"他人品好，为人做事忠厚善良、诚实守信，让人可信可靠。"树疙瘩两眼滴溜溜地转着，他瞅见师爷一直在用一种不可置疑的目光审视着自己，他只好又说：

"常言道：跟着叫花子学讨饭、跟着老鼠会打洞、跟着宰户学杀猪、跟着大厨吃香香、跟着好人将来才能有指望；所以我认准师父是个好人、是个有本事的人，想做他的徒弟……"

别看小树疙瘩今年才十二岁，可他从六七岁时起，就已浪迹在寺门庙院、街头巷尾之中，可以说他见多识广，脑子好使，聪明灵活，眼里有戏；遇事嘴上能说几套好听恭维的奉承话，让人听得心里得劲。

"看你小子模样不咋的，嘴上的功夫不一般，你起来别老是跪着，我替你师父做主，把你收为他的徒弟。不过，你的名字不耐听要改，你师父的小师弟想头原不叫想头，叫'尿盆'，不好听，我给他改名叫想头，有想头就有盼头，有盼头就有奔头，好事好运就会有指望。"

"这树疙瘩不仅听起来糟粕龌龊不雅，暗含大家对你的厌烦、贬低瞧不起之意，而且也没有什么大用处，就是当柴火烧锅，如果劈不开也难能烧着，不如把你的名字改为'树凉儿'，不仅好听，还有大用处。人常说'大树底下好乘凉'，天热了或刮风下雨，就会想到你树凉儿，来乘凉遮风避雨，围着你转，就叫树凉儿吧。"

"好，好，好！谢师爷、谢师爷给我赐名……"小树凉儿就急忙慌不失迭地给师爷磕了三个响头，转过身去，两腿跪着向师父面前挪了挪，一口一个师父连叫了三遍，然后，也重重地给马草坡磕了三个响头，把潮湿的泥巴地，磕成了一个深深的坑。

"师父，下一步我该咋办？"马草坡又一次给师父跪下，感谢师父的宽宏大度，饶恕、放过了自己，小树凉儿见师父跪着师爷，自己也很知趣乖觉地不声不响、远远地也陪着跪在师父后面。

"啥怎么咋办？你已经手艺学成出师，可以领手、独当一面做工匠活了。在我众多的徒弟中，你是我最为满意、放心的一个，活干得不错。以上我没惊动任何人，私下里去看过你以前给人家做过的活，东家满意，大家都说好就叫好。"常师傅再一次从跪着的地上拉起马草坡，一再鼓励他说：

"就这样一直好好地干下去，将来定会干出名堂的。"常师傅说到这，稍停片刻，然后又略有所思地告诉他说：

"抽出空闲，回你家一趟，看看你的爹娘，尽尽你的孝心，免得他们牵挂。听说他们托人到处在打听你的消息，说是想你了，让你回家一趟。"

"另外，你知道师父我常在开封干活，那地方活多，经常都有活干，你也可以去那里干。今天你见到了师父，我已饶恕、宽容了你，你心里没有了症结。"常师傅眼瞅着马草坡那闷闷不乐、愁眉不展，又无可不可的样子，临分手时，不仅是在鼓励他，而又意味深长地对他说：

"古人云：'只要肯植梧桐，何愁不来凤凰''守望云开，必见彩虹'……"

走在路上，树凉儿两眼直勾勾傻愣地看着师父，迷糊不解地问："师爷话里有话，不知何意？"

"能有何意？师爷宽宏大度、善德归厚，宽恕绕过了我们，保住了我的小命，已经'善德善德、阿弥陀福了'。"

"还能有何想何意！只是提示激励我们，好好地活下去，把手艺活干好。"马草坡愣愣怔怔很吃惊地看着树凉儿，此时自己心里比他还要迷糊……

第十六章

当下已进入岁末，一年中最后的一个月——即腊月。

夜晚，望着那遥远的夜空，有几颗摇摇晃晃、站立不稳的星星，像是在那不情愿地干等着什么。倒不如说是天寒地冻、刺骨的寒风刮得她们高处不胜寒，冻得她们强撑着在那里瑟瑟发抖；冬寒料峭，夜晚显得格外黑黝黝地冰冷……

冰冷的北风一个劲地在不停地旋转、拼命地刮着，进入深夜，显得格外生硬、倔强、孤寒，而且越来越狂妄无忌、肆无忌惮；把几颗本来就冻得发抖的星星，不知刮到哪里去了，把僵硬的树枝搅和得承受不了，不停地发出"呜呜……"哀号地呻吟声……

不知从什么时候开始，天上已漫不经心地飘起了雪花，雪花在慢慢地变大、增多、加快，密集起来。

天明时，皎洁如玉的白雪，厚厚实实地掩盖了王府内外和田野大地，雪还在下，举目远眺，一片洁白、雪海连天……

　　田芗竹和姐姐住进了王府，王爷曾经住过的王府里。经过一段时日的歇息、修养调整，身体得到了恢复，心情倍感舒畅得劲。

　　一天，姐妹俩登上了王府内阁楼上的望月楼，从楼眼里远眺四外，到处都是一片白洁茫茫，蕴藏着诗情画意的雪山雪海、玉树临风。她们心潮起伏，望雪感悟万千、怅然若失……

　　妹妹触景生情，一时诗兴大发，在背咏着诗仙李白描述雪景的诗句《北风行》中的绝句：

　　"……燕山雪花大如席，片片吹落轩辕台。"

　　"……地白风色寒，雪花大如手。"

　　姐姐也感同身受，随着田芗竹的腔音韵调兴致勃然、愁肠百结地也吟咏起诗仙李白的：

　　"昨夜梁园里，弟寒兄不知。庭前看玉树，肠断忆连枝。"

　　接着姐妹俩又一起背咏了诗圣杜甫的《江梅》：

　　"梅蕊腊前破，梅花年后多。绝知春意好，最奈客愁何。雪树元同色，江风亦自波。故园不可见，巫岫郁嵯峨。"

　　……

　　田芗竹在背咏着诗仙、诗圣的诗，但她很在意地望着眼前正在欣赏雪景、看着雪飘心存忧愁，从不外露的姐姐。不知不觉中她那天生艳丽娇柔的小脸蛋不知名状地陡然间浮现出一抹红晕，出奇地嫣红起来，即刻脸上堆满了一脸的孩子气。她的嘴唇在微微地抖动着，唯唯实实、不声不响地从她那温润柔美、明亮的眼角里，流下了成串成串的泪珠儿。

姐姐初时不知，只顾一边赏雪悦景想着自己的心事，一边在美滋滋地听她滔滔不绝地背咏大诗人对雪的赞美，可不知怎的停了下来。当她转过脸去看她时，才惊讶地发现田芟竹面色泛红，在流眼泪，慌得她连忙问道：

"嗳！你这是怎么了我的小姑奶奶？刚才我们还都好好的，一说三笑的正听你谈古赏雪话诗仙呢，不知是诗仙的佳句打动了你，还是诗仙的幽灵勾了你的魂……怎么这会儿说哭就哭了呢？"

姐姐见田芟竹没有回应她的话，一直还在抽抽搐搐地哭泣，心里感觉不对劲也不是滋味，存不住气了又急着追问：

"我们现在一切都是好好的，应庆幸我们祖上积了厚德，都泽了我们这些后人，所以我们因祸得福；应感恩祖德和感天谢地才是，不知这是为何，因何而起？"

田芟竹见姐姐一直在追问自己为什么，她只好向前一步，一头扑进姐姐怀里，声泪俱下，感到有天大委屈似的哭诉道：

"刚才我看到姐姐，想着你一直都在陪着我担风受险、遭苦受罪，我心里就不是滋味。本来是我田芟竹的劫难，我是在劫难逃，理应遭罪受苦，可姐姐你是无辜的，理应免遭其苦其罪的。"

"可你，一直都在陪伴着我、保护着我、支撑着我，陪我遭罪受难，死里逃生；如果不是这样，我不是自杀，就是他杀，或是遭罪受不了被病魔折杀，我不可能活到现在，我心里感恩不过，欠你的太多了我的姐姐……"田芎竹声泪俱下地抽泣着，慢慢地从姐姐的怀里向下蹲去，跪在了姐姐的脚下。

"使不得，使不得，我的傻妹子你犯傻了是不是？快起来，快起来！你我姐妹情同骨肉，生死与共、患难同当；你帮我我帮你，都是天经地义、理所当然、情理之中的事；莫谈其他……"吓得姐姐慌忙也跪下，俩人相对而跪，伤心人抱住了断肠人。

田芎竹心里清楚，姐姐心中的忧伤、悲哀和苦楚不比自己少，可她一直坚强地支撑着，滴水不露心中的苦衷……

往事历历在目，让人不堪回首。整个下午，姐妹俩都是沉浸在一片扑朔迷离、荡魂忧肠的回忆中度过的。然而，一切虽已过去，留给她们的却是无限的惊恐和说不尽的后怕……

　　……

姐妹俩自住进王府不久，府内竟然一下子多了很多的人，有府内的大管家，还有管理内府、外府，城里的街铺门面、商行事务、花园田地、耕畜家禽的小管家，还有众多的丫鬟和用人等。他们随王爷走了一大部分，还留下一小部分，一直守护在这里。

原来王爷走后，这里成了阴曹地府的楚江王阎罗殿，常年四门紧闭，与外界隔绝，让人感到王府里深奥莫测、阴森可怖……

这次他们知道王府里又来了新主子，他们的小姑奶奶，大家在大魔头刘谷山、二魔头苏普和大管家的招示下，府内所有人员等，全部列队前来拜谒田芗竹和她的姐姐。

姐妹俩有些受宠若惊，浑身感到不自在、不习惯，认为自己不久前还如丧家之犬在逃命，是被人追杀的在逃犯，怎会一下子乌鸦变凤凰。当她们四目以对，相视为实时，才都泰然处之，相信这眼前的一切，一一笑纳了。

既然这样，姐妹俩商定，想掌握和了解一下王府内府的主要状况。她们在大魔头的引领下，把王府的内宫、内殿、内府，偏殿、偏府、偏房，厢房、书房、客房、餐厨、浴场等，逐一看了个遍。

还有外府的外殿、驿馆、客厅；左右东西厢房，楼阁、长亭走廊等转悠了三四个半天，才粗略地把整个王府大院转上一遍。实在是太宏伟阔绰，让她们大饱了眼福，心里暗自赞叹不已。

天地轮回，冬去春又至，万物逢春、百花争艳；春满王府的官邸后花园，姐妹俩红装素裹、轻身打扮，准备去后花园里踏青、畅游、观赏一番。

妹妹田芗竹那纤纤温润的柳腰、柔嫩的玉手，伸手挽住姐姐那宽阔、有力的胳膊，出了王府的大院，直接漫步在王府的后花园里。

王府的后花园很大，让人一眼望不到边。听两个随行的大嫂二嫂（大魔头、二魔头的夫人）说，她们也说不清这花园到底有多大，只知道四周都是用大毛竹和山杂树木做的篱笆围墙，园内有山有水有楼台亭阁；有奇石怪洞、小桥流水；有奇花异草、竹林桃李杏苑、古树苍柏；气势恢宏、多姿多彩，景色靓丽怡人，别有一番洞天。

　　顺着园内青石铺就的石条小路，她们一边在嬉戏说笑地走着，一边在观赏小路两侧的景致，不知不觉中来到一个水塘边。

　　水塘的四周边沿，都是用石块堆砌的塘边，塘水清澈如镜见底。水塘里的睡莲、莲藕，有的若隐若现地已展露出了头角，有的还沉睡在水底。水塘里蛙声阵阵，成群结队的红白黑花的鱼儿，像是羞于见人似的，不敢露出水面，在水底游荡嬉戏着。

　　紧挨着水塘边有座都是用奇形怪石堆垒的假山，上刻有"东昆仑羽山"，山上石梯踏步宽绰平稳，怪石磊磊、洞洞相连，奇妙无穷。

　　羽山旁建有一座长方形亭阁，走进来便知，里面摆满了花样多彩各异的大理石桌面石桌、石凳、石长条椅，粗略地看了一下，可同时落座容纳五十人以上。

　　往前走是一座土山，不难看出，这座土山上的土是从刚才那个水塘中挖出来的土，用人工运到这儿堆积而成的土山。

　　山头上建有一座八宝棱角式的亭阁，用大青石条铺设梯台，亭阁中间放有石桌石凳。山的周围长满四季常青、挺拔葱葱、青枝绿叶的凤尾竹和琴丝竹；竹子的色彩斑斓缤纷、枝叶秀长，在金黄色的枝干上，镶有碧绿色的纹理线条，耐人欣赏寻味、意境深远。

　　前边是一片一望无际的果木林园，成行成片的桃树、杏树、梨树、樱桃树，李子石榴树、枣树柿树等；眼前有的正是春风荡漾、百花争奇斗艳之际，远远地就能闻到满园阵阵扑鼻而来的清爽幽润的花香，让人心醉。

她们来到树下，伸手拉下花枝条，放在自己的鼻子上，树上的花瓣还不时地飘落在她们的头上脸上，深深地吸上一口气，顿觉自己心旷神怡、心花怒放、欲仙欲醉、欲不能离去……

出了果园，沿着石条小路来到一条小河边，河面不宽，小河两岸柳枝曼长披拂，似婀娜多姿、披肩长发的舞女，在不时款摆着她那丝丝垂落的秀发。

小河上架有一座很有讲究、精致美观、奇特的小石桥。桥墩桥孔桥洞，都是用长条石搭孔而成；桥身桥面桥板用青灰条石铺就；桥栏桥柱桥头，都是用汉白玉雕刻的游龙飞凤和神兽。桥下小河流水，蜿蜒曲折地从园内而过。

她们优雅地坐在小桥上，稍息片刻，闻着花香，凝望着天空飞过的飞鸟和天上的流云，细细地静听这小桥下带有韵味的流水声。

"这个沣王府的后花园真的是太大了，我们走了这老半天，到现在还没有看到边，让我们开了眼，长了见识……"姐妹俩在小声地嘀咕感叹着。

过了小桥，没走多远，拐过一片小树林，老远就看到一大片房屋。房前的空地里，不知为什么齐刷刷地站着那么多人在向这里张望。当她们走近时，有一位人高马大的大个子，就如一根木桩，直愣愣地树在那些人的中间，很显眼，一眼就能认出来是大魔头刘谷山在那里。

姐妹俩很快来到了这些人面前，还没容她们来得及与大家打招呼，就听着刘谷山一声令下：

"大家听好了，我们的新主子，田家的小姑奶奶和她的姐姐，今天游玩察看花园，顺便前来瞧看大家，我们要一起跪拜迎接她们的到来！"就听着他们膝盖跪地发出的"扑通通"的声音。

田芗竹和她的姐姐慌忙走向前，挨个把他们扶起："不必如此多礼，我们已是一家人，今后还需仰望大家的继续呵护和努力。"

刘谷山向前几步走出人群，然后，转身面对大家，接过刚才田芗竹的话茬，向新主子介绍说：

"这些原来都是王府里使用的人，专门负责花园里的花草树木管理，在这方面，他们个个都是行家里手、能工巧匠。原来王爷住在这里的时候，闲情逸致时总喜欢带着他身边的一大帮子人，来这花园里浏览观赏一番，不知夸赞过他们多少回。"说罢，他用手指指前边的一片房子说：

"那边的一片房子里住的人，既是专门管理王府土地耕种收割，还有土地向外租赁、负责收取上交的钱粮。"

"往前往左的那一片房子里，是咱们王府的牲口饲养场，那里喂着一大批骡马牛羊和家畜家禽。"

"再往前，那影影绰绰能看到有几根木柱子和所搭的门台，那儿平时是王爷在时的跑马射箭、赛马的大马场。"

姐妹俩随着刘谷山他们一行，来到一片山石花草树林里，随刘谷山一同前来的还有这片园林的管家，他随即指着眼前的这一片山石、花草、树木，逐样介绍说：

"这些都是比较名贵的树木，有鸡翅木树、黄杨树、紫榆钱树、桂花树、罗汉松、洛阳红槐树等。"

"这些花草中，就现在迎接我们正在怒放的花而言，这其中的蜡梅、水仙花、山茶花等，她们都是年前冬天开的花，一直开到现在，你们闻闻，余香正浓、香味未尽。"

"这一片花是金腰带（迎春花）、玉兰花，她们都是年后开春时，抢着争先迎春开的花，花期正当时……"

"这里的一片石海，跟你们刚入园门时，迎面而来的'东昆仑羽山'上的石头不一样，那里的石头，都是石匠经过撬凿加工、堆砌叠压而成的石头山。"

"而这一片石海里的畸形怪石，看它们那狰狞龇咧、七尖八狐头的长相，就知它们都是天然而成。你看它们独居在这里，经天立地、迎风傲骨，在展示着它们的雄姿和霸气。"管家有些话犹未尽，又在夸夸其谈地指着下边一排石头说：

"这块奇石是自然天成长相靓丽优美，正像观音菩萨坐在莲花池上传经布道，在播撒着祥云福气；这块如天女踏云来园赏花；这块是太白金星在斩妖缚猴……"

"这些都是王爷平时喜爱欣赏的，也都是他亲自出外选购，不计其价，从外地购买置办过来的，遵照他的懿旨，按他所罗列的顺序一一排放的，临走时还一再嘱咐我们，要给他看管好这里的一切，他还会回来看它们的……"

"天哪，我的天爷神啊，这哪里是王爷府邸花木奇石的后花园，虽说我们没见过皇宫里的御花园，据他们说，这里也不逊色那里。"姐姐发自内心地在啧啧自叹……

"姑奶奶送给你们田家这么一份厚重的大礼，虽以上王爷府上与这里不断有人往来走动，已让来人带去了感激谢意的口信，但这还不够，因你没有亲自见到王爷和姑奶奶，得到他们的亲自面御和口授，这样既失礼，又欠缺，需你亲自上府登门致谢。"

天黑后，姐妹俩坐在客厅里，面对四周锃亮的烛光，还在诉说着这些事，姐姐接着又提议说：

"趁着天气晴好，气候在逐渐变暖，便于出行，让刘谷山带着，你要亲自前去郡都府，拜谢王爷和姑奶奶。"

"姐姐，这恐怕不行，我从没经过场、见过世面，不懂规矩礼节，你这一提，我心里却怕得要死。"

姐姐瞅见田芗竹一脸的惊讶和心神不安的神态，又一再开导她说：

"这次你前往，晚辈见了长辈，既要懂先行三叩九拜之大礼，又要温顺嘴上甜蜜会亲近人，说出的话，要既得体文雅，而又温润耐听，让人感觉你聪明伶俐、知书达理，不愧是出自书香门第世家的千金小姐。"

田芗竹听了姐姐的一番话，心里不知不觉地胆怯心惊、畏尾宿首起来，想让姐姐与她一起前往，姐姐摇手表示不妥，并说：

"王爷与姑奶奶尊贵，是不会轻易见外人的。另外，咱这府上也需要有人照应，我们俩不能同时离开，让刘谷山带两个丫鬟与你一同前往，带上礼品，路上他们会照顾好你的安全。"姐姐看着田芗竹坐在那里，两只睁得比铜铃还大黑黝黝的大眼睛，在不停地眨动打量着自己，她又是安慰、又是给她鼓劲说：

"到了那里，有刘谷山在你会省心的，因为他进出王府更是畅通无阻、得心应手，他可以随时联系交涉你与王爷与姑奶奶见面说话，还有所需所办之事，他都可帮你联系、打点办理。"最后姐姐紧锁眉头，若有所思地对她说：

"见过王爷和姑奶奶后，看他们对这里怎么说，有什么交代和安排。回来后，我们再琢磨下一步该怎么办，怎么才能把这一大基业管理好、掌控好、延续好……"

第十七章

　　春天的脚步已在人们的身旁飘来荡去，随着春风和煦、盎然荡漾，处处都是春光明媚。

　　不难看出，原野上早已姹紫嫣红、郁绿葱葱；草木花香、沁心怡人，氤氲迷离，让人陶醉迷茫……

　　出了春三月，常师傅把工地上的工匠活安排妥当，趁着天气渐暖，路上行走方便，想出外打探和寻找他的两个兄弟和他们家人的情况，还有使他忧心忡忡，一直放心不下的两姐妹。连夜出走后，到现在下落不明，也不知他们、她们到底怎么样了。

　　两兄弟出事后，自己去过他们的老家，也曾多次托人前去打探他们家人的下落，结果都是一无所获。这次他准备亲自进京，看是否能得到他们的消息。

　　常师傅套上自己特制的马拉轿车，带上自己的小徒弟想头，路上困了累了、或心烦了，有个陪他说话、唠嗑的，出外办事的时候，也可把他留下看管车马和物品。

　　师徒俩顺着进京的官路大道，马不停蹄、夜以继日地奔走，路上没有耽搁，不下十几天的工夫，他们就已来到京城的一家客栈，老早地住下歇歇脚。

　　第二天起早，常师傅就按宋方祺给他留下的他爹的住址，沿街顺巷、拐弯抹角，一路询问打探，一直到太阳偏西，才算来到这条大街的巷口处。

　　面对这条大街的巷口，抬头张望巷口里的巷口无数、巷道相连、路面平坦，两边都用石块镶有马路牙子，路路相通、四通八达；巷口里面坐落着大小齐整、规格化一；密密麻麻的四合院，以前曾听老三说起过京城的一绝四合院：

　　京城的四合院选址是有讲究的，先请风水大师按周易八卦审定方位，分为大中小三等级别规格而建。

　　上等大级别的四合院，是京城高官的府邸，中等的为京城官职次一点的官邸，三等级别的四合院，不是官人、也得是富人、阔人、知名人士；一般平头百姓，眼上没有脂模糊（能耐）的白汉，做梦想都不要去想。

　　说这四合院，外观整洁威武、庄严肃重；院内亮堂，空气流畅，阳光充沛，冬暖夏凉；易栽花种草、植树造景；院门一关，别有一片天地，环境优雅、素净严密、自成一体、方便安全。耳听为虚，眼见为实，这会儿他是真的服气了。

　　到了这时，常师傅心里明白，豁然想起宋方祺曾经对他说过的，他爹原住的什么街、什么巷是可以随意向路人或街坊邻居打听寻找的。但他爹居住的巷里什么里弄、什么巷台、左厢右巷、多少号加几又减几，是不可随意向外人打听的。特别是他爹出事后，就大为不便了，怕有暗哨留守跟踪，招惹麻烦。

为预防不测，进入巷口里的里弄，是不能随便问人或张扬寻找的，只能全靠自己大脑里背熟的记号，不动声色，像个路过的行人，用眼神在逐巷、逐弄、逐里、逐号地对号寻找。

就这样，常师傅只好挨门逐户地看门牌数门鼻。因为巷口里弄里的四合院建造得比较规整，即成排成栋成片，纵横交错、齐整划一，十字交叉路口比较多，很容易使人转向迷路，有时转了几圈，结果又回到了原处。

因为四合院建筑的模式长相大都差不多，只有闷头闷脑看门牌心里在说话，从早起的找大街问巷口，到现在的数门鼻对号码，整整忙乎了满满一天。到傍晚天快黑时，才算对上了所要找的宋亦木所住的门牌号码。

住宅不错，一眼看上去很像个烟袋，高高大大的一座四合院，比较规整、严谨标志新颖；朱红油漆的大门，虽说油漆已有些时日没有刷新，但仍能显现出油漆的锃亮、光泽；大门虽已落锁紧闭，也能看得出这是一座官宦之家的府邸。

常师傅看了个仔细，没敢声张，也没多停留，只是放慢了脚步与府宅擦肩而过，来回过了两趟，多看了几眼，心里在琢磨着：

看其府邸大门上的锁，锈迹斑斑已多日无人开启过，然而，偏门上的小锁锁锈没那么厉害，像是不久前有人打开过。随之他远远地躲藏在一僻静之处，想静观奇变，看是否能有新的发现。

当晚，常师傅一直守候到深夜，没有发现什么异样，第二天他起来个五更，自备上干粮，从五更守候到天黑，又从天黑守候到了第三天的天明，又从天明熬到了天黑到半夜，依然还是原封原样，铁将军把门没什么异常的变动。

夜已更深，常师傅无精打采地拖着疲惫困倦的身子在回客栈的路上，心里一直在想着这事：

看来三弟宋亦木情况不妙，三天四夜的等待和守候，无一点音信。白天时，常师傅曾经也索性斗胆地问过旁边的近邻和其他人，结果都是摇头说不认识，或是抬头用另类的眼光看他一眼，不再搭理他。这上门寻找的第一步计划已落空，他只好走第二步。

宋方祺以前曾告诉过常大爹，到京城后，可以去"登尚酒楼"，找一个坐堂的店老大（店小二的头），名字不知叫什么，只知道大家都喜欢叫他"朱葫芦"。

因他父亲以前常去酒楼吃饭，听他的口音，知他家也是亳州的老乡，从那认识后，俩人关系甚为密切要好。田家二爹出事，就是他爹找他帮的忙，让他亲自连夜骑马，抢先了一步报的信。

晌午时，师徒俩来到了"登尚酒楼"，店小二很快把他们领到了一间比较洁净的小号单间餐厅里。刚进餐厅还没来得及落座，常师傅就急不可耐地一语双关，当着店小二的面，对小想头说：

"这次你跟师父进京来找你师伯，师父一定要让你大开眼界，不仅让你看好玩好京城的景致，也得让你吃好喝好。今天你来当家点菜，先点两道京城的名菜，让你尝个鲜。"

常师傅乐呵呵地一边看着嘴咧得像个倭瓜花、喜得合不拢嘴的小想头，一边望着嘴里不停地报着菜名菜价，手里拿笔蘸墨，在一张菜单上写着画着的店小二，就与他套起了近乎，问他：

"小师傅，我以前常听人讲，你们酒楼里有个名叫朱葫芦的领班大厨，名声很响，不知哪位是？也不知他今天在不在？"

"朱葫芦他呀，原来在这酒楼里，是我们的头店老大，现在他不在这里干了。"

"为什么？现在他又去了哪里？"常师傅脸色顿时刷地一寒，又忙不失迭地追问道。

"为什么我是真的不知道，只知道他与掌柜的结了账，与我们这些店小二打声招呼就走了。后来听说他去了'京西大饭店'。"店小二心不在焉、漫不经心地说着，饭菜点齐后，拉着要走的架子迈开腿就要走，常师傅慌忙拦住又问：

"请问小师傅，'京西大饭店'在什么地方？"

"在西直门附近。"

"好了，这回咱们去那里，要穿过几条主干大街，一路上有你好看好玩的了。"因为常师傅知道，西直门是京城内城九大古城门之一，从这里到那里，要经过很多的闹市和名胜繁华的地段。

师徒俩慌得脚下生风、马不停蹄沿街走着，越过一条又一条的街道，遇到繁华路段，需下车牵马走上一程。

他们眼观六路、耳听八方，无暇顾及街市上的喧嚣，只有不时地抬头看远看近、看高看低，留意观看沿街两侧的高楼，亭台楼阁上的龙腾翔宇、雕梁画栋；飞檐翘角上

栩栩如生的神灵脊兽、仙台小跑；一路走来，让他们目不
暇接……

　　师徒俩很快在西直门附近，找到了"京西大饭店"。在
客栈住下后，师徒俩喜滋滋地忘记了刚才的劳累，进得店
来，点菜时问及店小二朱葫芦这个人时，店小二直摇头，
说店里从没听说有过这个人。

　　常师傅心里突地凉了半截，感觉身上直冒凉气，但他
转而又不以为然地微笑着说：

　　"请师傅帮忙给打听一下，说家里来人，有要紧急事找
他回家。"

　　店小二一直在摇头，不以为然地迟疑了一会，没有马
上离开，转过身来对他们说：

　　"你们在这稍等，吃过饭别急着要走，等我忙完了这个
饭场，抽空去帮你问一下我们的头店老大，看他是否知道
这个人。"店小二很热忱，脸上一直挂着笑容，看他们师徒
那焦急的样子，又只好安慰他们说：

　　"因为这个酒店太大了，我只知道这层楼的二十几个套
间的伙计，其他楼层的我是真的不知。看你们着急的样子，
听口音又是外地人，知你们来之不易，我会尽力帮你们打
听的。"

　　饭局结束后，店小二就慌着过来告诉他们："我们店老
大说了，一两个月之前，朱葫芦确实来过这店里，只待了
三四天就走了，走时也没说他去哪里。"

　　"完了，也凉啦……没想到千里迢迢来京一趟，刚顺藤
捋出一丝线索，就这样又断了，凉了、凉了，从头顶凉到
脚后跟，秃二娘掉到冰眼里——里外都凉透了；完了、完

了……"

常师傅不由自主地长吁短叹，嘴里唏嘘不止、坐卧不宁；但他又不甘心就此罢休，无功而返。

住在客栈里，正当他一筹莫展、百思不得其解的时候，猛然间思忖道，像是自言自语地在说：

自己只是听店小二这么说，并没有亲自见到那个掌柜的店老大，看那个店小二是个待人热忱、心地善良、容易通融的人，如果掌柜的嫌弃他多管闲事，糊弄他不说实话，这也有可能，何不设法见见他，再作定论？

反正客栈离饭店较近，又省不掉吃饭，只不过店大名气大饭菜贵得多，但心里有事，不得如此。

常继七师徒俩又一次来到"京西大饭店"，落座后，随手拦住昨天的那个店小二，慌忙递上一包满口酥点心，让他品尝。

店小二虽说年纪不大，看样子是个经风雨、见过世面的人，从他的言谈举止不难看出，是个性格开朗、与人为善、热心肠的人。他没有推让，伸手接过常师傅递来的点心，当即打开，抓起一块满口酥放在嘴里。他一边咯嘣咯嘣地吃着，一边又笑嘻嘻地问：

"两位师傅，昨天你们不是走了吗？今天怎么又回来了？"

"我们没法走，也不能就这样两手空空地回去，我们从老家千八几百里路，来京城一趟，没找到朱葫芦，就这样回去了，怎么向家人交代？"

"这个……我是真的没办法，昨儿个我挨个问了不少师兄弟，都是摇头说不认识，或是说根本就没有听说过这个人，最后还是从店老大那里得到的那些，全都告诉了你们，如果让我再去问他，恐怕不行。"店小二面露难色，心事显得很沉重，一脸的无奈，很为难地说：

"不瞒师傅说，我们这个头，你有所不知，这个人有点邪怪，我们大家都怕他一头老膏药，他不愿说的话，或他已说过的话，交代过的事，你想让他再说一遍，他就会不依不饶地黑着脸熊人。昨儿个我看你们是远道而来，心急火燎的实为不易，所以我出于热心，斗胆帮你们问了一声，还好，他没怎么发火变脸熊人。"说到这，店小二缓和了一下自己的情绪，很自豪地说：

"可贵的是你们打听人找我算是找对了，因为我是他的徒弟，很幸运，这次没遭他的二脸训斥。如果是换了其他人，他会说，不好好去干活，正事不干，多管闲事，你可想在这里干了？"

"小掌柜的，你能说说你师父的具体情况吗？"

"我只知道他是京城本地人，饭店的店老大（大掌柜的）是他的堂兄弟，我们平时都喊他师父或店老大，有时也有人喊他二掌柜的，其他就不知道了。"

"他有什么喜爱，或什么嗜好吗？"

"哎，对啦，我刚才忘记跟你说了，挺喜欢喝茶，特别好'六安瓜片'那一口，就是让他少吃饭他都乐意，少了茶他不依。"店小二说着说着又若有所思地说：

"我们这些跑堂的小伙计，有时端菜上桌出了差错、碰碎了碟子碗，或不知因什么事得罪了他，你向他道歉、赔不是都不行，只要你带罐'六安瓜片'去认罪赔不是，很快就会一天云彩散个净。"

回过头来，常师傅从茶行里买了两罐上等的六安瓜片，让徒儿拎着跟在后，已跟店小二说妥，让他送佛送到西天，帮忙帮到底，先把吃饭的餐桌定好，让他做个引荐，想与他师父见个面，请他当面赐教。

来到饭店的大堂里，时辰已过了晌午开饭的高峰期，饭店里的客人陆陆续续地出的多，进的少，刚才那一声连着一声、不绝于耳的吆喝声和回应声，在渐渐地减弱，账房先生忙得屁股不挨板凳，站在收银台里，算盘珠子拨拉得"噼噼啪啪"地响个不停。

在账房先生收银台的左侧，放有一张可以折叠的睡椅，上面正斜躺着一个人，手里拿着一把小巧精致的紫砂壶，看似眯缝着眼，在那里一眨一合地，茶壶嘴不时地嚼在嘴里，轻轻地吸唆着，仿佛是在过阴打盹。可他精着呢，其实是在洞听、观察着店里的一切。不难看出，他那摆谱的架势和气派，在震慑和掌控着这座酒楼，确实让人不可小视。

常师傅紧随店小二来到那人近前，店小二出于热心肠，只好心里捏着一把汗，胆战心惊、小心翼翼、毕恭毕敬地弯腰施礼，与其打招呼说：

"师父，这位是曹州远道而来的常师傅，想与你认识一下，有句话想请教您明示。"

店老大猛地睁开眼，看了一眼店小二，然后又眨巴了几下眼皮，没动身。常继七看得明了真切，见他一睁眼，眨巴眼皮的机会，急忙抱拳躬身上前施礼，很有江湖礼节地说：

"掌柜的，常某多有打扰，想讨教你一句话，这里声音嘈杂，说话确有不便，能否借一步说话？"

店老大斜楞着眼，使劲地瞥了店小二一眼，吓得他脸色徒然一寒，立马三步并作两步，很乖觉地鞋底擦油——溜开了。

店老大翻身转过脸来，用鄙视的眼神看了看常师傅，迟疑了很长一会儿，才极不情愿地起身站起，跟着常继七来到他定下的餐厅里。一进门，屁股还没挨座椅，就寒着脸冷冰冰地说：

"有什么话，你就简洁明了地快说，你是看到的，我正忙着，一点闲空也不能耽搁。"

"掌柜的快请坐。"常师傅一边热情地让着店老大坐下，一边把酒桌上放着的两罐六安瓜片往他面前推了推：

"常某的一点小意思，不成敬意，请别见外。"店老大见两罐上等的六安瓜片放在自己的眼前，他那从开始到现在，一直阴沉、冷若冰霜的阴天脸，随时都像要滴水似的，到这时算是稍微有了些许松动，露出了一丝微弱的笑容，眼睛也开了缝，常继七急忙凑上前，抓紧时机说：

"我是朱葫芦老家人，想打听他的下落，家中确有急事，让我来找他回家。"

"你找他，昨天不是让我的徒弟告诉了你们，他从我这里走后，也没说他去哪里。"店老大见常师傅一脸的疑惑不相信和满脸的沮丧，看在他破费了两罐好茶叶的份上，今天索性多说几句话给他：

"我与朱葫芦以前只是一坨子（一回）之交的交易，是在三年前，皇太后做寿宴时，邀请京城五家比较驰名的大酒店的大厨帮助做寿宴，其中就有我们两家。在那次寿宴席上，我们认识的，平时又没有什么往来，只不过是两三个月前，他突然间来我这儿蹲了几天，也没说他去哪里就走了，真的是一无所知。好了，就这么多，你们吃饭，失陪了，我还正忙着。"说罢，头也不回地径直走了。

又是一无所获，常师傅喊来那个热心肠的店小二，让他行好行到底，店老大走得急没容留，把这两罐茶叶给他师父带过去，多求他帮帮忙……

两天后，店小二在约定的地点，见到了常师傅他们，并一再言明，也是在给他师父开脱：

"我师父虽说性格邪怪、容易暴躁，看起来有些不近人情，但他秉性耿直、心眼善良，交友为人、义气厚重；浪迹江湖几十年，深知世事炎凉、凶险多讹；他比较讲究江湖道义，从不出卖和伤害自己的朋友。"店小二把话说了一半，看了常师傅一眼，自己又若有心事地接着说：

"开始时，对你们不敢相信，师父把我责骂了几顿，说我多管闲事，招惹是非、引来麻烦，差点没把我赶出了店门。后来这几天，对你们进行了观察，琢磨着你们不像是坏人，才相信你们真的是来找人的，他让我秘密地告诉你们，朱葫芦有心事，不敢在京城干了，现已去了沧州的'天悦来酒楼'。"

第十八章

常师傅他们心里有了底，赶着马车，师徒俩顺着他们来时的官路，京城大道原路返回，一路南下。

只几天的工夫，很快就来到了沧州，没费劲很快就找到了"天悦来酒楼"。因为酒楼名气大，照得远，很容易找到。

一切安顿后，师徒俩刚踏上酒楼前的门台，就看到门口站台迎客的店小二慌忙迎上前，脸笑成了一朵花，鞠躬施礼，十二分的热情，并高声大喊：

"两位贵客光临，请安排上等餐位座席。"

随着喊声，师徒俩很快被酒楼内的店小二领着，顺着走廊来到一间四个座席，优雅的单间餐厅里。在上来茶水的同时，常师傅就慌着问店小二：

"请问小师傅，你们'天悦来酒楼'里的朱大厨，被人尊称朱葫芦的今天在不在？"

店小二先是一愣，很吃惊地看了常继七师徒一眼，继而又满脸堆笑地说：

"在，在在，刚才还在大堂里的前台坐着，这会儿没看到，准是去后厨了。"

"如看他有空时，请小师傅帮我传句口信，就说这间客厅里，有位老乡在这等他。"

大概过了有大半个时辰，朱葫芦才抽空来到店小二所说的那间餐厅，推门看到餐桌上酒菜已上齐，桌旁坐着一老一少两个客官，菜一直没动筷，很明显是在等人，进得门来就慌着打招呼说：

"对不住，不好意思让你们久等了，刚才听店小二说有老乡在这等我，当时一时走不开，这会抽空我就慌着过来，请问你们二位是？"

"朱大师傅快请坐，我是亳州宋亦木的大哥、曹州的常继七。"

"噢……"朱葫芦脑筋略一打转，没加犹豫就慌着说：

"哦？对啦，听宋……"话刚出口，说到这又连忙打住，回头向后看了一眼，没发现身后有人，就慌着转身随手把门关上，然后又压低嗓门说：

"以前听宋都事多次说起过，他有一位结拜的曹州大哥，名叫常继七。"朱葫芦屁股刚挨椅子还没坐实，就如什么东西扎了他一下，条件反射似的又弹了起来；像是失欠了什么，一脸的虔诚、崇敬之意，双手抱拳给常继七作了个揖，又略有所思地说：

"听宋都事以前经常说起，他的这位大哥，不仅是他的结拜兄弟，而且还是他的救命恩人，说你为人淳朴、待人厚重，诚实可靠、重情重义，是世上难得的大哥，让人钦佩。今我朱某有幸拜见，实属荣幸之极。"

"朱大师傅过奖了，常某自觉脸红，难能担当、心中有愧；兄弟出事，未能尽力，多谢朱师傅鼎力相助，我常某将感激不尽。"

"晌午时短，现正逢宾客聚餐高峰时辰，一时难以抽身，不能在此久留，常言道'端谁的碗、属谁管，受人之托、必忠人之事'；你们师徒来寻之意，我朱某已心知肚明。"朱葫芦起身就要离去，临离开时留下话茬说：

"有些话，也不是一句二句就能说清道明的，咱暂且长话短说，你先告知我你们所住的客栈在什么地方，等一个多时辰后，我忙完这边的，前去客栈找你们，到时我们再好好地叙谈叙谈。"

朱葫芦面色红润，皮肤白皙，微胖；略显富态，论个头，比常师傅要矮半头，论年龄看长相，要比常继七小得多。

半晚上，朱葫芦来到常继七所住的客店，两人再次相见时，他有些喧宾夺主、开门见山，直截了当地自报家门说：

"我是亳州人，与宋都事同乡，他来饭店吃饭时听说话口音认识的，长他八岁，听他说过常师傅长他五岁，看来我朱某长常师傅三岁，我应为兄长。"朱葫芦是个说话敞快、喜欢干脆利索的急性子人。

"朱师傅你别弄错了，看你容光焕发、细皮嫩肉的，正当青春之时，看起来你实际上要比我小得多。"

"老实人不打谎言，你要知道我俩所干的行业不一样，你所干的工匠活，经常在外爬高上低的风吹日晒，饭不及时、茶水不济，皮肤显得粗糙、纹理暗滞，看面情要比实际年龄大得多。"

"我就不一样了，经常是大门不迈，四门不出，楼上楼下、前台后厨转来转去；风吹不着、雨淋不到，茶水不离口，对口的饭菜吃一些，容颜保持得好，看起来要比实际年龄小得多，所以我这个兄长是当定了。"

"兄长在上，请受小弟一拜。"朱葫芦见常继七起身抱拳纳头就拜，吓得他跃身而起，一把抱住：

"使不得，使不得，你我已为兄弟，不必客气讲究这些礼节。"

落座后，兄弟俩漫不经心地边喝茶、边说笑闲聊着，常继七有些坐不住了，心如油煎——火烧火燎似的坐卧不安，无心喝茶……

师徒俩出来这么长时日了，到现在才算有点小眉目，还不知怎讲，哪还有多余的心情喝茶叙说其他的，他有些急不可耐地打破了眼前的闲言碎语，直截了当地说：

"不瞒朱大哥所言，这次我们远道而来，就是专为我的两个兄弟和两个孩子之事，不知他们现在到底如何？请兄长明示。"

朱葫芦喜欢喝茶叙话，本想初次见面，把茶喝透，加深感情，然后才慢慢地诉说此事，只知道天底下只有自己是个急性子人，没想到常师傅比他还急三分，只好说：

"二弟田给事，起因为恩师鸣冤上奏，遭受株连同罪，现正在坐牢，听说有位王爷正在设法施救，可一时没能成功，我估摸着时日不会太长，因有王爷出面，很快就会被保释出狱的。"

　　"三弟宋都事，也因师闻都事中不愿与禽兽同流为伍而结怨受罚，并指派他专司坐铺劝师归依严门未果，治他纵师犯上作乱、图谋不轨、大逆不道之罪；拿下闻都事一支人马，现已被削官为民，收监入狱。"

　　"但不知被囚禁在何处，因为京城犯人狱满为患，太多太多的犯人无处羁押，听说把他连同一大批犯人秘密押送到一个远离人烟、与世隔绝荒漠的地方。"

　　"让他们吃苦受罪、挨饿受冻，接受审查、洗脑反省，以揭露闻渊的罪状为砝码，否则，就永远待在那里别想出来。"朱葫芦说到这，面目显得沉重，有些气愤地把话停了停，看着常继七那一直是愁眉不展、心事沉重的样子，缓口气紧接着往下说：

　　"两个孩子的事，还是宋都事没出事之前，听他儿子小方祺，从老家回来说他娘的所作所为，说两个孩子连夜出走。他真的恼火了，修书大骂了他的臭婆娘一场，气得他闷睡卧床不起，两三天没吃没喝也不去朝会，还是小方祺聪明乖巧，哭着来找我，让我去说劝的。"

　　"宋都事半点也没耽搁，随即就派差，按照小方祺所说的路线，估计她们可能要去的地方，沿路寻找。"

　　"因那时宋都事所执事的是吏部，为六部之首的重要部门，他们可以随时派人，到全国各地的都府、州府、衙门巡察，利用办案巡察的机会，暗箱操作，在细心地寻找她们。"

　　"听说沣王爷是二弟田给事的姑父，他们王府也派人到各处寻找两个孩子和她们田家人；这边宋都事派出的人，还有官府衙门的官差，也都在四处大张旗鼓地盘查抓人找人，一时把大家都给弄糊涂了，也把两个孩子吓坏了，不知就里……"

"后来宋都事悄悄地告诉我，两个孩子有了音信，现在开封的王爷府里，他还一再言明此事只有'天知神知、你知我知'，如曹州常大哥来寻，可告知，否则！不得再有他人所知。"

"后来，宋都事认为两个孩子在那里有王爷的威名照着，还是比较安稳的，等他的事稍有缓和或有所平定，才把她们接到京城来。"

朱葫芦喝口茶缓缓气，抬眼瞅瞅一直冷脸傻坐、洗耳在那静听、眼皮一眨也不眨、连大气都不出的常师傅，这会儿见他的脸色由阴转晴，瞬间有了松动笑意，比刚才好看得多了，可自己却寒着脸，伤感起来：

"宋都事在临出事之前的一天晚上找到了我，心事沉重地一把拉着我的手，眼角里噙着泪水对我说：

'看来这次我实难逃脱干系，很快就要大难临头了，我俩兄弟一场，情同手足，感谢你多年来对我的帮助。'说罢，他从怀里掏出一个红布包递给我说：

'我多年没什么积蓄，这有五十两纹银，也是我大半个家当，你拿着，恐因我之事，别牵连伤害了你，趁此机会，你要离开京城，远走高飞，你有一身的大厨绝活好手艺，到哪里你都会红火有口饭吃。'

"我当时两眼一瞪，把他递过来的银钱推了回去，告诉他说：'你我兄弟一场，平时你我相帮，都是理所当然应该的，谈什么感谢之说，更谈不上钱财之事。'当时他哭了，我也哭了……"

　　"从那晚分手后，他对我放心不下，恐别因他之事害了我，趁空又来督促我两次，要我快点离开这里。"

　　"离开'登尚酒楼'，但我没有马上离开京城，先去了京城的'燕京饭店'，因我一时也不忍心离他而去，想留在京城，利用原来我在'登尚酒楼'相处的一帮兄弟，借着那些官员和官差常去酒楼吃饭喝酒的机会，注意探听官府衙门的消息和动向，看是否有能帮助他的地方。"

　　"后来探听到，宋都事被囚禁在远离京城，一个秘密荒无人烟的大荒漠里，在那里让恶劣的环境征服和改造他。"

　　"继而，我又从'燕京饭店'来到'京西大饭店'，在那里没敢久住，就慌着逃到这里来了。"

　　到了这时，常继七心中一直悬着、使他纠结，多日来食不甘味、牵肠挂肚的一块心病，算是有了着落，心里顿时感到舒坦得劲多了。

　　多日的烦闷、忧愁，路上的颠沛流离，也不知自己暗地里难为得淌了多少眼泪，今日心情痛快，愁闷的心结算是舒展开了，与朱大哥推杯换盏，一直喝到深夜到天明。

　　有了音信和确切的消息，常继七心如长草着毛，无心在此多待，谢绝了朱葫芦的盛情挽留，路上没敢怠慢，马不停蹄、归心似箭，一路向开封奔来。

第十九章

　　田芗竹在刘谷山的护送和引领下，一切都很顺利，如愿以偿地来到郡王府，见到了姑奶奶和王爷。

　　姑奶奶见到了自己娘家亲人田芗竹，显得格外亲热也很会疼人，一把把田芗竹拉到自己怀里，奶孙俩抱在一起，说好的都不许哭，竟哭成了一台戏。

　　在以后的数天里，她总是把田芗竹一直带在自己的身边，有空坐下来陪她说说家乡的事、家乡的亲人；说说爷爷奶奶、叔伯爷爷奶奶、父亲母亲、叔伯兄弟姐妹他们。

　　有时只要一坐下来拉开话闸，她们一说就是大半天，总有问不完、说不尽的话……

　　田芗竹，除了这次见面，以前从未见过姑奶奶，听爷爷不止一次地说起过她，因为爷爷被邀请，曾多次去过王府见过她，自从姑奶奶进了王府，只许家人去看她，她也从没回过娘家。

　　按爷爷的话说，在他们那一辈的兄弟姐妹中，爷爷排行老大，这位小姑奶奶排行老小，论年龄，比爷爷小得多得多，比起爹的年龄大不了多少。

原来总以为爷爷都这么大岁数了，想象中姑奶奶也应是位老太婆了，殊不知，当她第一眼看到这位使她朝思暮想、梦寐以求、可尊可敬、可亲可爱的姑奶奶时，真的使她大吃了一惊，心里倒吸了一口凉气。

如果不是刘谷山亲自领着，把自己亲手交给了姑奶奶，就是你打死她，她也不敢相信，站在自己眼前的这位年轻貌美、风韵绰约、面如桃花、秀媚娇艳；双瞳黝黑明亮、明眸皓齿；身姿轻盈如燕；能沉鱼落雁、羞花闭月、艳丽多彩的女子，竟会是自己的小姑奶奶。

听她说起话来，用她那极其亲切、可人的语气，语气里夹缀着一种一时难以改掉的浓重乡音，充满了温和、温润和温馨，让人感到亲热、温暖，心里陶醉、感恩再戴……

田家竟有如此倾国倾城、美若天仙的大美人，我的老祖宗哎——你们真的是多行善事、积德修好；富润屋、善修身、德润泽都了后人也，难怪王爷对姑奶奶如此地厚重和倾心……

一个多月后，田苧竹谢绝了姑奶奶的再三挽留和让她留在府中不走了的深情厚谊，她最为担心和挂念的是姐姐，很快就与刘谷山回到了王府内。

回来后姐妹俩与刘谷山、苏普、老管家等人多次商谈，议定了三件大事，让刘谷山召集了现在府内所有各门各类、各片的头目和府内的大小管家来府内议事，由刘谷山向大家逐项逐条宣读了决定：

"一是，我们这次去了郡王府，面见了郡王爷和夫人，现在我们所住的沣王府邸，由于王爷升迁已离开这八九年了，以后不会再回来居住，现已把这里的所有府邸庄园、田宅、铺面财产，全部赠送给了田家。"刘谷山当场宣读了郡王爷亲笔书写赠予的懿旨文书。

"另外，自王爷走后，为了这里的安全起见，给它披上了一层诡异的幽纱，这儿就成了楚江王阎罗殿，成了阴曹地府办阴差执事御用的地方，这名称让人听起来既恐怖又瘆人。现在郡王爷已把这里的一切全部赠送给了田家，并让他们永远管业和繁衍好这里的一切。"

"原来的名称实为不妥不佳，今后对我们来说，多有不便、也不吉利，现改名为开封老松口'翠梧大庄园'。"

"二是，田芗竹小姑奶奶为我们庄园的庄主，姐姐为庄园里的总管家，我刘谷山为大管家，负责主外，城里街面商铺、商行，一切与外联系事务等都由我负责料理。"

"苏普同为大管家，负责主内，庄园的守庄护园、一切安全保卫事务，全由苏大管家负责。"

"原来府内的老管家，还有分类分片的头目和大小管家，暂时不动不变，原来大家是干什么的，安下心来，还是继续干什么。"

"大家每年的薪水、补给，原封不动地按规矩发给，以后还会增加，望大家都要继续各司其职、各负其责，不得怠慢，共同管理好咱们的'翠梧大庄园'。"

"三是，庄园里准备筹办丝绸刺绣厂，这次我与田庄主去了郡都府，拜谒王爷和夫人的时候，庄主已与夫人和她的女儿'熙慧公主'谈妥，她让我们先过去一部分人，到她那里学习丝绸制作和刺绣技术，学成后回来，我们可以边学边干。"

"制作出来的产品，全归'熙慧公主'负责包销派送到皇宫、王府和一些王公贵族使用，厂里所需用人员，先从我们庄园里的大姑娘、小媳妇、年轻的夫人使用……"

就这样，这么大的"翠梧大庄园"在姐妹俩和大魔头、二魔头、老管家等人的齐心协力、精心操持下，沉睡了八九年后，正在不声不响地发生着新的勃勃生机。

清晨，晨曦吐露，东方刚刚泛起鱼白肚，一层层灰暗浑浊、夜幕雾蒙蒙的薄纱，还一直笼罩在地面上。随着东方在渐渐地泛白，很知趣地慢慢隐去……

太阳很快离开了地平面，正满面笑容地向人们打着招呼。清早，常师傅赶着他的马车，迎着东方升起的朝阳，喜气洋洋地来到了老松口翠梧大庄园的大门牌楼下，让守门的通报庄主与总管家，说有曹州的常继七来访，现正在大门楼外等候。

"姐姐，姐姐快来呀，告诉你个天大的好消息，曹州老家的常老爹来啦，现正在大庄园门外等候。"

"啊……"姐妹俩感到喜从天降，转而又感到既喜且惊，慌得她俩一时手忙脚乱不知所措，但瞬间的工夫，她们又很快镇静下来，相互默契地递了个眼神，心有灵犀一点通，告诉来人：

"有请，快请他进来，这边我们随即就到。"

很快两个前去迎接的丫鬟，一个领着常继七走在前，一个在后把他的马车牵进了庄园内的大院。

　　常师傅在丫鬟的引领下，刚刚走完上书"平步青云"的长廊，继而来到"百仙荟萃"阁楼，然后又转身，一脚踏进"碧水天长"的长廊里。走了老半天，常师傅才看到迎面慌里慌张地走了一位穿戴华贵、恬静端庄、肤泽白净、斯文典雅阔爵的公子少爷，看他脚步还没来得及站稳，老远就已跪下，纳头就拜：

　　"恭喜常老爹前来翠梧大庄园，孩儿有失远迎，望您老包涵恕罪。"

　　"快请起，快快请起，不必行此大礼。"常继七慌忙来到他跟前弯腰扶起跪在那里的公子少爷，可她心里纳起了闷：

　　自己刚才胡答胡应地应着，这孩子行此大礼，喊我常老爹叫得这么亲热恬静，可他是谁呀，我怎么不敢认识？

　　常老爹一脸的惊愕和满目的狐疑，心里正在犯着纠结、猜疑迷惑，还没容他来得及多想多虑，前边的长廊里，很快传来了喊叫"爹"的声音。

　　循声望去，前边不远处的"馨乡"长廊里，正跪着一位与刚才这位公子一样穿戴齐整、服饰富丽华贵，浓眉大眼长相标致靓丽、体格健壮丰满的公子阔少爷，弄得常师傅一时丈二和尚摸不着头脑，他真的晕了。

　　一个叫他常老爹，一个干脆把常老去掉，直接叫爹。想想这家庭家族中的弟兄们和三朋四友中的孩子们，叫老爹的男孩和自己的儿子还都小，年龄还都没这么大呀，但他们也不会来这儿。今天我是有备而来找俩闺女的，可闺女还没见到，先找到了俩儿子？真是喜上加喜、双喜临门哪……

　　姐妹俩看着常老爹傻乎乎地愣怔在那里，见到了他，心里既惊喜又想扑上去抱住他，大哭一场。她们心里明白，却不能这样，怕惊扰了他，只好把他领进客厅里，两姐妹认爹心切，也等不及了，顺手从各自头顶上摘下方巾帽，露出了满头乌黑发亮女儿装的桃心发髻。

　　她们看常老爹还在发愣，为了让爹看得更为真切，又都举手各自把她们头顶上盘绕、固定发型的网巾和簪钗取下，随即满头乌黑发亮的披肩长发顺溜而下。这时两姐妹又一次一起跪在了常师傅脚下，连声叫着"爹、爹……"让爹仔细辨认，看个实在。

　　"认出来……认出来啦，你们露出了真面目，爹认出你们啦，一个是芎竹，一个是枣花，苦命的两个孩子，你们遭罪受苦了。"常继七嗓子眼硬了，他悲喜交加、大喜过望，止不住地喜泪盈眶，爷仁在一起，痛哭疾首，哭成了一台戏……

　　两个孩子，一直是声泪俱下、泣不成声，悲痛欲绝地向爹诉说着她们几年来所经历的坎坷遭遇和生死劫难，后又怎样落难来到这里的。姐妹俩一个不停地说着、另一个不停地哭着；累了，她们就轮换着，一个悲戚声声地号啕大哭，另一个一把鼻涕一把泪滔滔不绝地底上三铺、一五一十地向她们的爹倾倒了几个半天……

　　"几年没有你们一点消息，我们大家都在为你们牵肠挂肚，也不知出动了多少人，大家都在四处寻找你们……今天终于见到了，而且你们还都活得这么好，我的心，也就放下了。"

　　说来话长，几年不见，总有说不完道不尽的话，人常说"闺女离开娘，几天不见有事没事也要哭上三两场，闺女离了爹，也是几天不见，有话没话与爹诉上小半月，因为闺女是娘的心头肉、爹的小棉袄"。

常继七住在大庄园里一时走不了，接着他也把这几年来官府衙门到处在追查不放过你们；还有沣王爷也派出王府里的差官，到处在寻找和保护你们；三叔宋亦木也派出了吏部朝廷的命官，以到各地巡察为名，沿路暗地里也在寻找你们的下落……

当他们把话叙谈到田家与宋家时，常继七看着田芎竹那痛不堪言、悲戚楚楚的表情，不无感慨地说：

"你们两家的婚事，当年大爹亲自在场，既是你们的长辈，也是你们订婚的见证人。"

"之前，我们兄弟仨已有约定，不论是谁家的孩子定亲、成婚，或老人病故，我们都必须到场尽责、见证。"

"你们的婚事出了变故，后又听说你们连夜从宋家出走，我非常气愤，为人之道，诚信大于天，怎会出尔反尔。田家有难，理应分担，虽一时不能同赴患难，但也不能落井下石，行厕鼠小人之为，小方祺已受到我严厉的训斥，我已替你们出了气。"他缓和了一下口气说：

"你三叔还是重情重义让人佩服的，对你们田家有恩，小方祺他是无辜的，这孩子品质不坏，责不在他，是他们宋家所为。"

"事后，小方祺也很气愤，主动向他爹告发他娘的不是，他娘遭到他爹的修书臭骂。你三叔出事后，把他交给我，他从京城逃到我家，看他当时战战兢兢、浑身落魄颤抖害怕的样子，知道他是被吓破了胆，年轻人没经过事，天上掉下这么大的灾难和打击，他很难承受了。"

"来我家没敢让他久住，因为官府为搜捕你们田家人，已来我家多次追查，恐官府随后追来，所以我连夜就把他带了出来，现被我安住在一个很好的地方。"

"在我们爷俩的相处中，他曾多次对我说起过，对不起两位姐姐，他想出去找你们，说以后如能见到你们，他愿意向你们赔罪，打他骂他、不论怎么惩罚他，只要你们能消气解恨他都愿意……"

眼瞅着几天来一直哭哭啼啼、情绪败落不稳定的田芗竹，常老爹心里有数，知道孩子们受的委屈和伤害实在是太大了，一时半会儿难能愈合，他想缓解一下眼前的情绪，略带笑容而又神秘兮兮地对她说：

"别再哭了小芗竹，有件事既是凑巧，也说明是天意，宋方祺也在开封。"

常老爹见田芗竹，虽说她那凄切哀婉的哭泣之声，一时没能停止，但他惊奇地发现，当提及宋方祺也来开封时，她的情绪为之一震，相应她的哭泣之声也随之有所减缓变弱，看样子她还是很在意想了解宋方祺的情况。

常老爹很快把宋方祺怎样来开封进私塾学馆之事说了个仔细，最后还一再说：

"他现在一切都很好，在那学馆里，既能帮夫子教书育人，又有了避灾躲难、安身立命之处，闲暇之余又可继续习文用功，将来可赢取功名，上天有意地在缘和，以后你们会见面的……"

田芗竹这个闺女的事，已被她们的爹说了一拨又一拨，她的情绪已稍有稳定。当他看着枣花这个闺女时，这半天她从始至终都是低垂着头坐在那里，泪流不止，还时不时地从她的鼻孔中发出呼隆、呼隆吸气委屈的鼻涕声，心想：

自己已有三四年没见到这孩子了，也等于是她死了三四年，实在是遭罪、憋屈了这几年。她今天见到了爹，也是她哭屈撒娇的时候，家庭亏待了她，也害苦了她；让她多哭一会儿，心里会好受些……

望着眼前一直啼哭不止、泪水涟涟的枣花，常继七也感到自己肝肠寸断、心力交瘁。听人常说，人的眼泪是有限的，也有欲哭无泪、哭干的时候，可这孩子一连几天一直在哭，眼泪始终不干，知她所承受的伤害和心里憋屈的泪水，实在是太深太多了；往事不堪回首，让人痛心不已，最后常继七又诉起了枣花之死……

马草坡向枣花提亲之事，遭到了母亲的坚决反对。枣花几天不吃不喝、跪求母亲，祈求成全他们，丝毫未能动摇母亲的意志，最后以死抗争，结果也未能如愿。

枣花服毒寻死，由于当时有明眼人在场，母亲娘家也是中医世家，自小就略通医术。救治及时得当，没出什么问题，很快就恢复了正常。

母亲不依不饶也不放过，生怕有变，为防患于未然，让她断了这份念想，与其他人一起密谋了一个计谋，连夜把枣花送往归德州田家，让她与田芎竹为伴，习文赋辞、琴棋书画；并让田家严厉地管束她，对外谎称枣花服毒砒霜过多，没能救治过来，死了。

为掩人耳目，常府大造声势，搭建灵棚，大家哭号哀丧了一阵，然后众人抬着一口空的棺木，把她埋在西河岸荒滩里……

枣花的哭声比刚才更为悲痛了，田芗竹蹲在她面前，用手巾给她擦拭脸上一直流淌不尽的泪水，常继七也来到近前，不无伤感地对枣花说：

"别再哭了我的好孩子，从我们一见面到现在，一直都是悲声泣泪、哭泣不止，哭得爹心酸心疼，心里也在流泪。爹知道你受的委屈，但你哭了这么久，歇歇吧，几年没见，爹也有一肚子苦衷，想与你们叙谈叙谈。"

"事情发生后，家里去人把我从外地找回，但一切都为时已晚，事情已让你娘和他们办砸、做绝；怕我回来动怒生事，找来了族长和你爷你奶，让他们坐铺（寸步不离）看着我，并一再警告我：

事已至此、木已成舟，已无回天之术；事关家族声望之大事，如走漏半点风声，不仅仅只是毁了常家声望、我的名声，还会要了你娘的老命。在那时我感到很无奈、很痛心；有生以来也是我第一次感受到痛不欲生的滋味⋯⋯"

"我只好闭上眼，不得如此吞下了他们酿制的这盘苦果。可这苦果，几年来一直就卡在我的心口窝里，既吞咽不下、又呕吐不出；害得我苦不堪言、生不如死，而且更为直接的是害苦了枣花。"常继七嗓子有些哽咽了，几颗不争气苦涩的眼泪，实难控制住，趁机溜了出来，不无悲痛地说：

"更为惨重的是，亏待和害惨了马草坡那孩子⋯⋯"常老爹转过脸去，低头沉痛了一会儿，稍微控制和缓和了一下自己愁肠百结的情绪，不为痛心地说：

"给你在西河岸荒滩里埋口空棺堆座假坟，当马草坡得知你的死讯后，拼命地从外地跑了回来，趴在你的坟头上，整整哭了一夜一天，多次寻死，想撵你而去，后来听他说，是我在他脑海中的臆念、幻觉和你的小师弟想头救了他。"

"小想头把你以前教他学说的话，全都告诉了他，马草坡很听话打消了寻死撵你而去的念头，在兑现想头所说对你的承诺和依恋。"

"每年的清明节，他都会远道而回，提前一天来到你的坟前，清理坟上的杂物杂草，添上新土、把坟包得大大的，插上柳枝花草，摆上一大片礼品，烧上轧制的珠宝和纸钱。他当晚不走就守候在你的坟堆边，一边烧着纸钱，一边悲声啼哭、倾诉着他心中的哀肠，累了困了就睡在那，到第二天晚上才离开，我亲眼见过，小想头不知见过多少次。"

此时的枣花，听她爹说到这里，她实难听下去，感到五脏俱裂、心口疼痛，泪中带有血丝……

"草坡这孩子，也是我所收众多弟子中最得意的一个，爹我一向都看好他，我们常家这样对他，总感不公……"

"把你送去了田家，半年后你娘就私下里张罗着给你说了门亲事，我知道后就坚决反对，没想到这一折腾你们竟失踪了好几年。"

说到这，常老爹把话刹住了板，感觉有些话不能不说，心里也实难下咽，稍微平抑一下自己的情绪。为了不让她再哭泣，他转换了脸色，面带微笑地说：

"马草坡他也……"常继七把话说了一半，有意识地又停了下来。想试探一下枣花的反应。

"他也什么呀？"枣花眨眼的工夫，刚才还在嘤嘤地哭得像个泪人似的，这会儿她停住了哭泣，来了精神，有些急不可待地催促她爹说：

"爹你一向说话都是简洁利索明了的，几年不见，怎么也学会了说话吞吞吐吐，说起了半截话？"

"他也可能来了开封。"

"他现在什么地方？"枣花如六月天孩子的脸——说变就变，脸上唰地比搽脂抹粉来得还快，露出了一脸的红润，焦急地追问。

"在这之前，我在你坟地里见过他，让他抽空回家一趟，看望他的爹娘，然后来开封做活，不知他来了没有。"大家略微沉默了一小会儿，常老爹又深信不疑、蛮有把握地说：

"我深信这孩子他一定会来的，因为开封这么大，暂时还不知他在什么地方，等我们找到他，再告诉你们。"

第二十章

　　清晨，浓重的晨雾还一直盘绕在私塾学馆的院子里和房顶上，天色显得格外黯淡浑浊。宋方祺按照夫子的吩咐，早已逐屋拍响房门，把这些莘莘学子们从美梦中喊醒。

　　片刻的工夫，一切停当后，学子们都整齐划一地端坐在学馆外，院子里搭建的凉棚下的蒲团上，就着天上密密麻麻、星罗棋布的晨星，晨风还时不时地给这些莘莘小学子们的脸上，吹拂来阵阵清凉的晨雾。

　　宋方祺手拿一本诗书，站在一盏明亮的灯笼下，面对学子们，他念一句，让他们跟着学一句。一段时辰后，合上书本，领着他们把刚才学过的如此反复地让大家一起背咏。琅琅的读书声，镶嵌着孩子们清脆的童音，迎着东方慢慢到来的晨曦，在宁静的清晨里，随风荡漾、声声悦耳……

　　夫子是一位博学多才、满腹经纶、飨古通今、育人经验丰富老成，享有很高名望的老夫子。施教育人几十年，可以说是桃李满园，从他馆下走出的学子，不少都成了大气，有的在朝为官，有的成了显赫一时雄镇一方的地方官员。就是稍差一些的，也都成了秀才、举人之类的才子。

在宋方祺的眼里，夫子是一位温和幽雅风趣、学识满腹、无所不识不知，让人可亲可近的长者。

可能是他乐教好施，心中常蕴含善念：所教无类、不以类人；开怀施教、知足常乐，虽说他已过耳顺之年，让人看上去不像是个六十多岁的老者。

初来乍到时，宋方祺只知道自己是一个被官府追捕潜逃的犯人，天天就如热锅里的蚂蚁，提心吊胆、惶恐不安；感觉自己魂不守舍、岌岌可危、朝不保夕，随时都有被人抓走入狱的可能。

白天，哪怕是有一点响动，或是偶尔听到大街上有快马路过的马蹄声响，都会把他吓得浑身哆嗦，感觉自己的魂魄已出窍，随着远去的马蹄声而去。

特别是到了夜晚，实难入睡，只要一闭上眼睛，眼前就会噩梦不断。要么就是掉下悬崖被摔醒，要么就是被大蟒蛇一口吞下，或是突然间窜出一队快马捕快，把他逮住，给他戴上木枷铁链……每次醒来，都是大汗淋漓，湿透衣背。

他不敢再睡，只好挑灯夜读，长此以往精力有限，熬得眼红鼻肿，嘴唇干裂起皮起泡；时常也因困得额头被桌面磕得疙疙瘩瘩，他得了恐惧症，害怕响动，从不与生人接触，也更不敢迈出学馆半步。

常师傅常来看他，看着他那面黄肌瘦、焦虑不安、失魂落魄、呆头呆脑的样子，总感觉心疼心焦、心神不安，为他担忧，就给他送来他喜欢吃的东西，陪他说话，给他鼓劲壮胆，有时也住上一两天不走陪陪他，虽说略有好转，但效果不明显。

夫子看在眼里，也急在心里，让他于心不忍，感到心痛。为改变这种局面，常抽空陪他说文解字、评诗论辞，有时有意识地说错，留下破绽缝隙，给他机会，让他找错开口多说话。

有时也把他带出去，到人多的地方走走，或陪客访友，或在饭馆里吃饭，让他多接触外边的人和事……

慢慢地他那恐惧的心理有所缓解，情绪和心态正逐渐恢复正常，胆子也大了，有了空闲，也能按夫子的要求，独自出门替他做事或购买东西。

一天，农历的腊月十八日，夫子接到自己的同门师弟，也是自己的同行，一家私塾学馆的夫子的请柬，请他务必在腊月二十日中午，准时去他家，参加他儿子的新婚宴会。

按照当地的习俗，接到请柬后，应先把贺礼提前送到，但夫子一时难以抽身前往，因年关临近，也是学馆这学期的期终，孩子们就要放假回家过年，也是最为忙乎的时刻。

因为年终孩子们交上来的试题考试文章，需逐人逐卷修改审批；还有他们平时的学习成绩、品格道德评语，都要在孩子们离校前写好办妥，让他们一同带回去。所以夫子只好手书一封，让宋方祺代他先前往致谢，送上贺礼，到正婚迎娶那天，自己准时前往。

宋方祺遵照夫子的交代，路上丝毫没敢怠慢打岔，因为都是同住一座城里，相隔几条街几道巷口之遥，他一路小跑很快穿街过巷，办妥了夫子所交代之事，回来时，放慢了脚步，留意观赏着一街两巷的景致。

街道两侧已被小商小贩摆满了向外出售的年货，他们的叫卖声、吆喝声，声声相连，不绝于耳。本来开封这座古城平时就已经够繁华喧嚣的了，现又赶上年关将近，俗语说得好，"吃过腊八饭，就把年来办"，街面上已有了办年货的年味。

顺着街道，路过闹市，随着拥挤涌动的人群，宋方祺夹在他们中间慢慢地走着，两眼也在不停地浏览一街两巷、琳琅满目的年货。当他路过一街旁，远远地就看到那里围着很多的人，来到近前才知道，是一处写过年对子纸春联的摊位，他停住脚步凑了上去。

写对联的是一位五十开外的学者，看他手握竹笔，如龙飞凤舞，似行云流水，字笔公正、苍劲有力，让人羡慕，围观者赞声不绝于耳，争相抢购。

已是腊月天寒地冻的时节，他却甩掉身上的棉袄，穿着夹衣，看他头上和身上，还都在冒着热气。

很多人都围在那里看热闹，因为过年了，按咱们中国老祖宗留下来的传统习俗，"不论家庭穷富、高低贵贱"，其他的都可另当别论，而唯独有这过年贴对联是必不可少的事。

贴对联图的就是新年新节的，吉祥如意、福乐喜庆满堂；祈求的就是风调雨顺、五谷丰登、人畜兴旺；所盼望的是财源茂盛、万事如意、幸福安康……

宋方祺一直就站在老者的书案前，从他对每个字入笔、深入、拓展，到润气疏身、浓墨轻重缓急……他都看得真切入神入迷……

常言道，"外行看热闹，内行看门道"，宋方祺自感自己不仅看出了门道，大饱了眼福，而且还长了见识，心中暗暗地赞叹道：

以往总以为自己的书法、行文字体写得不错了，已得到多人的认可和赞同，并在京城参加的书法比赛中得过奖赏，今天看来才知道什么是"人外有人、天外有天""高手在民间、民间才是藏龙卧虎之地"。

只顾贪恋欣赏，却忘记了太阳已偏西，这时他才想起回学馆。走在街道上，他低垂着头，心里陡然一亮，犹如醍醐灌顶，脑洞顿时大开，他产生了一个大胆的想法：

年前学馆已停馆，学子们即将离馆回家过年，自己不如趁这一段闲时间，小试牛刀，备上笔墨纸张，只需一张长方形稍大的条桌，投资本钱不大，在街旁的后边空地上，摆摊写对联。

既能让人品头论足自己的书法水准，聆听他们的真言非议，对自己今后的书法长进，会大有好处；又能挣些碎银子零花钱，以便考证一下自己的生存能力。他把这一大胆的想法告知了夫子。

夫子听了当时没吱声，只是停住手中的竹笔，抬头仰脸用鄙夷的眼神惊讶地看了看眼前这个，不久前还在学馆里院内转来转去，坐成坑、站成井的呆瓜闷葫芦，心里在想：

今个这是咋的了，太阳从西边出来啦？不会吧！人常说"时隔三日，理当刮目相看"，可这才时隔半日，怎地就变了呢？老夫子摘下他的老花镜，仔细审视了宋方祺一番，然后说：

"这想法不错，敢想就得敢干，敢干就得干好，挣钱不是关键，关键是你能走出去，多接触人脉地气，学着做事，给这一带的乡邻乡亲送去过年的喜庆和吉祥，这确是件大好事。"

无须投入太多的东西，准备好红纸、笔墨和写字用的长条桌，找了一个帮手，提前把大红纸叠好裁好。说干就干，第二天一大早就开张了。

寒冬腊月，宋方祺深感寒气逼人，由于心里害怕紧张，过分拘束，握笔的手在微微地颤抖，但这丝毫影响不了他那熟练的笔下功夫。

你看他手握竹笔、饱润香墨、得心应手，从上至下，如行云飞渡、金舞银蛇，一挥而就，一副七言上联脱颖而出，如蛟龙现身，浮现在大家的面前。

然后，他将捋自己的袖口，略打迟登运足气，蘸墨顺笔，犹如高山瀑布、飞流直下、一气呵成；一副栩栩如生、龙飞凤舞的下联展现在大家的眼前，随即吸引来了更多的人围住观看。

"好字，绝对的上等名家好字！"

"小小年纪，就写得一手好字，真乃是后生可畏也。"

"……"

大家的喝彩声和赞美之声绕耳连声不断，很快招来了更多的人，把这儿团团围住。

因为开封是八朝古都，曾几度成为中原政治军事、经济文化的中心，也是文人荟萃、墨客盘绕涌动、藏龙卧虎之地，太多的火眼金睛、真金白银般的高手在此云集。

宋方祺按照他们各自所求心愿和他们所干的行业，所需求的对文内容不同，一一给他们认真地书写。

对联所收取的银钱没有明确价码，桌面上放一大瓷罐，让各位慧眼识者看字随意赏钱，自己把银钱投进瓷罐里。

穷者可以少给，或者不给，没钱的也可以把对联拿走。不过，本地有个习俗，大过年的，买副对联不给钱，过年是不吉利的，所以没有不给钱白拿的。

首开顺利，旗开得胜，开张第一天，宋方祺从早晨开笔，一直写到昏天地黑，什么都看不见了，才勉强收场。

一天没顾上吃喝和喘气歇息，心劲提得使他始终是神清气爽、精力充沛，心中充满了无限的激情和自豪。

喜获丰收，清点大瓦瓷罐中的银钱，喜得宋方祺合不拢嘴。粗略地盘算一下，这次所获收益，如按当时的粮价来折算，买的粮食够他一个人吃上一年，还绰绰有余。

此时此刻，宋方祺忘记了自己肚中的饥饿和心中的忧愁，看着眼前这一堆堆大小不一的碎银、铜钱，不由自主地紧皱了眉头，静下心来，深深地感悟到：

十几年的寒窗苦读没有白费，今天让他真正尝到知识和学问的金贵，也应验和体会了"书中自有颜如玉、书中自有黄金屋"这句古人名言的真谛……

宋方祺的这次大胆举动得到了夫子的认可和赞许。他写得一手好字，名声很快传开，也给学馆带来了好的声誉。

按照中国的传统习俗，大都是过了年后的正月十五日，喝了元宵汤后，过年的年气才算是真的走远了，一切都要重新开始。

学馆已开馆，一天晌午，夫子让宋方祺出去到"百宝斋"杂货铺，买些学馆里需要的纸张笔墨和其他用品。

出了学馆，走在大街上，习习的春风，迎面向他吹拂而来，使他心里感到无比舒心和惬意，心在想：

又是一年的春天，来得这么快，又这么及时，地上的积雪还在眷恋着冬天的寒冷，但它们感到很无奈，身不由己地在春风的拂绕和感化下，已开始动了心。

在回来的路上，宋方祺一只手拎着，另一只手抱着买回的东西，当他路过一个街道巷口时，街边站着的四个人喊住了他，说有事相求，并用手指指前边的一个背角处，想请他借一步说话。

宋方祺脸色陡变，心中茫然，显得一阵紧张，刚才还满面春风得意、喜气洋洋的，走在路上一蹶一蹶的，嘴里还哼着小道。此刻他立马拉长了脸，心里又胆怯惧怕起来，瞪眼看了看面前的几个人，心想：

你们是谁呀？我们互不相识求我又能帮你们什么？宋方祺一直站在那里黑着脸，在注意凝视着眼前这几个人，看他们当中：

有年长的古稀老人，年少的也有四十岁以上，他们个个都紧锁眉头，显得心事重重、愁肠百结的样子，但每个人的脸上却都很牵强地挂着一丝笑容。可以看出，他们确实像是有事相求，不像是坏人，没什么恶意。

没容他多想，因为宋方祺心想早点回学馆，没有推迟，随着他们来到刚才所指的一个巷口拐弯僻静的地方。

很快，他们当中就有一位年长的老者，还没来得及开口说话，就已经老泪纵横、失声痛哭起来，唬得宋方祺一时手忙脚乱地不知所措，连忙解劝道：

"老人家，您这是怎么了？有话咱们好好地说，这么大年纪，天气又这么冷，别哭伤着身子，有事您只管说。"

"想请你帮我们写一份状纸。"老者开门见山直截了当地说着，挤了挤他那潮湿、干瘪的眼睛，看着宋方祺那一脸的惊恐、紧张的样子，只好缓口气，与他慢慢地说：

"我们四人都是从松街县城来的，我们那个县太爷，是个有名的官痞赖渣，心黑手长，没有景人（好的）的地方。但他有一个怪弊，就是在他接收状纸的时候，首先是看状纸的字体，必须写得是一手上等的好字，让他相中乐意，才会接收你的状纸。"

"否则，字体写得差，一般化不景人（不好），他看不上眼的状纸，随手就给扔了，还会大发厥词：

'下等烈民，不安守本分，吃饱饭撑得没事干，无中生有，滋生事端、制造混乱，不予理会，退下！'

如不服继续击鼓告状，衙役们会说你无事生非、再而三地扰乱公堂，要么治你罪，会把你乱棍打跑。"

老人家脸色凝重、黯然失色、双眉紧皱，心口喘气喘得厉害，一缕缕热气，从他那一呼一吸的口中喘出。不知是他上了年纪，气管心肺有了毛病，还是心有冤屈，解不开疙瘩气的。

他稍微喘息了一小会儿，从他那满目沧桑、纵横交织、布满皱纹瘦弱的额头上，慢慢地舒展开了一丝，很牵强地挤出一些久违的笑容来，像是讨好似的对宋方祺说：

"为了寻找写得一手好字的人，利用年前写春联的机会，我们出去了很多的人，到就近的几个县城和大的集镇，买回写得比较好的对联，回来后我们作以比较，大家都认为你写的字是一等一的上乘、标致漂亮上档次的好字，县太爷看了，保准满意，绝对能收下我们的状子。"

"你们状告何人，因何而告？"宋方祺有些受宠若惊，心里充满了自豪感地反问他们。

"状告'大衙外、也开路'。"另一位年长的老人气愤地说，他有些情绪激动，怒不可遏地向宋方祺诉起了缘由……

"因为他以权谋私、胡作非为，横行霸道、敲诈勒索、祸害百姓；大家为了咒他早死，死得快，给他起了个恶号'烂肠子'，背地里大家都这样叫他。"

"依仗他姐的相好姘夫，在衙门里当衙内的权势，给他花钱周旋谋取了个负责管理城里商贩、收银纳差、廛人的肥差。"

"以往大家是为了恭贺和寒碜嘲讽他，给他戴了个很优雅，与他姐夫相对称的高帽，说他姐夫是衙门里大当家的，人称'大衙内'，说他在外管理着我们那一大片地方，能左右上下、呼风唤雨，就叫他'大衙外'。"

"他很乐意接受这个'大衙外'的名头，自己也曾当众承认，并炫耀大衙内就是他的姐夫，如何如何地有功夫、有本事。自己理所当然就是'大衙外'，所以大家平时都喜欢这样叫他，他的真名已被人给忘了。"

"此人长得高高大大的，吃得银盆大脸、肥头大耳、腰粗腚圆，足有二百多斤重，活像个肉堆半垛子。"

"遇到年成好的时候，不饿肚子就已作揖谢天谢地了。一色壶（普遍）的到处都是身单体薄、骨瘦如柴的人，哪有像他这样的，所以他只要一出现，满街满路的人，都像看稀奇怪物一样看着他。"

"人的膘肥体胖都是吃出来的，他的饭量很大，顿顿离不了酒肉，晌午吃了这条街的餐馆，晚上去吃那条街的酒馆。不仅自己吃了分文不掏，还领着一帮不三不四的地痞无赖去吃去喝，吃饱喝足嘴一抹就走，走时还不空着手，拣好吃好喝的带回家。"

"这些开饭馆、卖吃喝的，既斗不过，得罪不起；又躲避扭转不掉，喊冤无门，只能眼睁睁地看着，被他们吃干喝干，要么关门歇业。"

"沿街做生意的店铺，他们能拿的随手就拿，如有不乐意不顺从的，他就立马狮子大开口喊价收税，唬得你不得不从。那些做生意、做小买卖的，真是苦不堪言、叫苦不迭，眼睁睁地被他们一直祸害，要么就是倒闭关门或迁走，销声灭迹才算了事。"

"他喜欢有姿色的女人，霸占多家有夫之妇，还强抢人家少女。害得我们那一带大闺女小媳妇常年不敢出头露面，有的小女孩还没等长大，就慌着嫁出去。"

"他敛财有道，请赌聚赌，不仅抽头，而且还向赢家索取分红。"另一个年纪稍轻一点的，看样子他有点等不及了，心中显得十分窝火地说：

"生意场之间、街坊邻里之间，发生的矛盾纠纷，找他评理论断，他总是用他那胖得肿合了缝的眼，很费劲地睁眼瞥你一眼；得了谁的好处，或是他喜欢的女人来说的情，他都会大而划之，信口雌黄，粗暴地下结论，说谁对谁错，就凭他那两片厚厚的嘴皮，一张一合算数。"

"你看他人模狗样五大三粗的，肚里没水，一肚子青苔屎，说话口齿不清，没有完整的句子。其他没啥本事，就是一个十足的害群之马。"

"我们几个作为大家推出来的代表，想请你帮我们写份状纸，大家联名告他，要不然我们就没有了活路，就这样下去会被他们害得更惨。"一起同来的另一个人，最后也说了话，看他的气劲，不亚于其他人，一直用恳切祈求的眼神盯着宋方祺。

"……"

"你们大老远来这儿找我，为什么要舍近求远，不就近请人代你们书写？"宋方祺用疑惑的眼神凝视着眼前的这几个人，询问他们。

"我们那里确有一位老夫子，写得一手好字，县太爷能相中看上眼，但这老夫子非常古板古怪，两眼只教圣贤书，从不过问窗外事。"一老者说。

宋方祺看着他们，个个都是一脸的无奈，在用乞求的眼神注视着自己，他心里感到义愤填膺，朗朗乾坤下，竟有如此的险恶之徒在残害乡邻。心里说：

如果父亲在职，我一定领着他们进京去告状，定把这害群之马铲除掉，还他们一方平安之地。

今天他们慕名远道而来找到了他，他深感自豪，义不容辞地想为他们伸张正义、除恶务尽，没有多想，当即表态，答应了他们的请求，并约定了以后与他们见面的时间、地点。

回到学馆，宋方祺没把替人家代写状纸的事告诉夫子，平时利用夜晚夫子睡了和夫子外出的时机，偷偷地替他们写好了状告也开路的状子。

状子写好后，他们为了感谢宋方祺，献上润笔的银两，宋方祺拒收，大家感情不过，给他买了一套上好笔砚送给他；状子很快就被递到县太爷的手上。

"好字，好字，一手绝妙无比、难得一见的上等好字，你看它字里行间，纵横交错、交相辉映，字字古朴蕴润、行行匀称有礼如貌；横看如春风拂柳、彩云飞渡；纵看字匀刚正、风骨飘然，飞流直下……"

"好字，好功底，一手一等一的神笔竹墨。"县太爷把状纸捧在手中，横看竖看、左看右看，爱不移手，嘴里一直在夸赞不止。

一阵欣赏夸赞之后，县太爷冷静地审视了状子的内容，发现状告的又是那个人称"烂肠子、大衙外"的也开路，立马喊来了大衙内，让他看看状子。不为恼火地说：

"又是你那位相好的小舅子，是你极力保举的他，给你添乱，给我添堵，不省心净惹事。听说他家有一个大院子，新盖了十多间房子，就这也不够，依我看也难能盛下，给他爹他娘他姐、他祖宗八代挣来的骂名……"

"大老爷你息怒，少安勿躁，我先去训训他，天黑后，让他来县衙，向大老爷您赔礼认罪。"

告状的结果很快出现了逆转，没能像告状人想象、企盼的那样："望大老爷匡扶正义、除恶务尽；严惩恶魔、为民除害；伸张正义、还百姓一方乐土、保一方平安……"

然而，在大衙内的操纵撮合下，他们这些告状的，被判为诬告陷害、聚众闹事，当堂杖责所有者每人三十大板，投进大牢，等候发落，并让他们招供出了书写状纸之人。

宋方祺很快被四个衙役官差找到，在私塾学馆里当场给他脖子上戴上木枷，两只手戴上桎梏被牵走。

老夫子因犯带徒不善，未制止阻拦、未向官府告发，而受牵连同谋同罪之嫌；当场随着宋方祺也被带走，后因学馆无人教授孩子们，众人出面联保，才从半路上被人拦截保释下来。

此时的老夫子，如庙里长草——慌了神，他到处打听和寻找常师傅的下落，结果得知他一时不在开封。他只好东一榔头、西一跟头地到处托人施救，最终还是劳而无功、徒劳一场。

官府判决他们：因犯诬告、陷害、聚众闹事罪；宋方祺书写状纸，缺查失实、盲从诬告，被判为同谋同罪，与主犯原告一样，发配关外漠北，劳教充军三年。

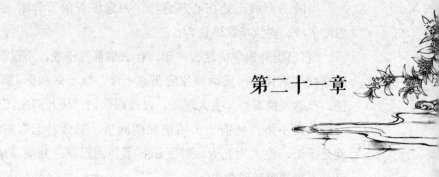

第二十一章

　　常继七在马草坡心目中的地位，各方面都已远远超过自己的爹娘，虽然他小的时候生活在爹娘身边，但刚刚渐大懂事有记性不久，就离开了他们。

　　来到常家学徒，生活在师父、师母身边，跟师父学做人、做事、识字练功、学手艺。

　　跟师母学做家务杂活带孩子，听其吆喝使唤，跟脚跑腿，得到了他们的呵护和疼爱，所以疏远了爹娘。

　　遵听师父所言，在去开封之前，必须回家一趟，看望一直使他们放心不下、儿女连心、牵肠挂肚的爹娘。

　　枣花出事后，家中担心害怕他一时想不开寻短见，或遭到其他人的伤害，曾来人找他回家，可他犟眼子，老公鸡屙屎——一硬头，认死也不回。

　　这下他们更不放心了，随后爹和大哥亲自前来，费了很大的折腾，最后才算找到他，要他无论如何也得跟他们一起回家。

当时马草坡正处在心灰意冷、万念俱灰的节骨眼上，态度生冷、固执卓犟地认为：

"自己出外做学徒这么多年，什么事都没干成，不仅没给家庭带来什么，反而给家庭带来不幸，让爹娘和你们牵挂，自感羞愧难当、丢人现眼，没脸跟你们一块儿回家。"

大哥不依，见他一头钻进死胡同里，怎么劝怎么哄，就是不听，他大为光火，伸手还打了他两巴掌，并恼羞成怒、不容置辩地对他说：

"必须跟我们一起回去，娘为了想你回家，已大病卧床不起，爹这次跟我出来找你，这几天就没有好好地吃饭睡觉，你看他现在成了什么样子了，还能承受多大的折腾？"

爹是一个性格内向、老实巴交、只会耕田种地操劳受苦的人，平时不善言语，自认为人微言轻，混得不胜人，不到万不得已，或实为恼火时，他的话就不多，但他要是真的说起话来，句句自有他的道理。

爹的脸色冰冷，紧锁眉头站在那里，他的身子骨显得很瘦弱虚脱，一直在翻眼瞅着马草坡，心想：

自他长这么大，从没舍得招过他一手指头，面对这么一个不听话不使劲的犟孩子，心里憋气恼火，本想伸手扇他几巴掌，见他大哥已经扇了他，自己的手抬几抬、伸几伸，一直就没有舍得抬起来，心有感慨不无心酸地对他说：

"事情已经过去，枣花是个苦命的孩子，但人死不能复生，虽说她活着未能成为我们马家人，但因你而死，已成为我们马家的鬼，我们不会忘了她……"爹的嗓子硬了，几颗实在憋不住的老泪，顺着干瘪如老树皮的眼角向下流淌，痛心疾首地说：

"以后逢年过节，常来给她添坟，烧些纸钱，坟旁陪她说说叙叙，寄托哀思就等于偿还我们对她的缺欠，这都是应该的。"

"我们也托人与常家商谈说过，想把枣花的坟迁到咱们那里去，结果，遭到常家人一口拒绝。"

"如你犟眼子撵她而去，谁还会来给她添坟祭奠送钱花，陪她叙话？难道你就忍心撇下我们，让我们白白生你养你一场？"

"眼下我与你娘年事已高，你娘心里放不下你，她由于思念过度，茶水难咽，现已卧床不起。我要来找你，你娘怕我身体不支，让你哥陪我而来，今儿个无论怎讲，都得跟我们一起回家看看你娘，让她省了这份牵挂……"

无奈之下，马草坡只得乖乖地跟爹和大哥一起回家看娘。走在半路上，天黑他们住店吃饭时，他从爹的嘴里得知娘的实况，只是心病，无什么大碍。

他要了个心眼，在饭馆里多要了几个菜，一坛老酒，出于对爹的孝敬和对兄长的尊重，一个劲地给他们敬酒夹菜，劝他们多吃多喝。

让他们喝起满上，满上又喝起，就这样把爹和大哥都给灌醉了，半夜时，趁着他们熟睡，又偷着溜了出来。

马草坡领着他的徒儿树凉儿回到家中，见过自己的爹娘长辈、兄弟姐嫂们，为了稳住他们，让他们先吃个定心丸，放出话，这次回来就不再走了，在家门口干。

这正迎合爹娘和家人的心意，大家在一起正紧锣密鼓地托亲戚、请媒婆，张罗着给他说亲娶媳妇成家之事。

爹娘逼他与人家相亲见面，他只好说："你们别慌别急，我准备给家里做点事，把这原来东倒西歪的破旧老房子推倒重建，等把房子建成后，到那时才提这事也不迟。"

嘴上虽是这么说，但他心里却是火急火燎地想即刻离开这里，一步跨到开封，眼下他只有抓紧时间把房子建成才行。

房屋建成后，按他所学的工匠手艺，把所有的门头窗户、房檐屋脊和屋檐翘首上，都雕刻安装上花鸟虫鱼、神灵兽首、仙台小跑。

房屋脱颖而出，而且别具一格，引得十里八乡的众乡亲们成群结队地前来欣赏观看。

这时的马草坡，趁着大家都沉浸在欢欣喜悦之中，想不辞而别，但他一直也在关注爹娘的言行举止变化：

发现爹与初回来时判若两个人，人也精神了，脸上时常带着笑，话也多了，与人说笑的底气也硬朗精神了。

住在宽敞明亮的新房子里，娘的心里真的是乐开了花，常常喜形于色，想想自己在娘家为闺女时，住的就是破旧的老房子，嫁到马家时也是老房子临时刷的新。原想这辈子到死也难能住上新房子，可没想到现在住上了，享了儿子的福……

人逢喜事精神爽，没有了以前病歪歪、面黄肌瘦，整日里药水不断、卧床不起、忧心忡忡的焦虑，人也精神腿脚也利索了。

马草坡看在眼里喜在心里，也忧在心里，他知道天下爹娘疼爱、牵挂儿女的心，没有扎针的空；他不忍心就此离开他们，让他们再次伤心、失落牵挂。

如果不出外，在家门口干这手艺活，也能养家糊口，但他实难推脱逃避爹娘提亲逼婚成家之事，不能呀，枣花因己而殉难，自己已发过毒誓，思量再三，还是忍痛割爱离家出外。

他把这几年省吃俭用挣来的手艺钱，除去这次建造房屋花销还剩下的一部分留给爹娘养老，拿出绘图画画用的竹笔，给爹娘留下了一封信：

"爹娘哥嫂在上，见谅我的不辞而别，只有这样，别无选择，我不能一直守候在爹娘身边，伺寝问安、尽孝送终；也不能遵听爹娘兄嫂之命，娶妻成家……"

"死者长已矣，我却独自苟且偷生地活在这世上，实属不该，如果这样做会愧对因我而死的枣花，于心何甘，也会被良心的亏欠折磨死的。所以我只有做个不孝的逆子，还是远离家门去外地做活，挣钱养活自己，这样我心里会感觉好受些，还有能活下去的勇气……"

"爹娘的事只有多劳累哥嫂你们了，我会不断地给家里送钱的，不孝之子草坡……"

马草坡早有心理准备，为了稳住爹娘，避开他们的唠唠叨叨、哭哭啼啼，很顺从地接受邻村三里五里、十里八村所需做家具或需雕刻安装门窗屋檐兽首工匠活的邀请。

利用做活的机会，他让树凉儿把自己所用的东西，全部从家中随身带在身边，等把活给人家干完，师徒俩不声不响地从人家那里，说走就走了。

家里人还以为他在人家那里干活呢，等发现他留下的信和银钱时，慌着去找，才知他们早已离开这里多日了。

按照上次与师父见面时的指引，马草坡师徒俩很快来到享有盛名的八朝古都开封。

先顺街溜看了半天，最后决定租赁几间房屋住下来，正式开张干起了他的木匠、工匠活。

自上次常师傅与马草坡在枣花坟地分手后，常师傅很快就回到了开封，几个月后，他满街满巷地到处在寻找马草坡，因为开封比较大，一时一无所获。

但他始终坚信自己的徒儿是一个诚实守信、说话做事让人放心的人，可能是家中有事一时拖延，很快就会来的……

常师傅一直没有间断停止寻找，如遇上下雨天不能干活的时候，就吩咐他的徒弟们分头去找。结果，有人发现了他租住的地方，按照常师傅的嘱咐，先不要打扰惊动他。

一天，一个穿戴讲究、打扮时髦、头扎方巾，方巾下飘摆着两条红丝绸带，脸蛋白净光滑嫩俏的人出现了。爹娘带给他的两只不停滚动的大眼睛下，衬托着一张讨人喜欢、会说话的大嘴巴，身穿清一色的青灰淡蓝色的长褂长裤。

长褂上缀嵌着双排五角梅花扣，下身的裤子，是一个大筒子裤，脚蹬一双敞口船头翘首镶金丝边的蓝布鞋，让人一眼就能看出，这是一位大户人家出外办事的小二哥。

小二哥找到了马草坡，装模作样地先把他租住的地方里外的摆设撸了一遍，然后又自报家门说自己是"老松口翠梧大庄园"的小管家二哥，来此传话，按照老管家的吩咐说：

"大庄园里的楼台亭阁、楼檐屋脊上的一部分雕梁画栋、翘角神灵兽首神物，有的已毁坏，有的残缺褪色已走样，需要修缮更新。"说到这，小二哥有意识地把话停了下来卖起了关子，用他那神秘兮兮、高人一等，不停滚动的大眼珠子，把马草坡从底至上过滤了一番，而后趾高气扬、摆起谱很傲慢地对他说：

"我们管家已看了你所做的手艺工匠活，认为不错，指派我来想请你去我们大庄园一趟，看怎么帮我们修缮换新，具体事宜，等你去了以后与我们老管家再议定。"临走时，小二哥拉长了脸，用鄙夷的眼神，不屑一顾地对他说：

"这是一宗大块头的工匠活，很多人想干都是求之不得的，你要好好地把握珍惜好，这场活干好了干下来，你以后什么就都有了。"

从管家小二哥的言谈举止中不难看出，这小子年岁不大，举止有度，说话字句清晰、言谈得体；识见不俗、略显精明。

马草坡很快跟随小二哥来到大庄园，经查看后与庄园里的老管家达成了修缮协议，最后老管家很严厉地对马草坡提出了具体要求和应注意的事情，并有些显山露水地对他说：

"有人举荐说你是曹州常家雕梁画栋、屋檐兽首、神灵瓦当工匠大师掌门人的门徒，常言道'名师出高徒，强将手下无弱兵'，有人看你做的工匠活比较细致规整，很有神韵气度，所以才让小二哥把你请来。"

"你也会知道，想来这大庄园里干活的人多得是了，如不是有人推荐保举你，就是数八百轮子，也不会轮到你干。你一定要珍重这次机遇，干出名堂来，让我们庄主、总管家满意了，少不了你的工钱，说不定还会额外犒赏你的。"

　　"另外，有些事情应该怎样做和这庄园里的规矩也应该让你早些知道。"老管家一直紧绷的面容，比刚才绷得更紧了，而且脸无血色、面露狰狞。

　　"来这大庄园里干活，叫你怎么干就得怎么干，不要问为什么，因为庄园的尊贵，要守庄园里的规矩，不该去的地方，千万不要乱走乱动，只能待在你干活的地方。不该问的话，不要多嘴打听，只管干你该干的活就是。"

　　"再者，你在干活的时候，有专人小二哥陪着你，他既是你的监工，又是你的联系人，如需用人手帮助，你就找他，这庄园里有现成的木匠、泥瓦匠师傅，他们随时都在听候你的支配。"

　　"需用什么东西，只需动嘴，让小二哥给你操办，你别看他人小，办事老成，可机灵啦。"

　　离开了大庄园，在回来的路上，马草坡刚才还在紧张拘谨、怦怦乱跳的心，这会儿感觉慢慢地松弛下来，心情为之一振，也在为自己窃窃自喜：

　　自己刚来开封还不到三个月，以上干的零碎活，只能维持生计，做梦也不曾想到天上会掉馅饼。有这样的大好事，真的是老天作美，师父的鼎鼎大名让我时来运转、洪福齐天；竟然做起了王府、现为老松口翠梧大庄园的工匠活……

　　我的亲娘来，不敢想象，这场活下来，自己不仅经济上翻了大身，有了底气，而且名声地位也会大增，开封就会有了属于自己的立足之地。

　　沣王府在建造的时候，是比较讲究美观大度、上档次的，请来了当时全国最有名气的设计、建造大师，按照王爷平时所见、所闻、心里所想，取众家所长，进行设计绘图建造的。

楼台亭阁长廊，屋檐上的雕梁画栋、神灵兽首等，当时都是从外地请来的名师大家，用料讲究规整，他们的技艺精湛；现修缮复制起来，有一定的难度，需要格外地用心。但马草坡心里不惧不怕，平时跟着师父干活的时候，很在意钻研其中的窍门，喜欢勤学好问，也可以说是他得到了师父的真传。

每到一处，都是让园内的木瓦匠师傅先搭建好脚手架子，然后马草坡顺着架子爬上去，查看、拆卸下已毁坏的物件，根据它们的木质、模样造型，进行配套还原、雕刻复制。

有时一件物件，稍有不中意的地方，不知要反复复制多少次，力求圆满、精益求精，然后统一油漆上光，与原来雕刻的神灵物种，合体、合群、合色，让人分不出新陈老旧的异样来，他才放心。

每天他们都是鸡叫头遍的时候起床，徒弟生火，师父做饭，随即就急急忙忙地赶往庄园干活。

晌午时，庄园里管顿便饭，晚上天黑后收工回到他们租赁的住处，师徒俩一个慌着烧火、一个忙着做饭，已成惯例；他们每天都是不知疲倦地去也匆匆、回也匆匆……

一天晌午吃饭时，平时的饭桌上都是馍就馍、饭就饭，或有一点打牙祭的咸菜和一盆灌缝的稀面汤。

今天的饭桌上多了一道奇特的菜，一个热气腾腾、香气四溢，让人闻香开胃动心、嘴上馋涎欲滴的大砂锅。

马草坡闻了香，有些存不住气了，立马站起来伸头向砂锅里看了看，随手拿起小铜勺子，在砂锅里搅了搅，一股清香扑鼻而来，他知道了，这就是他最爱吃的砂锅"小鸡炖香菇"。

他没敢动筷动勺，只是鼻子不争气，偷偷地闻着；他抬头用眼瞟瞟其他木工瓦工师傅的饭桌上，还是与往常一样，桌上没这道菜，他心里在纳闷，只好干瞪着眼瞅着它没敢动。

小二哥又端来一盘子炒菜，看着马草坡一手拿着筷子，另一只手拿着馍，拉长着脸，两眼瞅着砂锅在出神发愣，老远就嬉皮笑脸地催促道：

"马师傅快吃呀，还凝神干瞪眼看什么，这是我们庄主和总管家看你做的手艺活不错，说你辛苦啦，今天给你们加了几个菜，是特意犒劳你们的。"话音没落小二哥端着菜就已来到饭桌旁，立马改变了刚才的嬉皮笑脸，一脸正儿八经地对他们说：

"这是对你们的犒赏，你们只管吃喝，不必多嘴多舌，一切都要按老管家交代的那样去做。"

马草坡一边喝着鲜美可口的汤，一边品着香菇和鸡肉的美味，感觉自己心里滋润透啦。他吃着喝着，像是吃出来什么味道，两行热泪不知不觉地顺着他的眼角，夺眶而出。

"师父，师父，你这是怎么了？这么好的菜，怎么吃出了眼泪，这砂锅又不辣、也不麻，味道好极了。我长这么大，今天还是头一次吃，怎么把你吃哭了呢？"

马草坡不仅吃出了砂锅美味无比的味道，也吃出了他的伤痛，使他不由自主地又想起了枣花……

记得多年前有一回，师母让他背着东西，带着枣花去给她姥姥家送东西。临出门的时候，师母一再嘱咐，路上不要贪玩打岔，到那后也不要停留，吃过饭早回，免得家里挂念。

事与愿违，在回来的路上，枣花她那神神道道破小子的性格又犯了，先是一阵撒腿小跑，远远地把师哥撒在身后，等他即将靠近时，冷不防的照头就是一拳。马草坡一偏头躲过，紧跟而来的一个螳螂腿、一个乾坤腿；接着又是一通扫荡腿、布谷腿……马草坡几闪身连连跳起躲过，远远地退在一边。

枣花眼见这几招都没能奈何住师哥，她有些发疯耍赖皮似的又来了一通雷鸣电闪般的组合拳脚，马草坡都是一一地躲过、闪过、让过，从不与她还手。

枣花有些自鸣得意，误认为师哥只有招架、躲闪之功，没有了还手之力，非常幸灾乐祸地嘲笑他说：

"师哥，你不行了吧！我的功夫现在练得已经超过你了。"

枣花把师哥打了一通后，还有些玩兴未尽，看着路旁一排排高高在上的参天大树，不顾一切地扑上去，随意抱住一棵，纵身一跳往上就爬，爬了半天，使出了吃奶的劲，只爬了半截树没能爬上去。

因为树身太粗太高、树身又疙疙瘩瘩地不光滑，树皮扎人，实难爬上去。感觉在师哥面前失了手，她只好涨红着脸从树上下来。

顺着路一直往前疯跑，停到一棵小树旁，她二话没说，就蹭蹭蹭地没费吹灰之力，爬了上去。

过了很长时间，马草坡一直待在树下耐心地等她下来。看着她趴在树上，一动也不动，没有想下来的意思，就催她快些下来，太阳已偏西傍晚，天快黑了，要快点回家。

无论马草坡怎样催促喊叫，她却牢牢地在树上无动于衷，就好像马草坡的喊叫与她无关。

马草坡急了，开始时没在意，认为她趴在树上不下来是贪玩看景致，后来他感到有些不对劲。刚才还是这也不怕、那也不在话下，活蹦乱跳、咋咋呼呼一个十足的猛张飞破小子，可这眨眼的工夫，就如落地的秋蝉——哑了；这时才引起马草坡的注意。

他站在树下昂着头，看到枣花脸色嫣红，紧锁眉头，想哭不得撇嘴的模样，焦急地追问：

"天快黑了，还不快点下来！"马草坡见枣花还是没一点反应，心里更急了：

"你不急我还急哪，你不快点下来，不到家天就要黑了……"

"我……我……"枣花吭哧了半天，见师哥催得像火罐似的那么紧，只好红着脸，带着哭腔说：

"丢人了，我的裤子被树岔子刮袭了……"话还没说完，眼泪就已经从树上掉在了地上。

"裤子袭了哭顶什么用，不能老趴在树上不下来呀？"不论马草坡怎样哄劝和催促，枣花不仅不下来，反而哭声比刚才更凶了。

马草坡很无奈，瞅瞅天色渐晚，心急火燎地只好耐着性子，一边哄劝讨好，一边也带着哭腔对她说：

"我的主子，你是我亲娘生的大小姐，从今往后，你就是我的亲姐姐，天快黑了，回去晚了我的好事就来了，你也可怜痛快一下你的下人，快点下来吧，要不我这儿给你下跪了。"

虽然马草坡一通可怜吧唧的话没能打动枣花从树上立时下来，但她的哭声有了减弱，马草坡心想，这回有笛吹了，稍停了一会儿，又与她商量着说：

"姐姐你下来，什么都依着你，把我的裤子脱掉给你裹住。"

就这样又折腾了半个时辰，马草坡不知说尽了多少好话，枣花才不情愿地从树上下来，用师哥的裤子裹住她的大腿，慢慢地往家走着。

没走多远，又有事了，她感觉腿上裹着裤子有些别扭不好看，因为路上来往不断有行人路过，他们都很好奇地歪着头看她，气得她嘴一噘，一炮蹶子躲藏在沟边的杂树丛里，说等到天黑后才回家。

回到家，常府内外都已高高地挂起了灯笼，迎面而来的就是师母的一顿训斥：

"怎么到现在才回来？没长记性，走的时候我还一再交代，让你们早点回来，她人小不懂事路上贪玩，你还小吗？不让人放心托不住的东西……"

看样子师母非常恼火，一通训斥后，还有些气恼未尽，随手举起她早已准备好的一根树条子，朝着马草坡的后背脊梁上抽打起来，说是给他留下印记，让他以后长长记性。

事后，枣花自感心中有愧，只因自己顽皮不听话，给师哥带来了伤害和委屈。在一次趁她娘外出不在家的时机，她从厨房里要了一只鸡，让大厨把鸡剁成块整好放在砂锅里，然后放上香菇和大料，自己看着慢慢地炖好，让师哥尝个鲜，吃个痛快，也算是对师哥的一种补偿。

这么清鲜醇香、美味可口的一道大菜，马草坡平生第一次吃到，所以让他记忆犹新，时常想起，每次都是如润在喉、津津乐道、回味无穷，使他终生难以忘怀……

没想到多年后的今天，又一次在这里吃到了与上次如同锅同菜、同料同味道的菜，可怪异的是，就连使用的佐料包，还有大块的辣姜、大块的葱段，线捆的三指长的小茴香秸秆等，都是出奇相同，你想：

他的心中能不触物生情、浮想联翩、伤心落泪、追忆往事吗？难道这庄园里也有会炖这样的砂锅，一点不走样，味道一样纯真浓香如出一辙的厨师吗？……

让他捉摸不透、百思不得其解，只有藏在心底，心里又多了一份纠结和愁肠，加重了他对枣花的追念，同时也给他增添了心事、增添了无限的遐想与悲哀……

第二十二章

　　在工地上忙碌了一整天工匠活的常师傅，晚上收工吃饭时，心里像长草似的心烦意乱、情绪焦躁，眼皮老是跳个不停；突然间想起了宋方祺，饭到嘴边，立时没了胃口，心在琢磨着：

　　因有一段时日自己不在开封，回了趟曹州老家，已多日不见，想就近抽空去趟私塾学馆看看他。

　　一日，天气晴好，又到了一年的暮春时节，徐徐的季风，悠闲自在、轻舞缥缈、漫无边际地涌动着，涌动得满山遍野都是葱葱绿绿的。

　　常继七头顶迎着暖洋洋的日头，当他一脚刚刚踏进学馆的大门时，正巧迎面遇上了夫子，惊愕地发现，多日不见的夫子大变了样：

　　脸色蜡黄、黯然失色，两只眼睛深深地塌陷在眼坑里，情绪低落、萎靡不振；走路的脚步在微微发颤、神情慌张；人显然消瘦了一圈，也老了不少，没有了往日里的神清气爽、精力饱满、温和喜兴、让人可亲可敬的慈祥面容。

夫子迎见了常继七，就像见到了天神救星一般，慌忙加快了脚步迎上前，双手一把紧紧地攥住常继七的双手，生怕他别又走掉消失似的，情绪激动，有些悲惋地对他说：

"常师傅，我的常老弟，你今天就如天神下凡，终于舍福，御驾寒舍了……"话才刚出口，老夫子就已经悲愁垂泪了。

"老夫子别这样，我的仁兄，才几日不见，这到底发生了什么？看把你折腾成这样，让你伤心痛苦至极？"常继七连忙从老夫子紧攥的双手中抽出一只手搀扶住他，劝他别激动，有话回屋后慢慢才说。

"常师傅，鄙人对不起你，辜负了你对鄙人的重托，你把宋方祺交付与我，我未能给你尽责看护好，他出事了。"老夫子已老泪纵横、泣不成声了。

"老夫子您歇口气，咱不慌，您慢慢来，他到底出了什么事？"常继七心里猛地一惊，脸色陡然一变，不由自主地倒吸了一口凉气，但他又很快镇定下来，让人给夫子端来茶水，喝口水顺顺气再说。

稍息片刻，老夫子喘口气，情绪稳定后，他抬头打起精神，把宋方祺出事的前因后果向常继七和盘托出，最后还一再痛心疾首、百感交集、自感愧疚地说：

"小方祺出事后，我到处找不到你，立时没了主张，眼前漆黑、无计可施。我的门生有几个做官的，可他们都在外地做官，一时又都够不着说话，我是真的难为死了。"他喘了一口气，深感悲哀，很自卑地说：

"因为我是教书匠，平时我大门不迈、四门不出，从不与官府权贵往来，总认为世事炎凉凶险、人情冷暖多厄，为了免于事端，只有离而远之、少于接触；两眼只读圣贤书，教书育人，从不过问窗外事。"

"有时外出访亲会友，耳边时常响起官府黑暗盘剥、市侩险恶劣诈；我都是充耳不听、视而不见，只有'破帽遮颜过闹市、管他冬夏说春秋'。"

"小方祺入狱后，有人帮我打听到一些牢狱之内情，说有一个不成规的规矩，叫作犯人管犯人，他们恃强凌弱、弱肉强食，像小方祺这样的文弱书生，涉世过浅、不谙世故，更没有经历过这样的磨难，他只有受人欺辱、任人摆布宰割、挨打受辱饿肚子的份。我还听说，牢房里死人，常有的事……"

"得知这一内情后，我急得傻眼了，整日里焦头烂额、寝食不安，想了几个夜晚。为了让小方祺少受牢狱之苦，我一改多年不涉世求人的习性，后来通过熟人、学生的家长帮忙找门路引荐，给牢房的狱头花了银钱，求他多多给予照顾。"

"哎，你别说，银钱还真管用，后来我去探监，得知小方祺的处境，各方面都有了改变，但我不能救他，只能眼睁睁地看着他被官差衙役戴上枷板，发配充军，熬受三年劳役之灾……"老夫子说到这，已泣不成声了。

"老夫子，我的好兄长，事已至此，你也不要过意自悲自责，这事不怨你，也由不得你，是他不听话咎由自取。为了这孩子，您没少操心犯难、求人破费，已经尽心尽责了，我代表小方祺的爹娘和他的家人，表示谢意。"常继七见老夫子心理压力过重，有些不堪重负，只有耐心地劝解。

"常师傅，我的贤弟，你我兄弟一场，你信得过我，把小方祺托付给我，这孩子谙通诗书古理，娴熟书法真谛，品学兼优。由于老夫我一时的放纵，出现了祸事，我倍感羞愧难当，你今天竟跟我见起了外，说什么谢意，你这样见外，是在责怨、还是在羞辱折煞我老夫子不成？"

"别……别别……仁兄您是真的见外了，您老弟我是个粗人，说话都是实打实地不会拐弯抹角。"常继七只好转换了一下口气说：

"小方祺忘记了自己眼前的处境，不思安逸、引火烧身，怨不得任何人。"常继七一直是在细心地劝说和安慰他，想让他尽快地从眼前内心自责、不堪重负的困境中解脱出来。

"这些天我一直都在卓想，不仅想不明白，而且越想越糊涂，你说这是什么世道，皇上昏庸无度、官场黑暗、是非不分、黑白颠倒，酿成恶人当道、百姓遭殃的现状；官府已失去在民众心中的可信度，你说这世道真是无可救药……"

夫子嘴上气呼呼地唠叨着，心里却感到冰凉冰凉的，他喘口气歇了一会儿，又若有所思地说：

"正好今天你来了，咱们不能眼睁睁地看着小方祺再遭难受罪，应想法怎样才能救他。我准备给我的门生修书一封，让你的徒弟跑跑腿给送去，让他们想法施救，要不然听他们说，他会死在漠北的。"

"那好吧老夫子，咱就这么说，你准备你的修书，等会儿我回去，我也找我认识的熟人与她们商量一下，看她们是否有比这更快、更为简捷便利的途径，救他早日脱离苦海。”

常继七没敢怠慢，一路快步疾速地来到翠梧大庄园，私下里见到了田芗竹和枣花，并把宋方祺出事的前因后果与他现在的处境，详细地与她们诉说了一遍，随即还一再心急火燎地追问和催促她们说：

“这事如何是好，你们一定要尽快地想法施救，让他早些脱离苦海……”

客厅里一时出现了空前的寂静与沉默，而且寂静得出奇，唯独只能听到常继七那焦躁不安的心跳，在紧张地跳个不停。

大家相对矜持沉默了很长一段时辰，常继七心里像长了草似的着了毛，他静不下来，看着大家打的凉粉不吃——澄在了那里。他坐不住了，忽地从他坐的地方站了起来，打破了眼前的矜持沉默，有些急不可待地说：

“我看宋方祺，只有你们翠梧大庄园，才有既快而又有足够的能力救他出苦海……”

“我们咋该救他，他出事了与我们翠梧大庄园又有什么瓜葛？说句不好听的话，那叫活该、罪有应得！是老天爷开眼气不过，对宋家的报应和惩罚。”

田芗竹一反以往文静娴熟、温文尔雅的面容，立马变得面目赤红、冷若冰霜；话音未落就已不能自持了，委屈地噘着小嘴，两行晶莹饱满的泪珠儿，随着她那嘤嘤的哭泣声在不停地滴落，不无愤恨地说：

“他母亲已言明与我们田家断绝了关系，我已被宋家赶出了家门，让我们可怜他救他，他可怜过我们、想法救过我们吗？”

"我以上曾对你们说过多次，宋家的不是，应看在你三叔的份上，可小方祺是无辜的，不是大爹我替他圆和说好话，我们爷俩以上接触得比较多，在他的心里还是非常在乎你芎竹的。"常继七说到这，不无伤感地说：

"他常向我打听你的消息，也对我发过毒誓，一定要找到你，可眼下我所担心的是，他一个文弱书生，从小就娇生富养惯了，哪能承受了这样的苦难？你们大人有大量，不与他一般见识，要抓紧时间救他，晚了恐怕生出意外来，到那时我们后悔晚矣？"

"常老爹你偏心，老是替他圆和开脱。您说他在乎我，我们在他家住时，他从京城回来几个月，都不去见我们，最后还是我姐黑更半夜地强行把他弄来，也没见他说句宽心的话，暖暖我们伤透的心。"小芎竹的嘴比刚才噘得更高了，脸色虽紫尤红，记挂着满腔的怨恨。

"你们要知道小方祺是个知书懂礼、崇尚礼仪、品德优秀的孩子，不是一个不可理喻、不可救药的坏孩子……"

"那他也不该如此绝情寡意、乘人之危落井下石，把人害惨了……"爹的话激起了枣花的一腔愤懑。

爹的为人做事性格，枣花心里最清楚，他所要做的事，经过深思熟虑后，总喜欢雷厉风行，不喜欢拖泥带水。今见他情绪急躁、面容憔悴，平时不到万不得已时，是不会这样的，看来是他救小方祺心切，显得有些急火攻心，情绪反常，就慌着安慰他说：

"爹你少安勿躁，看把你急得脸红脖子粗，急坏了身体怎么办？"

"我能不急吗！你们都是我的孩子，不能眼睁睁地看着

你们出事遭罪，我之所急所担心的是，关外的漠北，那是
什么地方？一般人能去吗？更何况是犯人，我怕救晚了恐
他小命不保。"

　　常老爹的额头从来到现在自始至终都是紧绷着的，两
只眼睁得圆圆的，既有火烧眉毛的懊恼，又有企求的目光
在瞅着她们。他的脸色，一会儿铁青，一会儿黯淡无色，
在交换着变化，语气也随之变得生硬，不无悲哀地说：

　　"救人如救火，他不仁我们不能不义，眼下小方祺的命
就攥在你们手中，只有你们大庄园出面，才有足够的能力
救他出苦海，是死是活就看你们的了。"常继七心急如焚，
也不讲究那么多了：

　　"你们看在我的老脸上，绝不能袖手旁观、坐视不救，
要抛弃前嫌，君子不计前恶，一切都要往好处想；我也不
能舍近求远，再去麻烦老夫子兴师动众地让他的门生救他，
已经够麻烦连累人家太多了。"

　　"……"

　　"常老爹您消消气，别急坏了身子，您为我们的事操碎
了心，我们真的是过意不去。"田芐竹止住了自己的哭泣，
看着眼前一直是面目威严、寒脸失色、急不可耐，从始至
终没放下脸的常老爹，看起来也挺吓人的：

　　常老爹虽说岁数不大，脸上已开始过早地爬上了人生
的坎坷和辛勤劳累积累下来的印记，她不忍心让他一直这
样心神焦躁不安，心想，不看僧面看佛面，于是她说：

　　"常老爹，看来这事没个说法，您老会锲而不舍地责怨
我们，自然您老出面说了，这事庄园里会管的。"田芐竹稍
停了片刻，凝神贯注地看了看常老爹，心里不无委屈地说：

"为了这个不值一提的宋方祺，看把您急得、愁得、折腾得人都变了样，那好，这事只有这样了，您尽管放心等候我们的音信。"

送走了她们的常老爹，姐妹俩在一起琢磨着如何救他，又如何处置他。正如刚才她们的爹所言，大庄园确实有足够的能力去救他。

因为人常说"大树底下好乘凉，借着东风能行雨"，靠着郡王爷这棵参天大树，到哪里都是要风得风、要雨来雨，风雨不要了——就是一片蓝天。

以上听刘谷山曾经炫耀说起过：说地方上的这些衙门里的郡守、刺史、知县官老爷们，他们想巴结、贿赂、觐见王爷，都是抱着猪头进不了庙门，太多的都是通过刘谷山的搭桥牵线引荐，他们才能如愿以偿。

你想，让刘谷山出面去这些州府衙门，讲明所办之事，要他们立即携带卷宗公文，以本府衙重新审判为由，给他们出些银两作为路上盘费或花费，即刻就能带回宋方祺。

再说了，这又不是什么大不了的人命案，或是谋逆造反、不共戴天的大案，本来就是无罪没事的事，被胡乱判的罪，放了就了事了。

在那个君王帝制、权大于天的封建时代，头戴乌纱帽，手中有权，他们可以为所欲为、视人们生命为儿戏。有人说：

"路是弯的，理是直的；他们认为是错的，不懂规矩，少见多怪；理是弯的，路才是直的……"刘谷山一路顺风，他只不过是去了衙门口两趟，就不耐烦了。

第一趟去的时候，见过他们的大老爷，告知他所要办的事，这趟去的时候，他们还能看到刘谷山的脸上，尚有一丝薄如蝉翅般的笑容，这是给他们面子。

第二趟刘谷山又去衙门口的时候，就不比上趟了，他的脸上像是能拧出水似的那样——滴水滴水的。阴森森地看着他们，本来刘谷山的造访就已吓着了他们，人又长得比较高大、魁梧壮实，又有一身名气在外和过硬的好功夫，已瘆住了他们，今又见他冷冰冰地在追问：

"你们衙门还需要我再跑几趟，要我再等多少天才能放回宋方祺？我可再三地警告你们，这案子谁判的我可以不予追究，但你们怎么送走的一个完整的宋方祺，还要还我一个毫发无损的宋方祺，咱们才算了事。"

常言道，"纱帽底下无信冢——官不厉害衙厉害"；当他们第一次见到刘谷山后，就如庙里长草——慌了神；深感事情不妙，闯了大祸，立即派出快马携带公文，马不停蹄地日夜兼程前去漠北完结手续带人。

因为路途比较遥远，一时三刻是回不来的，刘谷山第二次没能见到宋方祺就动了怒，在衙门口里来了下马威。

刘谷山第三次领着常师傅，在衙门口里见到了宋方祺，人还好，有口气大样还在，就是人瘦得皮包骨头走了样，病兮兮的成了人干子。他不忍心看下去，只好转过脸来，强忍住自己心酸的泪水，悄悄地问刘谷山：

"大管家怎么不让我把他带回学馆养伤调养，依然还留在衙门里？"

"常师傅您有所不知，庄主和总管家另有吩咐，暂且留置在这，自有她们的打算，您今天能见到他平安地回来，就可足以让您老放心了。"刘谷山眼瞅着常师傅那一脸的悲辛酸楚和疑惑，为了让他宽心，也让他放心，又进一步地给他解释说：

"您只管把心装在肚子里，心没二烦就行了，今非昔比，留在这与回学馆一样，时间不会太长，在这会有人细心照应的。"

常继七见到了小方祺，一身的心病瞬间好了八九成，他刚才听刘谷山话里有话，说她们另有打算，他有些心不甘地又悄悄地来到大庄园，想探知为何。

一路上他满心的喜悦，藏不住也掖不住，都挂在了脸上，见到了她们，自然而然地笑逐颜开夸了起来：

"我的两个好闺女，你们是真的长大有了本事，我就说嘛，你们是有足够能耐办成这件大事的。在来的路上我一直在想，我们兄弟仨能走在一起，这也是上苍给我们注定的缘分，如今他们两个有了坎，就剩我这个没用的老大在这世上摇来晃去的，没操好你们的心，我是有罪过的，等以后见到他们，我定会向他们赔罪认错的……"

"爹您别光顾得高兴说不完的话，我们还有事要跟你说呢。"枣花看着她爹那气定神怡的满脸笑容，连忙打断他的话，虎着脸，一脸的认真，从她的鬼脸眼神中就能看出，像藏着掖着什么秘密似的说：

"爹您这次不要护短偏心眼，他们（宋方祺、马草坡）是您的孩子，我们也是，您得替我们做主，主持公道，平衡这事。"

"嗷，这话怎讲，要我怎么做才算是平衡公道？"

"我们姐妹俩说了，眼前二叔、三叔他们有了灾难，我们的事全都落在了您一个人的身上，我们也能体谅到了您护犊心切的良苦用心，虽然我们心存芥蒂、满腹怨恨，也等于是空留余恨，将来你们三兄弟见了面，二叔三叔他们都得听您的，我们无话可说也得听你们的，但绝不能便宜了宋方祺那小子。"

"嗯？"

"为了抹去和消除我们心中因他所造成的耻辱与受到伤害的阴影，让他觉觉烧，背信弃义、乘人之危、落井下石的势利小人，对人家的伤害是要付出代价的。"田苎竹说到这，正眼看了看常老爹一眼，一改往常的温柔文静，话里带气地说：

"我们把他从死人坑里救了出来，死罪已免，但他活罪不能饶，三年的充军劳役，让他在我们庄园里服役三年。"田苎竹缓口气，定了定神又说：

"听刘谷山说过，以前曾有人花钱买通官府，把充军的犯人赎回来，放在王府里服役。"田苎竹一直在不眨眼地瞅着常老爹，也不在乎他心里怎么想、怎么在责怒自己，于是又加重了语气接着说：

"他要知道自己是一个犯罪之人，作为犯人，在这庄园里服刑，服刑要守服刑的规矩。这规矩以后老管家会告知他的，就这也是全看在您老爹和三叔的尊面，让您救了他的小命，给他捡了个天大的便宜。"

田苎竹时刻都在注重着常老爹一举一动微妙的变化，脸上的皱纹一松一皱的，一直是寒着脸，两眼不停地眨巴着，她也没在乎这些，心想管他愿意不愿意，不容置辩地继续又说：

"常老爹，我们都是您的孩子，要一碗水端平，您也替我们想一想，我们受辱遭罪是怎么过来的。我们姐妹俩商谈过，我们的终身，父母之命难违呀，将来最终还是你们三个爹说了算，正好借这天赐良机，也让他尝尝受辱遭罪的滋味，方可摈除我们心头之恨，以后他会知道这是为什么。"

"要不……如您老人家不愿意，那就让刘谷山再去衙门一趟，让他们还把他送回那老地方去……"枣花看她爹沉默不语，心事重重地正犯着难，就有意识地挑衅她爹，想看她爹的笑话。

"别……别别……愿意愿意，我们都愿意……你们别再吓唬您老爹啦，可你们也不能过分地难为他……"

"在这我可以向您保证两点，一是没有生命危险，吃住没问题，不会让他饿着冻着，也没人刁难折磨、欺负他。"

"二是，如果您老对他不放心，可以常来看他，对我们不妥或出格的地方，可以提出来予以更改。"

"这个爹您就只管把心装在肚子里，放一百二十个心好啦，不仅仅只是您知道疼他护他，还有人你看她现在气得火喷喷，仇深似海、水火难容、不共戴天；但她心里比您更知道心疼。"

枣花看她爹一直在迟疑发愣、心里纠结犯疑，对这事还是忧心忡忡放心不下，连忙插嘴，打消了她爹的胡思乱想，也羞得田芎竹远远地退到了一边，娇柔嫣红的脸上布满了羞涩，她不好再说些什么，最后还是枣花再三地嘱咐她爹说：

"这事就如东汉时杨震与王密的一段妙语对话'天知、地知、你知、子知'，也就是说这事只有天地神、您我她

我们爷仨知其秘密，不得走漏半点风声，就像我们以往对
待我师哥那样，保守秘密，到一定的时机，还是爹你们作
主。"

第二十三章

　　翠梧大庄园，本来就是一座恢宏的达官贵人的深府大院，往日里门庭若市、车水马龙，出将入相、官宦云集，权力达到了高峰的王爷府邸，是让人望而生畏、可企不可及的地方。

　　而今虽已改换了名头，但大庄园的深奥、神秘尊贵的面纱，一直在笼罩着这块风水宝地；王爷的威名，依然昭然固我，依然威震四方，已深深地烙印在这块土地和人们的心目中。

　　初入大庄园时，马草坡也被这里的威武壮观、宏伟大气的气势所折服。别说是老管家与他约法三章，丑话已说在前头；另有小二哥小管家寸步不离左右的看守监督，就这气势派头，放开量让他随便，借几个胆给他，他也不敢在这大庄园里胡乱走动，生怕招惹麻烦，弄丢了自己的活路。

　　另外，在他初入师门学徒时，师父就已定下了先学做人、后学手艺的师德师门师规，时刻谨记手艺人的师德名声重于一切。

如不是天降洪福，师父常家的大名在外，成全了自己，走了一步大运，来此大庄园里做工匠活。否则，别说你做梦不敢想，就是死了下辈子托生，也难能来此庄园里看上一眼或走上一遭。

自己已暗自发誓，一定要以百倍的精力，精益求精、百折不扣地干好这场大活，决不能给师父名声抹黑。

一天，马草坡蹬着脚手架子，很快攀爬上了花园里一处八角花亭阁楼，正在拆卸阁楼脊檐翘首上毁坏的神兽，无意间抬头看到从远处花园里的石条小路上，正迎面向这里走来一个人。

他定神细看了一眼，顿时惊骇得他睁大瞪直了双眼，心跳加快，呼吸急促，浑身发颤，脑袋"嗡"的一声瞬间就大了，额头上豆大的汗珠不停地向下滚落，惊愕得他嘴不由心地破口而出：

"我的娘来，这个人，长得太像枣花了……"

马草坡有意识地格外抓紧站牢脚手架子，用力地眨巴了几下自己的眼皮，感觉自己的眼睛还好使，魂魄还在，发现迎面姗姗而来的这个人，来到近前的一个路口，很快右转弯侧身拐去了另外一条路上，又姗姗而去。

看脸面，白皙洁净方正、光滚漂亮、英俊帅气，一个十足的美小子；如果夕时的潘安、宋玉他们还活着，见了他，也会把他们气死几个来回。

看那人侧身转去的瞬间和转去后渐渐远去的背影，一颦一蹶的走路架势，再熟悉不过了，就是一个活生生的枣花，从自己的眼皮底下走过，他没能看够也没看过瘾，那身影很快就消失在自己的视野外，这难道就如人家传说的如佛所言：

"这就是前世五百年的回眸，换来的今生一目相望、擦肩而过。"自己的魂魄也随之而去了……

可惜……可惜呀……这个人是个男的，难道他与枣花是双胞胎兄妹或姐弟？不可能！我在常家学徒十几年，从没听师父师母说起过。

难道这天底下就有像大家平时所说所调侃的那样，真有一个模子刻出的两个长得一模一样的人？

马草坡不仅仅是蒙了，也感觉自己的头脑涨得比笆斗还大，虽没喝酒，却感自己醉晕得不轻，实在是支撑不住，他病了，连睡了几天几夜都没有清醒过来。

徒弟树凉儿慌了手脚，先去庄园里打声招呼，然后请来郎中，给师父诊治，煎药熬汤、跑前顾后地忙个不停，但他心里清楚：

师父这健壮、强悍的体魄，轻易是不会得病的，可他现在得的是一种让人不宜医治的心病，也就是人常说的"相思病"。

望着师父那紧锁的眉头，他有些忧心忡忡；几天来师父不睁眼、不开口，昏昏沉睡一副苦不堪言难受的样子，树凉儿心里心疼得难过死了，眼角整日里无声无息地向下不停地滚落泪水。他守候在师父身旁，一边端茶递药伺候着，一边又自寻开心，有话无话很刻意地陪着师父聊着：

"常言道，'人身上有病，郎中能治，心里有病，神仙也无奈'，请师父饶恕您弟子我信冡，言语多有不恭，在您面前跟您逞脸子，耍小孩子气，您得的不是一般的病，而是'相思病'。"

"以前，我在寺院里常听禅师坐禅时说：'人活着就是为了一种精神（一口气）；人的精神支柱，是魂魄、是梦幻，是一种强烈的想梦想成真的神来之气的劲头；人无梦想、希望泯灭、万事皆空'……"小树凉儿越说越离谱，他认为越云天雾地的调侃，越能给师父开心、治他的心病：

"我也真想醉生梦死一回，做个好梦，梦上自己受神仙点化、指点迷津，我怎么才能羽化成仙；听唱大鼓书的说：'黄粱美梦说想做这个梦的人，不是想升官，就是想发财，我头小，没那本事做这样的梦。'"

"还说什么梦周公，你想大家都去梦周公，他能让这么多的人梦得过来吗？我看我也是挤不上槽（挂不上号），虽说梦不上周公，但梦周公的兄弟，或他的邻居还可以吧。"

"这个枣花师姑虽说我从没见过，自从我上次偷着跟您去了趟她的坟地，从那以后，我经常听您在梦里念叨她的名字，一直这样下去，会把您折磨坏的，这不，您已经生病了。"

树凉儿一边小心翼翼地跟师父聊着正事夹杂着调侃，想让师父开心想开些；一边用眼瞅着师父那一直紧闭着的眼睛，脸上没有迁怒他多嘴多舌的意思，他的胆子又大了起来：

"古之常理，人死不能复生，追忆和思念您难分难舍的人，是人之道义，但不能过分地放不开、搁不下呀，这样一直下去会出事的。"

"听您说过，您的小师弟想头曾代她之言劝说过您，要您好好地活着，活出个人样来，这不仅是给她看，也是给世人看的。"

"只有这样，枣花师姑的在天之灵才会感觉她死得值，你活着有人陪她说话，她就不会孤单，幽望就不会破灭。"树凉儿滔滔不绝地说着：

"眼下您已接受并干了这么多天，来之不易大庄园里的工匠活，决不能因病不起，一蹶而不振前功尽弃呀！"

"唉……"

树凉儿见师父从嗓门里"唉"地哀叹了一声，睁开眼瞥了他一眼，然后又很快闭上了，可他那眼角流淌的泪水没能控制住，一直顺着眼角向下滚落，他只好怯生生地安慰他说：

"师父，如果您心里觉得憋闷委屈、难受想哭，要么您就放声地哭一场，淌淌眼泪，透透心底中的憋闷，这样您心里就会感觉轻松得劲好受些……"

"傻小子你要我哭什么，又在拿师父开心出丑？"

"您虽没哭出声，这几天您一直在默默不停地淌眼泪，看您这枕巾都湿了一大片，您还不好意思承认嘴硬……"

徒儿见师父几天几夜不睁眼不开口一直昏迷不醒地睡着，心里怪着急害怕的，现见师父已睁眼说话醒了过来，心里感觉美滋滋的，就是遭他几句屌烟（训斥），心里也是得劲的，感到值得。

树凉儿是个很会说话，善解人心病的徒儿，这时的马草坡睁开他那惺忪、模糊不清的泪眼，用眼瞟瞟这几天一直忙着的徒儿，正用企求渴盼的眼神，眼泪汪汪地蹲在床前看着自己，心里在想：

这孩子从小就流落街头，吃尽了苦头，也倍感人世间的惨淡荒凉，为了自己不被饿死，不成为与人抢食的眼中钉被人打死，他学会了说话，说好听的话，善解人意、善结人缘，也学会了讨好奉承人。

刚才树凉儿的一番话，句句都说到了自己的心坎里，感到自己心里咯噔一下，眼前豁然一亮，脑门转了一个弯：

"我不能倒下，要振作起来，还有大事等着我去干。"马草坡从床上一骨碌坐起，感到自己眼前一片漆黑，头晕目眩，天地都在旋转。稍停了一会儿，略感好些，睁开眼，让树凉儿即刻撤去了眼前的汤药，端来饭菜，不仅要吃好喝好，而且还要打起精神把大事干好……

与往常一样，马草坡师徒俩，还是起五更爬半夜，日出而作，日落而返，天天如此，乐此不疲，忙忙碌碌的。

忙的时候，什么也不去想，也顾不得去想，累了困了，只要回到家，丢头就睡，只有这样来冲淡对枣花的思念，过了一段紧张而又繁忙的日子。

然而，一旦有了闲暇，心中相思的老毛病又犯了。他感到自己虽生犹死地活着，心里难以承受的病痛，在无情地摧残和折磨着自己。像他这样思念枣花之情，早已切心入肺，盘踞在心底，一时半会是不容易割舍的。

特别是砂锅的味道和这个与枣花模样相像的人的出现，使他动了深思，加重了纠结，他的心一直弯（停留）在这事上，纠结不下，心里老是在犯想：

这个能在花园里随意走动的人，必定与庄园里有着关系，会有人认识他的，但转而一想，自己与人约定在前，是决不能随意打听寻问庄园里人和事的。

马草坡绞尽脑汁，思量再三，最后决定走步险棋，先从小二哥身上下手趟趟深浅，看是否能对此探知一知半解。

利用两个夜晚的空闲，马草坡精心描绘雕刻、打眼钻孔、打磨镶嵌上彩，制作了一条精美的工艺品大帆船，让徒儿赠送给小二哥，作为两个小伙伴交好相处的见面礼。

又过了几天，马草坡利用夜晚的工夫，挑灯夜战，给小二哥又精心雕刻、加彩制作了一对连体，手一触摸或一拉绳子，就会摇头摆尾、挺腰翻滚、活蹦乱跳的木偶金色红鲤鱼，喜得小二哥拎在手中，爱不释手，嘴张咧得比裤腰还大，喜得他半天都合不拢嘴。

贪玩好奇之心是孩子们的天性，当小二哥正玩得开心忘乎所以的时候，这时的树凉儿，他心有灵犀一点通，按照师父交代的意图，与小二哥套起了近乎，转弯抹角地试探他，可还没容他把一句话说完整，可就惹了骚……

鬼精鬼精的小二哥，陡然间停住了脸上的嬉笑，像是着了魔似的，即刻把手中的玩物扔向树凉儿，把在一起正玩得欢心起劲的树凉儿，当场吓得一大跳一小跳，看着小二哥吹胡子瞪眼，横眉冷对地在迁怒直视着自己，心想：

我的乖乖，这家伙怎么啦，转脸无情得这么快、这么突然？以上见过太多的哭脸鬼脸、阴阳苦瓜脸、二半吊子脸、妖魔鬼怪龇牙咧嘴判官脸……却从没见过像他这样的"牌九脸"，然这牌九脸也只能一盘一局一变脸，这还不够一盘一局怎么就翻局变脸了呢？……

小二哥没咋迟愣，虎着脸，两只鼓鼓翻滚在外的大眼珠子，一眨不眨地怒视着眼前的树凉儿，有些气急败坏，很傲慢霸气地对他说：

"你立马过去告知你师父马草坡那小子，你俩穿一条裤子，一个鼻孔眼出气，狼狈为奸、沆瀣一气；我不会兽医——也知道你驴肚里病，想设套算计我，我警告你们，即刻收手、了事烟息！"小二哥满脸余怒未消，还在抖威耍风：

"只有老老实实地把正事干好，别把点子想歪了，再打我的主意，让他趁早死了这条心，你们不该问不该打探知道的；不该我说的、做的，打死我也不能乱说乱做，这是我们做下人的规矩，也是我的饭碗子。"小二哥说着说着，黑着的脸上，露出了一丝笑容，有些庆幸、沾沾自喜地又说：

"幸亏自己头脑灵活好使，知道你们所使，必有所求，及早发觉你们在打我的鬼主意，庆幸没有吃亏上你们的当。"

师父的良苦用心所托所使，难遂师愿，树凉儿虽说肚子气得鼓鼓的，想要找小二哥恶心寒碜他几句，或者揍他几拳；然而，师徒俩很快都有了悟性，也都意识到：

因为他们现在寄人篱下，凭手艺卖工挣口饭吃，谁也不敢得罪，而且谁也得罪不起，心想：

你别看他人小，小样不咋的，也不是想奉承他，在大庄园里混世见多了，可他的嘴大着呢，估计他的头发丝都是空的，随意捡一根，都可当小响（哨子）吹，也可能他的心都是七巧玲珑心……

别无他想，勿忘他念，只有一条，万念不忘其词，只有一老一实、稳稳当当地干好手艺活，才算是正事。

第二十四章

　　这段时日里，宋方祺被她们羁押留置在衙门里，常继七虽说他哑巴吃扁食（饺子）——肚里有数，但他也被搅弄得心神不安，一直是吃不香睡不沉的，干活时丢东忘西的，有些神不守舍似的，就如十五只水桶打水——心里七上八下的……

　　还好，衙门里很快传来音讯，事已办妥，就按庄主和总管家的意图，要常继七把宋方祺从衙门里接回送去大庄园。

　　四更天的钟声刚响过，常继七就已没有了睡意，心劲提地慌着起了床。望着屋外灰暗潮湿、雾气蒙蒙的夜空，天庭上布满了星星，农历二十几后半夜的小月牙，这时还孤单单、冷冰冰地倒挂在西边的天庭上，闪闪地发出一丝微弱的亮光，在昭示着让人们注视着她的存在。

　　常继七心里落了点，他没有声张或张罗其他人，自己动手加料喂马，然后套车，这是几天前就已经说好定下的日子，刘谷山从庄园里直接骑快马去衙门，常继七从他租住的地方也直接去衙门，约定好在衙门里会面后，接回宋方祺送去大庄园。

在去往大庄园的路上，常继七面容憔悴，心情沉重，脸上始终挂不住笑容。他一边赶着马车，把事情的来龙去脉简单地向坐在身旁的小方祺说了个大概，随后又一边语重心长地嘱咐他说：

"小方祺，有些话你常老爹一句两句，一时半会儿也难能与你说个彻底，等以后有了机会，就是不说你也会明白的。今天能把你从那遥远的大荒漠里救回，将三年的充军牢苦、劳役之灾改换成在大庄园里干三年苦工，这也是大庄园鼎力施救，花钱保释，把你赎回来的，应感恩再戴人家。"

常继七赶着他的马车，小心翼翼地越过一段低洼毁坏的泥巴路，来到一段平稳的路上后，又一边赶着车，一边接着又说：

"虽说去大庄园里也是干三年的苦活，但这大庄园与那关外充军的地方相比，会有天壤之别，以后你会深有感触的。"

"原来我所担忧困惑的是，那里不是人人谁都能去的地方，不仅环境险恶、气候恶劣；人无人伦、野性残暴；而你单薄文弱，恐难承受了，怕你小命不保。"

"这下好了，最起码生命没有危险，离我们家门口比较近，我也可时常来看你，我这一颗一直悬着的心也算是有了着落。"常继七一边说着笑着，一边不无感叹而又自责起来说：

"嗨……我无能，也是个没用的人，辜负了你爹的重托，没能照看操好你，真的是愧对你的家人……"

"常老爹您别这样说，这事一点不怪你，也怪不得任何人，是我自己年少毛嫩、不谙世事，没能时刻谨记您的教诲，以老纯稳地帮夫子做事，渡过眼前的难关……"宋方祺感觉自己的肠子都已悔青了，不为恼火自怨自暴地说：

"一时气盛，没考虑后果，犯了大错，给您和老夫子带来了麻烦和伤害，实感有愧，吃苦遭罪是我自作自受、咎由自取。"随着话音宋方祺已泣不成声，他那悔恨的泪水，如同房檐雨水，源源不断地往下滴落流淌。

"三年的劳苦，你要有心理准备，不过，你不用怕，以后不论遇到什么困难，一定要坚持住，更不要胡思乱想做傻事，三年的时日很快就会过去，大爹我会常来庄园看你的。"

"通过这件事，我与庄园里他们混熟了，他们都喊我常师傅，关键的时候我会帮你说话的。且要记住，遵守庄园里的规矩，按他们所说所使去做，千万不要再生事端……"

来到庄园，老管家领着宋方祺来到一处四合大院里，院里住着很多庄园里的下人。

老管家给宋方祺特意安排了大院里一处单一的独门小院，院内有两间通道连在一起的住房，一间是睡觉的地铺，地铺上是空的，让人很快抱来麦秸杂草，送来了铺盖用品，另一间是空的。

老管家斜愣着眼，瞟了一眼一直傻愣地站在一边，失魂落魄、呆头呆脑的宋方祺，绷着他那一贯对待下人从不见笑、也从不待见人油光素面的圆脸。

脸上原来搭配固有的眼睛、鼻子、耳朵、嘴巴，就好像能随意变换位置角度似的。在他说话，特别是在训斥人的时候，它们都能上下、左右相互协调、遥相呼应，帮衬着他的那张圆脸。

用他那一贯对待下人高高在上、霸道惯了的腔调，两眼斜睃着宋方祺，恶狠狠地对他说：

"你是个犯人，不同于一般的下人，来到这里也算是你烧了高香，祖上有德，走了大运，遇上了我们的庄主和总管。他们宅心仁厚，把你从那鬼都少去的地方，费尽了周折，花钱保释把你赎了回来，在我们大庄园里干三年的苦工，抵消你三年的充军劳役徒刑。"

"但你要知道，无规矩不成方圆，这充军劳役有充军劳役的王法律条，那是不容触犯的，要么就会要了你的小命。"

"这庄园也有庄园的庄规戒律，如要触犯了，轻则把你送回那老地方去，重则庄园里也会要了你的小命，因为犯人就是罪人，宁可错杀、不可错过；你要俯首帖耳、老老实实地遵守庄园里的规矩，本分做事，接受三年的服刑劳役，如不出任何差错，你才能从这里脱身走出去，这就是正道。"

说到这，老管家厉眼厉色、咄咄逼人地从那间屋来到这间屋，用手指着屋里的那张刚刚搬来的长条平板桌面说：

"听说你写得一手好字，这就是专门为你预备的，以后庄园里有什么喜庆，需写什么匾联请柬、信函往来；或逢年过节的，需写门联对联什么的，一定要发挥你的能耐，让我们开开眼，不能枉费了大家的良苦用心。"老管家露出了他那似笑非笑，一闪即逝的苦笑面容，而又阴阳怪气地说：

"对于下一步让你干什么，我自有安排，但我正儿八经地警告你，这小院就是你的囚室牢房，平时会落锁，铁将军把门，你只有老老实实地囚在里面，不许乱动，有活干的时候会来人找你，结束后有人还会把你送回这里。"

老管家也是一位知识渊博的饱学之士；当年他曾陪伴王爷多年，遵照王爷的指令，待人接物、迎来送往；他久经官场，学会了八面玲珑，会看风使舵；道业非常厚重的老管家；王爷在这王府的时候，他是一位红极一时、炙手可热的人物。

当天傍晚，就有一个女佣管家打开门锁，喊出宋方祺，跟着她不知过了几道长廊，转了几道屋拐，最后来到一个大灶房屋里，先用手指着两口特制的大锅灶和一口略小一些的小锅灶告诉他说：

"用这里的水桶，从院子里的水井里挑水，把这三口锅都倒满水，用柴草把水烧热。"女管家说着，转过脸去，指着台架上摞着一包一包的花草药包说：

"以后每次烧水的时候，这两口大锅里是给庄主和总管家烧的洗澡水，每口大锅里放一大包草药。小锅里每次放一包配制好的小包草药，是给他们烧的洗脚泡脚水，你要用心，注意水温火候适中。水烧好后，你就坐在这儿等着我来。"

一个多时辰后，女管家来了，试过水温后，让他挑着热水，紧跟在她的身后，最后来到一大间封闭严实的洗浴房间里，给两个沐浴缸里挑满热水，给两只洗脚桶里倒满泡脚水。

女管家从她拎着的小花筐里，随手抓起一把零陵香草、藿香草、牡丹、芍药、海棠花瓣等，抛撒在浴缸里。稍后，女管家立马拉下脸，冷冰冰地对宋方祺说：

"你把水桶放在这，明天早上我去把你领来，把这洗澡水泡脚水挑出去倒掉，现在这儿没你事了，我送你回去。"走在路上女管家板着脸，一字一板地暗示主子对他的警告：

"这里是过去王爷千千岁居住的寝宫内府，现居住着庄主和总管，这儿不是谁想来，说来就能来的地方，有些话老管家已交代警示过你，但我还要再次提醒你。"

"一定要遵守庄园里的规矩，走在路上不要抬头东张西望，只管随着我低头走路，不该你看的你看了，会有人在高处监视着你，小心挖了你的眼珠子。"

"让你在哪里等着，你只有闭着眼或是耷拉着眼皮在那里坐成坑或站成井地在那待着就是。要么麻了你的蹄爪子，如不守规矩，小心要了你的小命……"

第二天早起后，女管家过来让宋方祺把昨晚挑去的洗澡水、泡脚水挑出去倒进下水道，然后挑来井水，把浴缸、泡脚桶、马桶刷洗干净，放在外边阴凉处晾晒。

早饭后，来人打开宋方祺所住的房门，领着他让他拉着粪车先去打扫女茅房。

一长溜足有五六间房子那么长的女茅房，来人告知他怎样清理打扫，自己捂着鼻子远远地站在一边，在那里看着吆喝着有人在打扫茅房，不让靠近。

宋方祺把茅房里的大粪，用粪勺子一个洞一个洞地掏舀出来装在粪桶里，然后倒进粪车箱里；接着一个洞又一个洞地用清水把粪池冲洗干净。

屎尿的腥膻、沤臭味，熏呛得他不停地咳嗽呕吐，早上刚吃进肚子里的东西，很快被呕吐出来，两只眼也不听自己的使唤，眼泪哗哗地一直淌不够。

粪车装满后，来人在前边带路，宋方祺把粪车拉到一处僻静的粪池边，把粪倒进粪池里。拉完粪便拉尿水，拉完女茅房拉男茅房，最后把粪车粪桶拉到水沟边刷洗干净。

屎尿的恶心沤臭味熏呛得宋方祺没了胃口，吃不下饭，一连几个夜晚，都是暗自偷偷地流泪，哭了几个半夜。

他想逃出这个地方，让夫子给他的门生修封书，在他的辖下谋个吃饭的差事，但他转而一想，自己是个犯人，逃跑就等于是越狱，被他们逮住是要砍头的。

他也早就有耳风，说这个大庄园不仅封闭严实、把守甚紧，而且保镖多，实难逃出。

他想到了死，心里掂量来掂量去，又不忍心丢弃常老爹这么多年为了他的事，跑上跑下费尽了心血，怕愧对了他们，也不忍心丢下自己的爹娘和亲人。几年没见他们，也不知他们现在到底怎么样了。思来想去，好死不如赖活着，硬撑着，撑到哪一天是哪一天……

半个多月后的一天，常继七赶着马车，车上拉着宋方祺存放在老夫子学馆里以上使用过的东西，还有老夫子赠送给他的纸墨笔砚和书籍，晌午时来到了大庄园。

宋方祺刚好拉粪回来，进得大院，老远就看见常老爹正从马车上往他住的屋子里搬东西。人还没到，眼泪就如决了堤的河水，顺流而下，大老远就已经听到了他的哭泣之声。哭声很快惊动了大院里的人，他们都慌着出来想看个究竟。

"别这样，有话跟我慢慢说，哭什么？你看这大院里住着这么多的人，都在看你笑话呢，多大的人了，还能像三生两岁小毛娃那样，眼泪就那么不值钱，说哭就哭了……"

常继七寒着的脸上看不到一丝笑容，翻眼瞅瞅小方祺那悲声凄凄、泪眼愁眉，哭得像个泪人似的，他心有所触。当着大家地面，脸上只好搭配着微笑，像哄小孩似的一边哄着劝着，一边安慰他来到屋里，等其他人都走后，立马拉下他那紧绷的面孔，冷言相斥：

"看你出息，多大的人了！就只知道哭，不就是干的活脏点、累点吗，有什么大不得了的，还值得你伤心落泪。"常继七换口气，没好气地说：

"你从那关外荒漠里回来后，人瘦得皮包骨，肩膀头上磨破了皮，见你时，还长着血疤没好清，咋都没听你龇牙缝干号过?!"常继七心里想发火，但他一直控制着自己，说：

"你常老爹我小的时候，那时我还没有你现在这么大这么高，这样的脏活我也干过，是我家你爷爷让我干的。"

"还经常数唠（训导）我，别光知道'整天跟无事姑娘似的，槽里吃食、圈里操痒，身在福中不知福'，要我挑大粪，挑水浇花、浇菜、浇树。"

"开始时，不仅挑子重压得我缩着头，弓着腰直不起身子，那个臭气熏得我确实受不了，后来我也就习以为常了。"

"他要我这样做，就是想让我从小就养成能吃苦耐劳的好习惯，将来长大了才能适应会做事。"常继七用眼瞅瞅小方祺，虽说他止住了哭泣之声，眼角下还一直挂着泪水，鼻孔里还时不时地发出吸气之声，心里就没好气地问他：

"看你刚才哭得如此伤心悲痛，心中像有天大的委屈似的，要不，把你心中的委屈和伤痛之处说与我听听，让我也见识见识。"

小方祺眨巴挤了几下自己的泪眼，抬头看看常老爹那一直端重而又铁青的面容，只好如实地说：

"每次让我掏茅房拉大粪，熏呛得我头晕脑涨、恶心呕吐，吃不下饭，睡不好觉，男人的茅房就是臭点、脏点累点还好说；特别是那女人的茅房，不仅腥臭恶心，而且还有血红霉烂气味，让人感到寒碜脸红、羞辱难当。"

"晚上给庄主总管家烧好、挑好洗澡水、洗脚水，第二天早上还得把这些水挑出去倒掉，把浴缸、洗脚桶，还有马桶都要刷洗干净，放在外边晾晒，我也是太下人的下人了，总感觉心里窝囊、寒碜、晦气不得劲……"

常继七一边听着小方祺有声有色发自内心失声痛哭地诉说，一边斜愣着眼在注意看着他，心里在想：

乖乖，你真是个幼稚无知的傻孩子书呆子，你来这大庄园的第一天我也在场，老管家就已挑明告知你：

"你不是来这里干活的下人，而是来这里服刑的犯人……"

"这下人，可以不干他的活，不吃他的饭，不拿他的工钱，随时可以走人，可你不比呀？既走不了，更逃不得，干也得干，不干也得干，要不棍棒加身也得干；从没有'不'字之说。"

"你是不会忘的，你从那关外大漠服刑劳役的地方回来时对我亲口说的，那里经常刮风，刮起的黄沙土漫天飞扬，天都变了色，让人睁不开眼喘不过气来。从天明到天黑，天天让你们挖沟抬沙抬土，有当场累死的、饿死的、被打死的，随时就地掩埋在那新挖的沟坝子上……"

"有逃跑的，就是不去追让你跑，你也跑不出那地方，被他们逮住，召集大家看着，杀一儆百、以警后犯；当场是怎么把他们活埋的，你还说多亏大庄园里的贵人救了你，也救得及时，要不慢一点，是真的见不到你常老爹了……"

常老爹心里想：你哪里知道，能来这里是多么不易，也是你小方祺的造化，也是你人生中最大的幸事，也给你创造了机会机遇。眼前虽说在这里只是让你干些脏活，没有过分地让你累着，只是对你的一种惩罚，里面隐藏着你们宋家与田家的恩怨情结，让她们看着出出气、解解恨而已。

能来这里，最起码吃住安稳，没有虐待和伤害，小命没有危机，有时只是她们的管家或下人，脸难看话难听而已，没什么其他的。

常继七二百钱放在水盆里——心里明白，眼前处在这个节骨眼上的小方祺，心里一时还没能转过这个弯来，没能弄明白自己眼前的身份和处境，看来还需要一番开导、磨合和适应……

虽说有些秘密是不能随意言明的，但也得含沙射影、潜移默化地点化他，让他知错、知足、知恩，放下心来知恩就得必报。于是常老爹放松了他那一直铁青紧绷的面孔，略带微笑地对他说：

"孩子，你别弄错了，你现在的身份地位，远不同于一般的下人，而是一个服刑的犯人。犯人只有无条件地服从、服刑，无声地承受，没有任何条件可言！"

"你在关外漠北目睹饿死、被打死、被活埋的人，他们死了就是死了，还与谁谈什么寒碜窝囊、脸红害臊羞辱，什么尊严而论……"

常老爹说到这，稍停了片刻，拍了拍小方祺的肩膀，让他打起精神，然后又语重心长地说：

"人常说，好事多磨，富贵大多出于不畏惧磨难与坎坷，这也是你命中注定的一场劫难，要学会坚强地应对。"

"'物竞天择、适者生存'，三年的时日，很快就会度过，没有付出，何时才能平息、平衡、消除人世间的恩恩怨怨。"

"只有付出，才能弥补和扯平前世今生所造成的缺失与亏欠；只有付出、忏悔改过，后来你才会有所得；吃不下眼前的苦中苦，何谈将来甜中甜……"

第二十五章

　　庄园里的工匠活有个干头，因为庄园的场面大，亭台楼阁多得数不胜数，自从王爷升迁走后，这么多年需要修缮更新的东西实在是太多了。

　　马草坡对每一件需要修复、复制的花鸟瓦当、神兽灵物等，都是那么的专心、专业专注、精益求精，力图更为完美至臻。

　　有时，对一件神兽灵物的复制，在绘画雕刻、打磨制作、蒸煮烘烤、油漆上光晾晒等程序后，感觉有些不太完美，或不太尽人意的地方，他立马就会抛弃毁掉，不厌其烦地反复制作，直到满意为止。

　　自从上次在花园里见到那个如同一个模子刻出来的枣花后，他大病了一场，就如徒弟所言：师父得的是"相思病"……

　　恍惚中马草坡感觉自己身上没有了分量，就如一根鸡毛随风飘到了天上，在娇羞明亮的月光清辉映照下，自己似乎产生了一种幻觉，认为自己可以在天地之间任意地踏云飘游，已羽化成仙了；他沿着河堤飘荡着，河水显得是那样柔情恬静而寡欢，两岸杂草泛滥无章。

猛然间他看到了枣花，睁着一双含情脉脉、似凄似戾、水汪汪的大眼睛，站在土坡上的乱草丛中，露着头正仰视着自己。

他急忙落下，扑向枣花，枣花也急忙迎上来，紧紧地拥抱住师哥不放。倾情哭诉一番后，枣花挣脱师哥，扬长而去。

马草坡拼命地追赶，伸手看似能够着，而又摸不到够不着。就差那么一点点，始终就是够不到抓不着，怎么追也是追不上，怎么喊，她也不搭理你，喊急了，枣花只是偶尔勾头回眸斜视一眼，莞尔一笑，一直向前奔去，醒来又是美梦一场。

可悲可憾哪，万千星辉，芸芸众生，无论富庶贫贱、达贵走卒，几乎人人都爱做美梦，也都盼着美梦成真。

总想回到从前那一直长不大的岁月里、梦境里，美梦一直做下去，永远也不愿醒来，该多好呀……

他很理智：听人说过，自己也亲眼见过，得了相思病（叫梦遗、也叫相死病），死的人多得是了；自己已经得了梦遗病，每次梦到枣花，都会情不自禁地与她相拥相抱亲近一番。为了克制自己，他嘴里还不时地嘟哝着，随时都在暗自提醒自己，不能再这样傻笨卓想了……

听人家讲，如果相思病入了内不能自拔，骨血精髓遗光，只剩下皮包骨的人干子，小命就会不保……

不能这样，要好好地活着，还要像样地活着，只有这样才能对得起枣花。他在坚强地克制自己，听人说心里只有记恨枣花，嘴里骂她、痛恨她，她才能远你而去……

可心不由己呀，特别是马草坡在做活时，每当他看到那条石条小路，眼前就会模糊癔症不清地出现臆念幻觉，那个人隐隐约约、时隐时现地又出现了，正一躄一蹴地从他眼皮底下姗姗而去……

每当这时他的魂魄就如飞了一样随他而去，自己就只有很理智地睁大眼睛，嘴里狠劲地"吭"了一声，或用手掌在自己的脑门瓜子上拍打一下，警觉来了，幻觉即刻就会消失，一切又很快恢复正常。

然而，他心里就如明镜一样，自己的肠子不用人家来量，枣花已死，不能复生，可与枣花长相一模一样的那个人，还会出现吗？若能出现让他再看上他一眼，那该有多好呀，自己也就知足了。他很笨拙而又很自信地认为：

自然那个人能在花园里石条小路上自由自在地走动，肯定与这庄园有着关联；他既然能在这条小路上走了一回，就有可能走第二回，或……只要一直在这花园里做活，准会还能见到他……

等呀等，他一边做着活，一边耐心地留意着小石条路和能看得到的地方，十天半月消失了，两三个月很快过去了……

马草坡的眼睛瞪得都大了几圈，那个人始终没再出现，就好像借了土遁，从这儿就此消失了。

那个人一时半会儿不会再出现在马草坡的视野里，他就是枣花女扮男装的，她多次都是躲藏在阁楼里，眼巴巴地在偷偷地窃视马草坡。

看他在那里一会儿登高、一会儿爬下在忙乎，心上的人近在眼前，却不能相拥相见，而只能做贼似的相望、相思相恋，每次她都会哭成泪人似的。

上次她有意识地着男装，从马草坡做活的地方走了一趟，想近距离地看看师哥，也想让师哥注意到自己。

事后，遭到了常老爹的冷眼，认为她这样做不妥，会搅乱马草坡安心做活，不仅没有益处，反而会对他的伤害更大，弄不好，会要了他的命。

常老爹的考虑还是比较稳妥周全的，认为这四个孩子眼前都在自己的眼皮底下，枣花与马草坡的事，他们就隔着一层窗户纸，有爹做主，随时都可以戳破，但田苎竹与宋方祺眼前还不行。

因为田苎竹正处在恼怒与怨恨之中，她们设的局才刚刚开始，是想让宋方祺吃苦受辱受罚，向他讨回公道，要他付出代价，抵消他的罪过和所欠下的孽债，这样她们才能两下扯平，自然而然地就会烟消云散、瓜熟蒂落。

晚饭后，忙碌了一天的马草坡，简单地收拾一下，正准备睡觉，这时候他的徒弟小树凉儿，两只手背在身后，神秘兮兮地咧着他的大嘴，有些怯生生地来到马草坡跟前。

先是抬起一只左脚，让师父看他脚上穿的一只新鞋，然后又换成右脚，在师父面前晃了晃，笑着说：

"师父您看，我这双新鞋可好看。"

"嗯，好看。"马草坡看着树凉儿脚上穿的一双新鞋，猛然间想起来了，天天只顾早出晚归地忙碌，他脚上穿的鞋，早就露出了脚丫子，也没顾得上给他买双新鞋换换，但他很快又板起面孔问他：

"这双新鞋哪来的？"

"您别管哪来的，只要能穿，穿在脚上不露脚丫子，走路不扎脚就行，这里还有您的一双呢。"随着话音小树凉儿就已把背在身后的一双新鞋拿了出来，双手递到师父面前，很快又慌着弯腰蹲下，想给师父穿上试试。

"别给我穿，哪来的不说明白我是不会穿的。"

树凉儿见师父寒脸失色，立即从蹲着的地上站了起来，装着嬉皮笑脸笑眯眯地讨好师父说：

"人常说，'穿双新鞋——光滚（帅气）半截'，是我们的房东给您做的，她看我们师徒整日里忙得不可开交，脚上的鞋子破了，就趁空给我们每人做了一双，这有什么不能穿的？"小树凉儿眨巴着他那一双会看风使舵、说话知道深浅的眼睛，见师父低头沉默不语，立时又来了勇气：

"师父，您也听人家不断地说过一句讥讽调侃的话，叫作'筷子夹骨头——光棍对光棍'。您看我们师徒俩，一个大光棍，一个小光棍，眼前没个女人有多么艰辛。"

"我原来就是一个不知今死明亡，活着也是一个现世包（多余的）的小毛孩子，自从跟上您，成了您的徒弟，才觉得活着有了人样，就已经感恩戴德知足了，可师父您不行呀，已是老大的年龄了。"

小树凉儿很精明，他小心翼翼地在试探似的说着，时刻注视着师父，看他的脸色眼神没什么太大的变化，就又小步渐进、由表及里地与师父套起了近乎：

"师父，您应该成个家啦，大家都在关心您的婚姻大事，上次您让我去您老家替您给师爷师奶他们送东西送钱花，面对他们和你们老家的人，他们都是眼泪汪汪地对我说，让我劝您回去，给您说亲成家，可您一直不回去。"小树凉儿说着说着胆子也渐大起来：

"现在我跟您说实话，也不怕您生气，打我熊我、毁了我，或把我赶走，是我们这家的房东看上了您，她家有个闺女，今年刚好十六七岁，人我见过，长得娇艳水灵、光滚漂亮，说话温柔、端庄稳重，而且贤惠，跟您挺般配的。"

"住嘴，熊孩子又在胡说瞎扯什么？看我不拧你的嘴。"马草坡突然间转过身来抬起头，两眼直勾勾地盯着小树凉儿，吓得他"扑通"一声跪在他面前，声泪俱下地说：

"师父，算我今儿个又求您啦，也是去您家临回来时我答应师爷师奶他们的。"

"那也不成，跪也没用！"马草坡一赌气，把脸背了过去，小树凉儿一直跪着，谁也不搭理谁，屋里出现了一时的僵持，其他都显得很安静，只有小树凉儿那委屈的哭泣声在继续。

双方一时一个怄气、一个赌气，沉默对峙了很长一段时间。马草坡心里明白，为了个人的婚事，由于自己犟眼子认死理，一条胡同走到黑，可没少惹他们生气，特别是年迈的爹娘常为自己牵肠挂肚、寝食不安，自己心感有愧，于心难忍……

人常说"树长皮、人长脸"，但这做人的准则、良知和道德的底线是不能随意践踏与逾越的；人活着，就是为了这张脸、这个理……

马草坡转过身来，望着一直跪在地上，还在哭鼻子的树凉儿，心想，刚才徒儿说得很对，也是众多人的心声。
他只好放松了刚才因气而绷紧的面孔，打破了眼前的沉默，
走过去弯腰把小树凉儿拉起来，并好言相劝地对他说：

"起来吧，别再跪了，有话咱师徒俩好好地说。"

树凉儿被马草坡像拎小鸡似的一把从跪着的地上拎起，
放在他的床沿上，眼巴巴地望着师父，心想，看您今儿个
又怎么糊弄我。

"你既然拜我为师，就要好好地用心跟我学手艺，我也
要下劲教你，拼命地挣钱。"马草坡吭哧了半天又说：

"等咱们有钱了，在这儿买块地皮，盖一大片房子，给
你娶房媳妇，给我生一大堆孙子……"

"师父我说的是您，怎么您转来转去又扯到我身上来
啦？"小树凉儿又放声啼哭起来，连忙又跪在了师父跟前。

马草坡看着眼前已哭得泣不成声、跪在自己脚下苦苦
哀求的徒儿，他感到有些心酸，心想不能让他再哭鼻子了，
应哄着让他心里高兴才是。于是他咧着嘴，红着脸，笑嘻
嘻地只好应承他说：

"别哭啦好徒儿，等这场活忙完，咱们有了钱，师父我
专门跟你回去办这事……"

一天上午，天上下着小雨，时不时地还刮着阵风，把
树上的树叶刮得哗哗啦啦地作响。

亭子外爬高上低的活不能干，马草坡只有在亭子里做
着雕刻、掏眼打磨的活。这时，小树凉儿风风火火地把吃
奶的劲都使出来了，一口气跑到马草坡跟前，心跳得通通
响，脖子下的青筋一鼓一鼓的，他上气不接下气地说：

"师……师父……告诉您个好……好消息，我，我看到常师爷了。"

"你说啥？歇口气慢慢地说，别噎着，你在啥地方看到的？"

"刚才您叫我去跟小管家一块儿拿东西，回来的路上，在大长廊里看到的。"

"你没看错吧，快！快前去喊住他，我这就到。"马草坡即刻放下手中的工具，在一块破布上搓了搓手上的油墨灰迹，随即拔腿就跑，朝着小树凉儿跑去的方向追去。

"你们哪去？疯了是不是？快给我站住回来！你们可想干了，这里不是你们随便胡跑乱窜的地方。"小管家一脸的怒气，顿时火冒三丈，在后边咋咋呼呼、歇斯底里地喊着叫着，从后边追过来……

"师爷……师爷……您慢走，我是您徒孙小树凉儿……"小树凉儿跑得贼麻溜，比兔子跑得都快，这是他从小练就的拿手好功夫，一口气追上了师爷。

"小树凉儿你怎么在这？"常继七顺着喊声回头一看，追来的是小树凉儿，很惊讶地问。

"我跟着师父来这大庄园里干活，有一段日子了，那不我师父也随后跟来了。"

"师父，师父，我的老天爷呀，我想您想得好苦呀。"话音未落，脚步已到，满满的两眼泪水也跟着来了。

"我也想你们呐，到处在找你们，今天凑巧了，在这儿遇上了你们。"

"师父，您今儿个咋有空到这儿来了？"马草坡很吃惊地问。常继七就把宋方祺犯事和来这儿的经过和盘端出，对马草坡师徒俩叙述了一遍，然后又说：

"我今儿个来这，是来看望宋方祺的，正巧在这儿遇见了你们。"

马草坡也把来这庄园里做工匠活的事，简单地说与师父听，他一边傻笑着，一边很荣耀地一口一个感恩师父的厚爱；一口一个感激师父常家的大名，成全了这桩大场子工匠活，他作为常家的门徒弟子，真的感到无上荣耀。

嘴上说着，马草坡就急不可耐地一把拉住师父的手，让他去他做工匠活的地方看看，给徒儿出出眼，不足之处给斧正斧正。

常师傅看了以后，一直是夸赞不已、赞不绝口；夸他做工讲究细致用心，能精雕细琢；鼓励他以后一直都要这样干下去，干出名堂，干出声望来，发扬光大常家的工匠手艺。

临离开时，马草坡一直拉着师父的手不放，舍不得让他离开，像个舍妈（断奶）的孩子，向他诉说了心中的苦衷和在庄园里所见所闻，最后师父只好一再说，过一段时日，我会常来看你们的……

小管家也随之追到了这里，看到了常师傅，他的腿有些筛糠了，满身一腔、两肋骨的火气，像被一盆冷水泼了他一头，立时消失殆尽，只有嘴里不停地喘着粗气，远远地站在那里不敢靠前，也不知他们在说些什么。

因为他认识常师傅，知道他是这大庄园里的常客，平时大家见了他，都尊称他为常师傅，就连老管家见了他，也都是低头哈腰、毕恭毕敬的。所以他也只好愣愣地站在一边，没敢吱声放屁，连口大气也没敢出，心里也在琢磨着：

　　这两小子，今儿个怎么老母鸡变鸭——长了能耐了；跟他这么熟，又这么亲近，他们到底是什么关系？……

第二十六章

秋去冬跟来，来也悄悄、去也匆匆。又是一年临近年关的时刻，老管家亲自来大院里布阵，让人过来帮助裁纸、叠纸磨墨，拿出要写的对文，让宋方祺书写过年张贴的门联对子和单个大写的"春""福""财""运""寿"字等。

宋方祺也不含糊，抬胳膊捋袖子，提笔蘸墨，一挥而就，一幅幅典雅飘逸、大气磅礴，如天山流水，飞驰而下的对联展现在众人面前。

老管家自己欣赏一番后，没打迟登，双手捧着对联慌慌张张地去见庄主和总管，得到了她们的夸赞。回来时，惊喜得他一脚刚踏进大院，老远就咋咋呼呼地大说大讲起来：

"好字好字，你们看，字正方圆、风清骨感、灵活洒脱；我的娘婆子神来，绝对的上等好字，少见少见……"嘴说不急，话音没落，老管家就已经来到了众人面前，惊喜未尽地还在夸夸其谈：

"好字能让人抬头见喜、大饱眼福，会给人带来无穷无尽的好心情好运气。"老管家那一张对待下人冰封蜡刻的尊容，今日算是融化开光了，不仅仅只是露出了他那多年积攒起来，对下人从不外露施舍的笑容，而且他笑得很富足开怀、舍得大方，也很实在诙谐：

"你小子如不是犯事来这里服刑劳改，那真是羊圈里跑出个牛犊子——长大不得小；前程无量也……"

在场的所有下人，无不感到震惊与讶异，他们自从进了庄园与老管家相处相待这么多年，今天算是长了见识开了眼。

然且这见识开眼，并不是宋方祺写得一手好字，这字的优劣孬好，对他们来说并不是什么至关紧要的，因为他们都是下人粗人，识不得也更不懂得什么是欣赏、什么叫品味，而这至关紧要的是他们心里却都犯起了嘀咕：

"……看看，谁说老管家从来就没人见过他夸过下人？而且还是个犯人，今天不是夸了吗！

"……谁说从没见过老管家对下人说话时笑过？常听人背后骂他：'说他从娘肚里出来，天生的不会笑'，今儿个不是笑了吗？"

"虽说他笑得让大家看起来心慌、心跳加快，不自然也不太习惯，冷冰冰的比较牵强，比哭还难看，感觉瘆人让人打战，但他毕竟还是对着这么多的下人笑过……"

姐妹俩远远地在暗处看着宋方祺那掏粪拉粪愁眉苦脸；挑水时，两只大水桶，把他压得弓着腰伸着头，苦不堪言的狼狈相，心想活该：这就是为人不忠、背信弃义、趁人之危、落井下石；情断义绝、薄情寡义、猪狗不如的人应有的下场。

她们开心透了，也缓解了她们心头的怨恨与憋屈。有时田芐竹也会在暗处冷静地瞅着他，不由自主还偷偷地滴落几颗无以名状的泪珠，这事被姐姐发现后，没少被挖苦嘲讽：

"看看你伪装隐蔽得多么严实，老是见你眼瞪得比杏核还大，在偷偷地窃视人家，嘴上气得牙根都是痒痒的；说什么不共戴天、不可一世、该千杀的……可你是个口是心非的人，最终还是露馅现了眼。"姐姐换种眼神，不为鄙夷地撇着嘴看着她又说：

"现在你心里还与他不共戴天吗？看你那样子，我感觉你比谁都在乎他，现在感觉难受了吧？如你后悔，我们可以马上终止他的劳刑……"

"狗才后悔呢，他对我不值得。"田芐竹嘴硬说着气话，心不在焉地瞅着姐姐笑了笑：

"还挖苦嘲笑我呢，咱大姐不说二姐，看你天天偷看师哥，恨不得能把他挤你眼里去。"田芐竹嘴上也不饶人，很不服气地从鼻子里"哼哼"两声，反击挖苦她说：

"偷看师哥，看一回，能哭上大半天，再看，我估计黄河就要发大水了。"

"情"，问世间此为何物？直叫人生死相许、梦系魂牵；拥有者珍惜——生死相依、相濡以沫、白头偕老；失去者痛惜——让人魂牵梦绕、肝肠寸断、生不如死……

说归说，笑归笑，姐妹俩也都在暗自想着自己的心事。在她们常老爹的劝说和周旋下，认为宋方祺来这大庄园里服刑，每天掏粪拉粪、清扫茅房，烧挑洗澡水、洗脚水，刷洗马桶，已把他折磨寒碜得两年多了；经常偷偷地瞅见他干活时，穿着破烂马褂，灰头花脸、垂头丧气，浑身上下脏兮兮的，折腾得也够可以了，认为他：

认赌服输、戴罪服役，态度诚恳踏实、任劳任怨，表现较好，让老管家给他减刑，免去了宋方祺掏粪拉粪的苦差。

但这烧水，挑洗澡水、洗脚水，刷洗晾晒浴缸、脚盆、马桶等活，不得有误怠慢，还得继续天天如此干下去。

这样，宋方祺感觉身上的担子一下子卸去了千斤，心里敞快舒心得劲多了。没事干的时候，门外落锁，自己可以在他囚屋里安安静静地看书，提笔练字或书写文章；也可在院内走走，晒晒太阳，仰望夜空。

有时还会隔三岔五地让他书写或回复信函，为了犒赏他，变相地给他加加餐，让他吃顿好的改善改善他的生活。

现在看着宋方祺的面目气色，比初来时好看得多了，像变个人似的有了人的模样，脸上白白净净，略带红扑扑的，两边的腮帮子上鼓鼓地长了肉，人也显得格外精神壮实，帅气多了。这也是常老爹愿意看到和最终想要的结果。

一天，宋方祺正在埋头苦读四书五经，无意间抬头看见常老爹不知是什么时候开门进来的，已站在院内屋门口，惊愕得他手中拿着的书都没顾得放下，就急忙站起，感到很抱歉，语无伦次地说：

"常老爹您什么时候来的，我只顾看书，实在是没看到，也没听到门响。"

因为宋方祺习惯了，平时他们有事来找他，都是一进大院，大老远地就大呼小叫地吆喊他，然后来到门口，一边拍门弄出点响动来，让他早有所准备，一边才开锁让他出来。

今天常老爹来，没声张开门进来了，所以他正聚精会神地看书，没能觉察到常老爹进来，不好意思地又说：

"常老爹快请坐，请原谅侄儿的不恭。"

"你我又不是外人，不必恭谦，哪来那么多的礼节。"常老爹连忙招手示意他坐下：

"继续看你的书，我只是又有一段时日没见到你，随便来这里看看而已，不必在意。"

稍打迟愣后，常继七看着宋方祺，一直傻愣木讷地站在那里。从他的眼神和嘴角上不难看出，每次见他都会这样，心里像是藏有很多想要说的话，一时又说不出口，只好先开口说：

"来这庄园里，现在感觉怎么样了，还哭不哭鼻子？"

"不哭了，现在已经适应了，多谢常老爹操心与周旋。"宋方祺心里高兴脸上藏不住，也掖不下，他有些腼腆，不好意思地搓着手。

小方祺脸上露出了如此欢快的笑容，常老爹很开心。他的脸上也相应挂满了慈祥、安逸的微笑。

看着常老爹心情安逸舒畅，面露慈祥，小方祺想想自己平时除了出外干活，随着来人，虽说只许低头走路不许张望吱声，但也能见见外边的天透透风。

回到囚屋里，只因院子小，就等于是坐井观天，与世隔绝，成了孤陋寡闻的人。唯一的希望，只有每次见到了常老爹，总是不停地问这问那，打探一番外边的事情；今天也不例外：

"常老爹，这时间过得真快，一眨眼的工夫，来这里不知不觉中已经两年多过去了，也不知我爹他们现在都怎么样了，有没有一点他们的消息？"说着说着，他的眼角已经潮湿了。

"你爹和你二爹他们，经打听来的消息说，眼前还都在受牢狱之灾。你们的家人，官府一直没有放过，但他们都是背井离乡，远远地逃匿在外，隐姓埋名、销声灭迹，隐藏得都很好，没听说出什么事。"

常继七眼瞅着刚才还抿嘴只知道傻笑的小方祺，可眨眼的工夫，就如人家所说的那样"六月天孩子脸——瞬息万变"；你看他泪水涟涟，立时变成了个马虎脸，他不无为之感到有些心酸地问他：

"小方祺，三年期满后，你准备出去干什么？"

"三年期满等我出去后，拜您为师，做您的儿子，跟您学做工匠活，做个手艺人称心自在，趁空找找我的家人。"小方祺说着，不无感同身受到自己心里伤痛累累，往事不堪回首：

"我一定要找到两位姐姐，不论她们现在如何，我都要当面向她们道歉谢罪，让她们痛痛快快地骂我一场，或打我一顿，我都愿意接受。现在不知她们怎么样了，如有可能，看她们能否原谅我，请常老爹多多费心圆活、搭桥牵线……"

常继七看着悲痛欲绝的小方祺，心里也不是滋味，他没有再多想，只是很满意地微微点点头。

第二十七章

　　明嘉靖二十六年，紫禁城北的万寿山（今景山）以西的大高玄殿，因道士玩忽职守，焚香不慎，殿堂起火发生火灾，火势凶猛，很快迅速蔓延，这天正巧嘉靖皇上也来此殿祭祀上香。

　　火灾发生后，由于侍卫御林军全力救护及时迅速，皇上很快脱离危险，但所随皇上同来的方皇后，还有众多的随从侍女、太监宫女们没能逃出，很快被凶猛的火焰吞噬掉。

　　按当时的情景，如果皇上下旨救护她们，她们是可以幸免于难的，但皇上没让侍卫御林军前去施救，她们惨烈的呼救声、哀号声，被铺天盖地熊熊燃烧的大火所淹没……

　　深秋的一天，残阳西垂，皇上独自一人，漫步在皇宫后花园里汉白玉铺设的小路上，脚下踩着软绵绵刚从树上飘落下来厚厚的金黄色树叶。

这时树上的树叶还在不停地随风向下飘落，有的飘落在他的身上，有的飘落在他的前后左右的路上……

他一边心不在焉、慢斤四两、漫无目的地走着，一边在无精打采地观赏着小路两侧正在盛开的菊花、桂花、牵牛花……

顺着石条小路，信步来到一片小竹林旁止住了脚步，用手轻轻抚摸着翠竹细细的腰杆和竹叶，心里也在感悟：

人常说"梅兰菊竹"为四君子，她们荡然天下；"松竹梅"为岁寒三友、浩气长存。竹子的纯洁俊逸、四季青翠碧绿，文静高雅、高风亮节，从不与物类争宠，能冷霜傲雪、笑随酷暑烈日，一直都是以生机勃然、挺骨傲拔而著称于世……

正当他眯缝着眼，心中暗自感悟赞叹和描绘竹子的风骨时，就听着竹林里"哧"的一声怪响，一道亮光闪过，天地突然间暗淡了下来。朦胧中，隐隐约约地看到竹林里的竹子即刻二马分鬃向两边闪开，敞开一条暗道，从里面走出他的第一位皇后。

陈皇后面目狰狞，张开她那顺嘴滴血的血盆大口，向他扑来，要喝他的血、吃他的肉，要他拿命来，偿还她的性命……

皇上慌忙避开躲过，想拔腿逃离这地方，总感觉腿脚磕磕绊绊的不怎么灵活好使，他只好躲躲闪闪，慌不择路、连滚带爬躲过陈皇后一次又一次的索命纠缠。

刚刚躲过陈皇后饿虎扑食般地对他抓扑追咬，还没容他缓口气，接着他的第二位皇后又凶神恶煞般地向他扑来。

张皇后张牙舞爪，没命地追打他，要他偿还自己的性命。皇上只有急忙抓起一把竹子躲开她，用竹子拍打挡住她的扑杀。

皇上被张皇后的索命追杀惊吓折腾得气喘如牛，张着大嘴上气不接下气地绕着竹林在前面疲于奔命，张皇后骂骂咧咧地在后穷追不舍。眼看自己费了九牛二虎之力就要摆脱张皇后，可就在这时他的第三位皇后出现了。

这位皇后也就是与他同去大高玄殿进香祈祷拜佛，前不久刚刚被烧死的方皇后，她面无血色、焦头灰脸，来势凶猛，绕他背后，趁其气力不接，来个瞎子放驴——拽住他一把不丢。

此时的皇上，已觉自己唯独胸中尚存一口气，浑身已瘫软，四肢无力失去了知觉，只能眼睁睁地看着自己被方皇后一把抓住，摁倒在地，任她一边抽打，一边声嘶力竭地谩骂道：

"你这个没人性，不入人伦的昏君，在'壬寅宫变中'，你已被王宁嫔、杨金英等十多名宫女逮住谋杀，我不顾自己生命安危，拼命向前救你性命，并遭人痛打。当救下你解开你脖子上勒紧的绳套时，你已没了气，我们就慌着给你擀压换气施救，很长时间你才慢慢地醒过来。"

"这次发生火灾，本来我们也是可以被救出逃离灾难的，可你只顾自己的安危，为了泄私愤、报私怨，眼睁睁地看着我们见死不救，让我们葬身火海，都成了冤魂野鬼，你也太万恶了……"

方皇后一只手紧紧地摁住皇上不松手，腾出另一只手挥手招来众多的冤魂和宫女们，并大喊：

"姐妹们大家一起上，帮我摁牢他，这一次我们要真的勒死这个没人性无道的昏君，让他偿还我们大家的性命……"

众人一起上前，摁手的摁手、拉腿的拉腿，把嘉靖皇上摁个结实，向他脖子上套上绳索，然后大家一起喊"使劲拉"！

很快嘉靖感到自己的脖子被勒得透不过气来，头昏脑涨、目眩耳鸣，眼前一片昏黑、胸闷气短，使出全身的力气拼命挣扎也都无济于事，只有铆足一口气，使出吃奶地劲大喊：

"救命呀！救命……"皇上半夜三更在睡梦中的呼救声，很快惊动了侍奉在一旁的宫女，她们被惊吓得不知所措地齐上前，把他从噩梦中叫醒，扶他坐起来。

皇上被噩梦惊骇得出了一身大汗，看他的脸还在不停地抽搐颤抖，豆大的汗珠不时地从他额头上向下滚落，噩梦的余悸在他的心里盘绕着，他傻愣地坐在那里一直在喘着粗气，很长时间才慢慢恢复了知觉。

可能是他被刚才的噩梦吓坏了，或是对刚才自己所做之梦有了悟性认为此梦不吉，他想趁着噩梦方醒，情节记忆犹新，当即命太监传来国师（专司解梦圆卦的朝官），破解圆梦。

国师是一位为人善良、做官公正，善于平息事端、秉公职守、心系于民的好国师，他听皇上所陈述的梦中经历后，心里豁然一敞亮：

何不趁此千载难逢的机遇，点拨开导一下皇上，让他抛弃那鬼神之事，回到以江山社稷、亲政怜民为重的国事上来，那才不愧为官一场，做了一件让良心上能过得去的善事。

于是他非常认真地皱紧眉头，很快进入了角色。你看他一副洞悉天下，耳目乾坤，神如自得的模样；一会儿茫然望天，脸露一惊一乍的阴阳怪气神色，一会儿手指伸缩、闭目喃喃自语，嘴里在不停地咕念着。

过了很长的一段时间，大概是他咕念的时辰太长了，嘉靖有些不耐烦，就横鼻子愣眼地催促他说：

"好啦，别在那里瞎捣鼓干耗着弄故事啦，咋能破解圆梦，有话你就直说不误，朕赦你无罪就是。"皇上见国师一直在那闭目不语，嘴里磨磨叽叽地没完没了，心想，你不就是在等朕的这句话吗？

"在我遵旨来这皇宫后院的路上，微臣夜观天象，就已发现内宫的上空阴气太重，血腥味过浓，没有了当年的宁静与安逸。"

国师两眼直视着皇上，没有了刚才的心慌与胆怯，他得到了皇上的恩准，胆子随即大了起来：

"刚才聆听皇上叙说梦中所事，联想起嘉靖二十年，太祖太庙发生火灾；二十一年发生'壬寅宫变'，还有就近大高玄殿刚刚发生的火灾而言；上天有怨、于社稷不利；天庭不佑、万孽趁伙生乱……"

"还有今年五月间所发生的天狗吃日头（日全食），吓得全国上下黎民百姓齐上阵敲锣打鼓、打盆敲罐、燃放鞭炮、喊天呼地，弄出响动来，吓得天狗迟愣了半天，才把日头给吐了出来。"

"按先贤推背推理所示，天狗吞日是上天在警示犯错的天子应有所悟，应对其所犯下的罪过负责，且有悔改的效应和诚意。"

"这悔改效应咋讲？怎样做才算是诚意，咋能顺应天意，还我清静？"皇上急不可耐地追问。

"古之常理'天生民、为之置君，以养治之；人主不德不贤，布政纲常不均，则天降其灾，以警示之'。"

"必须做好两件事。"国师没再耽搁，知他秉性，恐他瞬间有变，收回成命；果断地拿出自己的见解，抬眼皮看了一眼皇上，也不给他留有插话的机会，没容他反应，就用他那惯用的半睁半合、睁睁合合耷拉着的眼皮，直截了当地说：

"一是亲政；皇上临朝亲政，料理国事，朝野清廉和谐，可消除民怨、赢得民心；可顺应迎合天意、消除上天之怨。"

"二是放生和大赦；放生即可归还生灵的自由和生命，赎回和消除所欠下的罪孽，因为天下万物皆有灵性；又可为死去的生灵祈祷，慰藉他们，让他们的阴魂散去，后宫很快就会平静。"

"放生数量一定要过万，大赦人犯，数据也要过万。"

"……放生过万且易，人犯也要大赦过万是否太多，有那么多人犯吗？"皇上抬眼皮瞥了他一眼，国师连忙谨慎地解释说：

"有！多得是，就京城的牢房而言，已囚满为患，太多太多的犯人无处囚放，只得送至新疆、关外漠北、大漠荒野里，在临时搭建的囚棚和用竹木围起的围墙里管制，因万岁您多年不上朝理政有所不知。"

"对那些并无大过错，只因某一句话或因某一人之事，而受株连坐大牢的官员及其家人，把他们从牢中放回，这样既可解除他们对当朝的怨恨，又都能相安无事地辅佐皇上共谋国事，天下兴盛、国泰民安，上天定会佑护我们嘉靖盛世的……"

皇上沉思了片刻，心想：你个老东西得了朕的口谕，胆子竟然大了起来。但由于他心中的噩梦惊魂余悸还在，想起来都怕，心里还在发颤，他没再多想就慌忙对站在一侧的一位执事的太监说：

"就按国师所言，放生过万，天明后，你就着手用心去办。"转过脸来，皇上稍打迟登后，接着对一位太监总管说：

"赦免之事与吏部联手，你主持把关督办，不过，像那些头上长角、身上长刺，比较牛鼻的特殊人物，是不能轻易赦免的。"

可喜可贺的是，这次赦免的万人中，就有田骞和宋亦木。难兄难弟相见，就如伤心人遇到了断肠人，也不讲究那么多了，众目之下抱头痛哭、共诉衷肠……

他们一会儿哭，一会儿也在啼笑自己，也在庆幸他们劫后余生喜相逢；兄弟俩约定好以后见面的时日和地点，数日后分手。

田骞出了大牢，身体稍作休整恢复后，第一站从京城来到曹州，得知大哥在开封府的大相国寺里做工匠活，就直接投奔了过来。

兄弟俩久别重逢今日相见，相拥相抱、相对而泣，他们全然不在乎徒弟们在一旁窃笑与私语，一会儿哭得那么伤心悲痛，一会儿又笑得那么开心自得，两个老小子，顷刻间又都变回了两个小小子……

数日后，老大常继七准备陪同老二田骞，去他老家归德州看望和寻找家中失散的亲人。临离开时常师傅告知他的徒弟，如果三叔前来寻找，要好生招待，告知他我们很快就会回来。

时隔不久，老三宋亦木也闻讯来到了大相国寺的工地，很快老大、老二也从老家回到了开封。兄弟仨相见，难免要倾诉一番，倾泻出他们心中因劫难所造成的灾难和他们的相思相念、相托之情……

后来把话题扯到了小芗竹和小方祺的身上，常继七在兄弟仨的叙谈中，从始至终都是坚定一个千古不变的老理，他认为：

"你们的仕途不顺出了偏差，家人绝情不尽人意，但丝毫不能影响我们兄弟之间的生死之交的深情厚谊，更不能阻碍孩子们的婚姻大事，孩子们是无辜无责的。"常继七缓口气说：

"我们兄弟仨早有约定在前，孩子们的终身大事，包括定亲、成亲，我们兄弟仨都必须到场，小方祺和小芗竹的婚约定亲，当时我们兄弟仨都在场，既是他们的长辈，又是他们的见证人。"说到这，常继七不知不觉地脸色凝重严厉起来，拿出了老大的口气，字正腔圆地说：

"我们兄弟个个都是一言九鼎的男子汉，那说过的话、泼出去的水，岂能轻易改变？像那些出尔反尔、淌嘴水的话，不是我等所为。"接着他也把这几年来自己心里如何盘算和主张，告诉了他们：

"四个孩子最近几年都是在我的眼皮底下看着的，他们之间就隔着那么一层窗户纸，眼前还没有给他们捅破。"

"原来我想你们有难不在这里，等到小方祺三年期满后，如果你们人身还不能自由到场，我想不再耽搁他们的青春，我就要做主把他们的婚事给办了，现在可好了，你们都回来了。"

"大哥二哥，三弟我向二位兄长赔罪了。"宋亦木双手抱拳，弯腰就要下跪，被大哥手快一把拦住，他自感羞愧难当地说：

"贱内目光短浅、做事绝情寡义，虽她而为，而责在我，愧为男人、有失家教；如不是大哥从中缝缝周旋，差点毁了我们兄弟之间的手足之情。给你们，特别是两个孩子，带来了侮辱和心里的创伤，多有得罪，罪责都在我一人之身，请两位兄长责罚。"

"兄弟之间的事，话已说到这份上，天底下没有锯不倒的大树，没有扯不平的怨恨；我们三兄弟之间的事，只要我们一致认同就可，哪来的责罚。"

此时的大哥抬头看看二弟，二弟也仰脸望望大哥，从他们的眼神中可以看得出，心中的怨气，随着三弟的虔诚中肯，就如眼前随风而过的烟云，很快就消失殆尽，得到了两位兄长的宽恕和谅解。

这时的二哥，递个眼神给三弟，三弟立时心有灵犀一点通，因为他们在朝为官时，官场上的交流，经常都是靠眼神传递信息说话，兄弟俩同时抱拳，鞠躬拜上常继七：

"大哥，这么多年，为了我们和孩子们的事，让您操碎了心，我们非常感激您，孩子们的事，您还要一直操心操到底，由您做主，我们都会听您的。"

"……"

明媚的阳光下，不时地盘绕、掺和着温和的轻风，带着花草绿色的清香，使空气显得格外清纯鲜艳。

兄弟仨按他们事先商定好的，在逐步实施他们的计划。他们先来到大庄园花园里马草坡做工匠活的地方，常师傅对马草坡说：

"你以前曾对我提起过，说你在这庄园里见过一个与枣花长得一模一样的人，师傅当时不敢肯定，也不敢做主，现在你先暂时放下你手中的活，洗洗你的手脸，等一会儿让小管家来喊你，今天让你当面见见这个人，了却你心中的遗憾。"

"好啊，好啊，太好了，还是知徒莫如师。"乐得马草坡如同三岁小孩似的，差点一蹦三降地蹦跳起来。

大庄园花园里建造的楼阁亭台很多，差不多每隔百步建有一座，兄弟仨来到花园里一座事先看好的亭阁里坐着，他们一边喝茶聊天，一边在等着马草坡，很快小管家领着马草坡来见他们。

常师傅用手指指前边的一座亭子里，坐着的一个头戴帽子，背朝这里的那个人说：

"那不，你多日想要见的那个人，现在就在前边的那个亭子里坐着等你。"转而，师父又提醒似的警告他说：

"小心那个人别吓着你，吓你一小跳还不要紧，倘若吓你一大跳要了你的小命，那就不值得了，如果怕，你就别去了。"常继七板着脸，一脸的认真，一本正经地对他说。

"师父，您是知道徒儿胆量的，平时都是可着肚子长的，白天咱不说，不论是黑更半夜、阴天下雨走夜路，过坟地、乱死岗子，还是穿树林、蹚水过河……没有我怕的地方，难道这大白天还会有什么妖魔鬼怪不成？"

师父的话，马草坡嘴上虽说不怕，因为他知道师父是一位老成持重的人，嘴上从来是不会胡说调侃的，更不可能跟徒儿开心，但听他这么一说，心里还真的有些紧张。

马草坡非常小心谨慎，一步一步地向那人靠近，当他走进亭子，来到那人背后，有意识地抬高脚步，弄出点响动来，算是与那人打了招呼。而那人一直是稳稳当当地坐在那，没一点反应，他只好没趣地又干咳了几声。

那人还是头朝里背朝外坐在那，很像是钉在那里一样纹丝不动，马草坡猛然间想起师父刚才说过的话，心里不由自主地直打冷战，自觉头皮发麻，心不由己地紧张起来。

稍作犹豫后，马草坡不由自主地回头望望后边的那座亭子里，坐着的师父兄弟三人正动身朝这里走来，自觉没有了退路，只好硬着头皮，又往前挪动了几步靠近那人。

这时，似乎隐隐约约地听到那人坐在那嘤嘤地在哭泣，他没再犹豫，来到那人背后，伸手拍拍那人的肩膀说：

"喂？兄弟你好。"

坐着的那个人，觉得身后有人拍她肩膀与她打招呼说话，急忙站起，在转身的一刹那，她泪眼蒙眬地看清了师哥。马草坡也看清了他就是多日前，在花园里石条小路上看到的那个与枣花长得一模一样的那个人。

还没容他来得及问其姓名，那个人趁势一手摘掉头上的帽子，另一只手迅速解去头上的唐巾，立时露出满头乌黑发亮、盘绕秀丽、插有金钗玉簪的发髻，含情脉脉地冲他撇嘴微微撒娇似的一笑，继而又脸色一寒，声泪俱下地喊叫道：

"师哥……师哥……我是枣花，你受苦遭罪了。"随着喊声眼中的泪水已夺眶而出。

"啊?!……你是枣花……我的娘来，真是大白天活见鬼啦……"马草坡当即被惊骇得七魂出窍，二魂落地，还有一魂在心里荡悠着支撑着他。他脸色立时一片苍白，没有了一丁点血丝，人也失去了知觉。

正当马草坡惊魂未定，感觉脑壳快要炸开时，师父兄弟三人很快赶了过来，扶住他，没让马草坡倒下，常师傅不无感慨地把他晃醒，就慌着对他解释说：

"本想给你来个惊喜，因有些事事先没能告诉你，没想到会吓着你。"

等到马草坡的情绪稍微稳定后，常师傅就把枣花假死哭丧、入殓埋坟，后来把她送去了归德州田家，现又成了这大庄园里的总管家，所有经历前三后五地向他说了个仔细。

马草坡听了师父的一席话，心里立时大彻大悟如梦方醒，如醍醐灌顶，心中虽感伤悲酸楚，却也在暗暗窃喜，又怀疑自己是不是又在做美梦，因为他常梦游相见。为验证真假，急忙双膝跪倒在师父二叔和三叔他们面前，什么也不说，只是眼巴巴地跪求他们，眼泪在哗哗地流淌，用牙咬住了自己的舌头，感觉很疼很疼，证实了今天不是在做梦……

枣花也心知肚明，眼皮灵活，完全明白师哥的意图，也慌着跟过来，陪着师哥跪在那里，两眼泪流不止地望着爹和二叔三叔，也是在期待、企望他们恩许、成全他们……

"都别哭了，快起来吧，爹和你二叔三叔已商定，为你们当家做主，等过些时日，成全你们的婚姻大事。"

第二十八章

日月如梭，转瞬即逝，宋方祺干完了当天该要干的事。天黑夜深时，看书看累了，感到很无聊，用手掰着自己的手指头数数，心里盘算着，三年的期限眼见就要结束了，剩余的时间屈指可数。俗话说得好，"不怕慢、就怕站；只要有日子可数，就有了奔头"，这几天，他心里总是乐滋滋的，盼望已久的这一天即将到来。

清早，宋方祺在女管家的引领下，来到了内府的洗浴室，先把昨晚上洗浴洗过的洗澡水、泡脚水，一挑一挑地挑出去，倒进下水道里，然后把浴缸、泡脚桶、马桶刷洗干净，放在外边凉棚里晾晒。

一切拾掇停当，当他准备离开的时候，回头发现洗浴室的条桌上不知是什么东西，在从窗口折射进来的阳光下，发出了闪亮耀眼的亮光来，出于好奇，宋方祺又回到屋里，走到近前想看个明白。

发现是一枝金钗，确切地说就是一枝金凰钗，宋方祺拿在手里端详了个仔细，瞅见金钗的羽眼上镀有指甲盖大小的"宋"字，不由得他心里"咯噔"一下，感觉这东西好眼熟……

没容他多想，很快就认出来了，当即就断定这东西是他宋家订制的物件，是当年与田苧竹定亲时，因她而制，送给她的定亲信物。

因为他再熟悉不过了，当年订制这金钗时，他随去金铺，在现场亲眼看着镀制的。制成后，在他的手上还停留把玩欣赏了一段时间，后来连同定亲的聘礼一同送给田家的。

他知道当时镀造的是一对凤凰金钗，凤凰金钗分为雄与雌，凤为雄，头顶上有华冠、有凤胆，羽披百眼，尾为三尾；金钗上也镀有指甲盖大的"宋"字，现存放在自己手中，还时不时地常拿出来看看。

凰为雌，无冠、无凤胆，尾为两尾，也就是这枝送给田苧竹的定亲信物，可它怎么会在这里呢？宋方祺没敢多想，他知道自己的事，也没敢多停留，放回金钗，逃命似的溜出了这地方。

一连数天，宋方祺心里一直放不下这件事，他拿出自己保存的那枝金凤金钗，翻来覆去端详不够，但对那枝金凰金钗百思不得其解，想不出个所以然来，难道……难道……

他不敢多想，也不敢往下想象，只有在心中一直纠结着，也成了他一块心病，正好遇见了前来看望他的常老爹，向他述说了所见之物和他心中的疑惑。

到了这个节骨眼上，常老爹认为是时候了，三年的劳役即将结束，也该把以上所发生的事情经过向他摊牌了。

常老爹看着宋方祺那呆头呆脑、情绪一直低落、傻乎乎的眼里噙着猫尿，低垂着头犹然木呆地站在那里，只好满脸挂满笑容，和颜悦色地安慰并开导他说：

"这有什么可疑惑、可百思不得其解的，很简单，你见到了那金凰金钗，疑惑是当年你们宋家送给田家的定亲信物？有道是：

世上万物皆有灵性，此物历经磨难、百折不挠，势必前来物见其主。如今天地恒春灵现、光蕴知师燕自回，睹物思人，意味着你的苦日子已尽，喜事就要来临。"常老爹笑嘻嘻的，而又意味深长地对他说：

"姻缘，所谓的姻缘，不只是随意说说而已之事，自古以来的说法都是：'投胎托生时，月老前世就已拴定，今生今世是棒打不开的'，看着你们磨难已尽、苦尽甘来，已到了瓜熟蒂落、水到渠成的时候，下一步该你凤求凰啦……"

宋方祺晕了，脑壳里似乎影影绰绰地似解而又非解常老爹话里话外的意思，更不知其所以然，只知道常老爹又在给自己开心，掌劲鼓励，我能有这等的好事？

三兄弟选定好日子，趁热打铁按照老家的习俗，让田骞先一步去内府告知田芗竹，让她在那里做好准备等着，随后常继七和宋亦木领着宋方祺，带着简易聘礼来到内府。

三弟宋亦木，抱拳打拱先拜过亲家公二哥田骞，然后落座；宋方祺跪拜了二爹、岳父大人，又跪拜了大爹和爹；最后手捧鲜花来到田芗竹面前，向她下跪求婚。

……

选定好了时日时辰，决定让枣花与马草坡、田芗竹与宋方祺他们的大喜日子，同日同时举行，一日花开四朵，双喜临门。

大喜之日，阳光明媚、风和日丽，俗语说"风和娶娇妻、日丽嫁对郎"；两对新婚、四位新人，他们成双成对地同时一起：

一拜了天地，二拜了他们的高堂三个爹；当三拜夫妻对拜时，他们喜泪交加，泪雨忧伤地都哭了，而且都哭得格外悲切痛心，让人感同身受、陪着掉泪……

——枣花所痛心悲凄痛哭的是：当初能遂天意人愿该多好呀……然而，就是自己该遭难受苦，也不该坑蒙哄骗了憨呆厚重、诚恳善良的师哥这么多年，感觉有愧、于心不忍，实难对得起人家，看来……看来……我今天是真的长大了？

——马草坡所悲咽痛哭的是：师妹的纯洁执着、挚爱天真无邪；自己的坚贞执拗，感天撼地，虽然悲楚痛心，磨难成堆。但好事多磨，有情人天地神人佑护、撮合，终成眷属；但到此时，他才深深真切地领悟到师父当年那句出神入化，玄妙深奥、难悟其玄机的妙语：

"肯植梧桐，何愁凤凰；守望云开，必见阳光"的真谛……

——田芎竹悲恸痛哭的是：本该遵诺一言九鼎、约定俗成、顺理成章的事，然而一刹那道德沦丧之差，差之毫厘，险象万千；却造成了这么多的悲苦磨难与伤害，让人痛心疾首、满腹孤愤，千般的无奈……

生死离别的经历，不无让人揪心痛楚汗颜，感到五味杂陈，肝肠寸断；个中的滋味，不堪回首……

你宋方祺是否能感同身受，让你在庄园里吃点小苦，受点小折磨，远远优越于你在关外漠北的险境。这不仅仅是对你的惩罚，而是向你向这个纷杂无章、惨淡无人情味的社会讨回了公道，扯平了我们的恩怨，她哭出了埋藏在自己心中至深的委屈与悲哀……

——宋方祺所悲恐、所悲惋痛哭的是：虽说自己身受三年的劳役之苦和心灵深处受辱所造成的阴影，一时三刻难以摒除抹去。但他却无怨无悔，使他感触和庆幸的是：

这是上天对自己的惩处和眷爱，给自己创造了能弥补的机遇和机会，也是在警示天下人，诚是天，信是地，人，不能失去天地。切莫效之、害人更害己……

就如常老爹和爹的教诲，受了点微不足道的辱没算不了什么，可贵的是：她们救了你的性命最为重要，而又尽释前嫌化干戈为玉帛，结秦晋之好，更为可贵……

内心时刻都在感激她们，总感觉只有付出，让她们讨回了公道，自己甘愿受罚、受辱，这样才能抹平她们心中的怨恨。自己以后才能感觉到活得踏实……

平心而论，心里充满了对田苎竹的愧疚与感激，更多的是在哭泣忏悔自己……